LADEIRA ABAIXO

AIMEE OLIVEIRA

LADEIRA ABAIXO

Diretor-presidente:
Jorge Yunes
Gerente editorial:
Luiza Del Monaco
Editoras:
Gabriela Ghetti, Malu Poleti
Assistente editorial:
Júlia Tourinho, Mariana Silvestre
Suporte editorial:
Nádila Sousa
Estagiária editorial:
Emily Macedo
Coordenação de arte:
Juliana Ida
Assistentes de arte:
Daniel Mascelani
Gerente de marketing:
Claudia Sá
Analistas de marketing:
Heila Lima, Flávio Lima
Estagiária de marketing:
Carolina Falvo

Ladeira Abaixo
Copyright © 2022 por Aimee Oliveira
© Companhia Editora Nacional, 2022

Todos os direitos reservados. Nenhuma parte desta obra pode ser reproduzida ou transmitida por qualquer forma ou meio eletrônico, inclusive fotocópia, gravação ou sistema de armazenagem e recuperação de informação sem o prévio e expresso consentimento da editora.

1ª edição — São Paulo

Preparação de texto:
Clara Alves, Chiara Provenza
Revisão:
Lorrane Fortunato, Arthur Ramos
Ilustração de capa:
Jonnifferr
Diagramação e projeto de capa:
Vitor Castrillo

DADOS INTERNACIONAIS DE CATALOGAÇÃO NA PUBLICAÇÃO (CIP) DE ACORDO COM ISBD

O48l   Oliveira, Aimee

           Ladeira abaixo / Aimee Oliveira. - São Paulo, SP: Editora Nacional, 2022.
           288 p. ; 16cm x 23cm.

           ISBN: 978-65-5881-120-6

           1. Literatura brasileira. 2. Romance. 3. Jovem adulto. I. Título.

           CDD 869.89923
2022-1246   CDU 821.134.3(81)-31

Elaborado por Vagner Rodolfo da Silva - CRB-8/9410
Índice para catálogo sistemático:
1. Literatura brasileira : Romance 869.89923
2. Literatura brasileira : Romance 821.134.3(81)-31

NACIONAL

Rua Gomes de Carvalho, 1306 - 11º andar - Vila Olímpia
São Paulo - SP - 04547-005 - Brasil - Tel.: (11) 2799-7799
editoranacional.com.br - atendimento@grupoibep.com.br

Para a minha inteligente, carinhosa
e talentosa irmã, Camille.

Antônia
Sintomas preocupantes

A preguiça regia minhas manhãs.

Cada passo que eu dava para descer a ladeira era cem por cento guiado pela lei da inércia. Caminhava semiadormecida enquanto minhas pernas faziam todo o trabalho. Um passo após o outro, ecoando pela madrugada – e não adianta ninguém discutir comigo: seis horas da manhã *é* madrugada, sim. O céu escuro e as poucas luzes ligadas nos postes que ainda funcionavam comprovavam meu argumento.

E ai de quem me contrariasse. O mau humor também tinha sua participação na minha rotina matinal. O trauma de ter saído da cama apenas duas horas depois de ter deitado era a única coisa viva na minha mente destruída.

É provável que tenha sido a junção do estado calamitoso do meu psicológico com a falta de uma cláusula na lei da inércia que previsse paralelepípedos soltos no meio da rua que ocasionou o tropeção. Quando dei por mim, estava catando cavaco ladeira abaixo, com os passos descoordenados fazendo a maior barulheira pela rua vazia. Só recobrei o equilíbrio uns quatro passos depois.

Meu livro de Patologia não teve a mesma sorte. O impacto da queda foi tão grande que blocos de páginas se soltaram dele, espalhando informações sobre os mais variados tipos de doenças pelo chão.

— Era só o que me faltava — resmunguei antes de me abaixar para reunir as folhas.

A cereja do bolo foi perceber que o sereno tinha molhado as páginas que encostaram no chão. Tive que esfregar cada uma delas na calça antes de reintegrá-las ao livro. Não tinha condições de perder as informações contidas ali; eu não podia me dar o luxo de reprovar em nem uma materiazinha sequer.

Deus me livre de ter que pagar duas vezes pelo mesmo conteúdo. Meu dinheiro não crescia em árvore. Aliás, nem crescer meu dinheiro crescia. Tudo que eu ganhava sendo recepcionista num consultório geriátrico ia direto para pagar a mensalidade da faculdade de Enfermagem.

Não existia a opção de atrasar um semestre. Precisava me formar o quanto antes, não tinha tempo a perder. Na verdade, acho que ninguém tinha. Mas a minha urgência me deixava particularmente sem tempo para mais nada.

Nem para ficar pensando em possibilidades catastróficas de reprovar em uma matéria enquanto limpava as folhas do livro na calça.

Falando nela, se eu tivesse prestado mais atenção no que fazia, perceberia que a sujeira do chão e a tinta do livro manchavam o tecido branco da calça cada vez que passava uma folha na perna. Que maravilhoso me dar conta que logo na segunda-feira de manhã uma das minhas únicas duas calças de ir para a faculdade já se encontrava imunda.

Olhei para os lados só para checar se ninguém tinha assistido à catástrofe de camarote. Uma das poucas vantagens de sair tão cedo era a privacidade relativa nos lugares públicos. Só gatinhos errantes se aventuravam a caminhar por aquelas bandas ao voltarem para casa de seus passeios noturnos.

Isso me fazia lembrar de Catapora, a melhor gatinha de todos os tempos, que eu fui obrigada a doar por conta de uma alergia patética.

Meu único consolo era que ela estava em mãos — e narizes — mais capazes do que as minhas. Mas isso não me impediu de ser assaltada por uma saudade mais forte do que era possível ser processada àquela hora da madrugada. Para escapar dela, amarrei o casaco na cintura e comecei a correr em direção ao ponto de ônibus. O casaco encobriria as manchas de poeira e tinta na calça. E o ônibus me proporcionaria um lugar para continuar o sono.

Antes de o veículo sair do ponto, meus olhos já se encontravam fechados. Nada fazia diferença enquanto eu dormia. Pouco me importava que o ônibus tivesse dado uma freada brusca para pegar um passageiro atrasado. Não abri os olhos nem sequer para conferir quem era a pessoa que se sentava ao meu lado. Desde que não interrompesse meu sono, tanto fazia se o passageiro ao meu lado fosse um mau elemento. Até porque duvido muito que se interessaria por livros de Enfermagem que pesavam feito bigornas e um celular há muito defasado.

Eu estava entregue ao sono. Tanto que nem me movi quando o ônibus fez uma curva brusca e tombei sem querer para o lado do mau-elemento--em-potencial. Pobre pessoa, mau elemento ou não, o volume dos meus cachos devia estar encobrindo boa parte da sua visão. Não importava o quanto eu tentasse voltar para a posição original, encostada na janela, estava com sono demais e não tinha forças. Além do mais, toda hora vinha uma curva nova que me derrubava de volta para o lado oposto.

Chegou um momento em que atingi um estado tão profundo do sono que simplesmente parei de ligar. De tempos em tempos, lembrava que não era certo apoiar a cabeça no ombro de desconhecidos. Constituía uma total invasão do espaço pessoal do infeliz que estava sentado ao meu lado, e eu estava ciente disso.

De repente, o mau elemento da história era eu.

Em minha defesa, praticamente virei a noite no dia anterior para terminar um trabalho. A exaustão não me deixou abrir mão do conforto que aquele ombro desconhecido me proporcionava. Além disso, a alma proprietária do ombro de conforto extraordinário não tinha demonstrado nenhum sinal de insatisfação, então eu acho que talvez não estivesse incomodando tanto assim.

***

Acordei no susto.

O ônibus tinha dado uma freada brusca, a ponto de a mão da pessoa desconhecida ter que me segurar para que eu não desse de cara com o banco à nossa frente. Ainda meio grogue, me vi obrigada a virar na direção da pessoa e falar:

— Desculpa.

Nunca na vida pensei que poderia ser surpreendida com um:

— Oi — e um sorriso.

Um sorriso que eu conhecia do início até o fim. Junto com todos os detalhes escondidos no meio.

— Gregório — eu disse, me afastando o máximo que pude.

O que, levando em consideração que estávamos no assento de um ônibus, não era muita coisa. Ainda não tinha certeza se estava sonhando.

Parecia que, só de ter pensado em Catapora minutos antes, o novo dono dela havia se materializado. Por outro lado, ele parecia tão real... Principalmente quando falava:

— E aí? Como vai? Quanto tempo! — Ele se virou na minha direção tão rápido que, quem visse a cena de longe, poderia até confundir o sorriso nervoso dele com entusiasmo em me ver.

Mas Gregório não me enganava.

Quero dizer, *não mais*.

Antes de eu ter a chance de responder sua pergunta, que provavelmente fora feita apenas por educação, fui *tomada* por um bocejo.

Nada educado da minha parte.

— Pelo visto, cansada — ele respondeu por mim.

— Pois é... — concordei enquanto tentava me recompor.

Esfreguei os olhos, aproveitando para cobrir a maior parte do rosto, embora soubesse que não havia jeito de me defender da profunda *vergonha* que sentia. Nem mesmo se eu pegasse o livro de Patologia e cobrisse minha cara toda.

Se havia algo mais embaraçoso do que dormir no ombro de um desconhecido no ônibus, era dormir no ombro de um *conhecido*.

Olhar para o rosto sorridente e levemente sardento de Gregório fazia meu sangue borbulhar e subir todo para o meu rosto. Depois de quase dois anos sem falar com ele direito, eu simplesmente *dormia* em seu ombro? Que papelão!

E, a propósito, era impressão minha ou esses ombros estavam um pouco mais largos do que eu me lembrava? Isso explicaria o conforto do meu cochilo, embora não viesse nem um pouco ao caso.

Até porque, se eu não me enganava, ele tinha até parado de me seguir no Instagram.

Coisa que me deixava muito indignada, diga-se de passagem, pois, levando em consideração o que aconteceu na época da formatura, se alguém tinha o direito de excluir alguém das redes sociais, esse alguém era eu.

Que audácia da parte dele sorrir para mim assim, como se nada tivesse acontecido.

Ajeitei o cabelo para tentar não pensar nesses detalhes. E, pelo jeito que o sorriso dele esmaeceu, deu para perceber que não fiz um bom trabalho.

— Tava mais bonito antes — ele comentou. — Quando tava meio bagunçado.

— Você não sabe nada sobre cabelo — rebati, olhando para ele meio que de rabo de olho.

— Isso é verdade. — Ele balançou a cabeça em concordância, seu cabelo meio loiro, meio avermelhado acompanhando o movimento. Os óculos escorregaram pelo nariz e ele ajeitou com o dedo. — Também não sei mais nada sobre você — acrescentou, me fazendo abrir um pouco mais da janela, para o caso de precisar pular. — Não é bizarro que a gente more tão perto e nunca consiga se ver?

Mais bizarro ainda é você ter sido meu melhor amigo por anos *e depois ter sumido das minhas redes sociais,* tive que segurar a língua para não dizer.

— A vida anda corrida...— falei apenas, dando de ombros.

Era a resposta mais diplomática que eu poderia dar. Não mexia em nenhum ponto de conflito que ficara no passado e tampouco deixava de ser verdade.

— A minha também — ele disse, mexendo nos muitos zíperes da sua mochila.

Sua mão continuava a mesma: dedos longos e unhas roídas. Me fazia lembrar da época em que eu tinha permissão para bater na mão dele toda vez que o pegasse roendo a unha. Uma vez bati tão forte que saiu sangue. Quase morri de remorso.

Tive que brincar com o zíper da minha própria mochila para me dispersar daquelas memórias perturbadoras.

E nada do meu ponto chegar.

Sem mais nem menos percebi que meu nervosismo não tinha nada a ver com o fato de eu ter cochilado no ombro dele.

Uma das piores coisas de encontrar semidesconhecidos no ônibus era a pressão social de ter que manter uma conversa mesmo sem haver muito repertório para assunto. Como Gregório e eu não éramos *exatamente* semidesconhecidos, a coisa toda ficava ainda mais difícil. O que tínhamos entre nós era um campo minado. Guiar uma conversa era coisa para guerrilheiro, e os olhos escuros de Gregório fixados em mim deixavam bem claro que ele encarava a situação da mesma maneira.

Uma pena, porque a gente se entedia superbem antes.

Ele costumava saber mais sobre mim do que a minha família. Inclusive minha própria mãe. Mas, francamente, nem era tão difícil.

Por isso, em consideração a tudo de bom e de muito ruim que dividi com ele no passado, decidi levar a conversa para um terreno seguro:

— Como vai a Catapora?

— A mesma coisa de sempre: rabugenta e arisca. — Ele deu um sorrisinho que levantava só os cantos da boca, digno de quem *queria* parecer bravo, mas não conseguiria nem por um decreto.

Gregório sempre foi assim, apesar dos vacilos: em qualquer situação, ele conseguia manter o bom humor. Tinha vezes que isso me dava nos nervos. Porém, na maioria das ocasiões, mesmo contra a minha vontade, colocava um sorriso no meu rosto, por menor que fosse.

E dessa vez não foi diferente.

— Foi muito difícil ficar longe de você — ele falou, em alto e bom som.

Prendi a respiração na tentativa de conter os rumos estranhos que as coisas dentro de mim tomaram ao ouvir essa frase. Como foi *Gregório* que disse isso, não a própria Catapora, que nem sequer sabia falar, tive um breve instante de choque antes de assimilar que ele estava falando pela gata. *Não por si mesmo.*

— Aposto que ela já me esqueceu por completo — rebati, como se minha mente não tivesse vagado para um território bem perigoso.

— Ela jamais faria isso — disse ele, deixando o sorriso congelar no rosto e as sobrancelhas levantarem um pouquinho mais que o habitual.

Foi assim que eu soube que ele estava mentindo. Seu rosto tinha a mesma expressão do dia da formatura, da última vez que ele mentiu para mim. Não que eu fosse confrontá-lo a respeito disso.

Mesmo porque não daria tempo. Ele se inclinou de repente para o lado, desviando o olhar de mim para espiar a paisagem da janela do ônibus.

— Tá chegando o meu ponto — anunciou. — Mas a gente devia marcar de fazer alguma coisa, ou de você ir visitar a Catapora, sei lá...

— Vamos marcar, sim — falei numa concordância passiva, daquele jeito que a gente fala quando sabe que o dito encontro nunca vai acontecer de fato.

Não achei que ele estivesse fazendo por mal, só queria ser sociável e educado. Que, aliás, era a única razão para estarmos envolvidos naquela conversa desajeitada.

Não era?

— Vamos mesmo, tá? — ele reforçou, batendo na mesma tecla, e se inclinou repentinamente mais uma vez.

Quando foi que ele aprendeu a se mover tão rápido? Será que estava praticando algum tipo de esporte?

Dessa vez sua inclinação foi para se aproximar do meu rosto, onde, sem mais nem menos, deixou um beijinho educado na minha bochecha.

A umidade e o calor suave ficaram grudados ali enquanto ele se levantava e saía.

Fiquei sem reação. E sem a oportunidade de dizer tchau.

Tive que acenar pela janela com a cabeça.

Enquanto o ônibus arrancava, Gregório acenou de volta, seguindo seu caminho pela calçada. Mesmo de longe dava para ver seu sorriso. Me peguei sorrindo também. Já era a segunda vez naquele dia. E não tinha dado nem sete da manhã ainda, não era hora de alegria.

O batimento irregular do meu coração, junto com a dorzinha discreta nas minhas bochechas por sorrirem contra a minha vontade, indicava sintomas preocupantes de uma doença que eu conhecia bem.

A temida paixonite. Inflamação que podia ser muito dolorosa ao coração.

A primeira vez que sofri desses sintomas não tinha sido por Gregório, mas pelo melhor amigo dele.

Gregório
Atos de coragem

Antônia Vasquez. Lindos olhos castanhos, negra de pele escura, cabelo cheio de cachos volumosos que iam até o meio das costas.

Era ela mesma, não tinha dúvidas. Abri a foto do perfil só para ver melhor os detalhes: pouca maquiagem, muito efeito e bem séria. Mais séria do que costumava ser, com o cabelo ainda mais bonito do que eu me lembrava.

Sem pensar muito, apertei o botão de solicitar para segui-la.

Lidaria com as perguntas de Monique depois.

Isso *se* houvesse perguntas, já que ela tinha prometido maneirar no ciúme e no controle excessivo.

A tela do computador permaneceu a mesma por uns bons cinco minutos. Antônia provavelmente não aceitaria meu pedido assim, logo de cara. Nós não tínhamos mais treze anos, e ela devia ter coisas melhores para fazer do que passar o dia inteiro no computador.

Eu, pelo visto, não. Embora precisasse urgentemente mostrar serviço. Atualizei o site mais uma vez antes de fechar e focar novamente no arquivo em branco que eu tinha minimizado. Max ficaria uma fera se descobrisse que eu tinha indo até ali, naquele quarto que funcionava como um escritório improvisado, para ficar rondando os perfis da sua ex-namorada.

Há pouco mais de um ano, fizemos um joguinho para celular que conquistou certa popularidade por esse Brasilzão afora. Ganhamos um bom dinheiro, o suficiente para atulhar um dos quartos sobressalentes da casa da mãe de Max com produtos eletrônicos e nos iludirmos de que poderíamos viver disso. Ledo engano. A popularidade do jogo decaiu tão rápido quanto surgiu. E, se quiséssemos nos manter nesse ramo, precisávamos criar outro aplicativo rápido, para ontem.

Mas para isso eu precisava ter uma ideia do que poderíamos inventar. E ultimamente minha mente andava tão em branco quanto o arquivo à minha frente.

Quase abri o Instagram de novo, por puro desespero, embora soubesse que não valeria à pena. Nada de relevante poderia ter acontecido nos últimos dois minutos. E com certeza Antônia ainda *não havia aceitado* minha solicitação.

Até porque as chances de ela ficar puta ao receber o convite eram altas. Ela nem devia desconfiar que nós não éramos mais amigos nessa rede. Não cheguei a contar para ela que deletei todas as redes sociais ano passado. Não contei para ela um monte de coisas que aconteceram comigo nesses últimos dois anos.

Coisas que antes ela seria a primeira a saber.

Mas a gente cresce e algumas coisas ficam para trás. Às vezes até coisas boas.

Depois daquele rolo na formatura envolvendo o Max, tudo ficou muito esquisito.

— E aí, cara? Bora trabalhar? — Falando no diabo, o próprio Max brotou na minha mesa, arrastando sua cadeira de rodinhas e invadindo meu espaço pessoal. Parecia que ele tinha um sensor que monitorava quando alguém pensava nele. Considerando as qualidades de programador que ele tinha, não era impossível.

Minha sorte era que, além de código-fonte, não existia muita coisa que prestasse na cabeça dele. Por isso que a parte criativa no desenvolvimento dos aplicativos dependia quase que inteiramente de mim. Mesmo que, nessas últimas semanas, isso tivesse se tornado um problema.

— Vamos...— respondi, tentando tirar entusiasmo não sei de onde. — Ao trabalho.

Afinal, eu não tinha descido as ladeiras de Santa Tereza só para servir de travesseiro para Antônia, apesar de, até agora, aquele ter sido o ponto mais alto no meu dia. A hora em que a cabeça dela encostou para valer no meu ombro foi tão aterrorizante quanto hipnotizante. Depois de praticamente dois anos sem contato, foi como se tudo tivesse voltado aos eixos entre a gente, ainda que Antônia estivesse completamente desacordada.

Virei para o Max, jogado na cadeira todo relaxado, enquanto eu sentia as palmas das minhas mãos suando, como acontecia toda vez que ficava nervoso. Dar notícias ruins não era minha especialidade.

— Cadê o roteiro pro aplicativo do jogo? — ele perguntou. — Será que conseguimos produzir tudo até o fim do ano? Vai ser irado! Já pensou no tanto de dinheiro que a gente vai ganhar? Vai dar até pra fazer uma eurotrip!

— Acho que não, cara — falei meio embolado, enquanto mordia um pedaço de unha.

— Ásia, então? — Max arriscou. — Acho exótico, ainda mais se a Monique for junto. Se bem que ela parece fazer mais o estilo eurotrip.

— Ela faz mesmo... — confirmei, lembrando das fotos que ela postou quando esteve na Europa e deixando o rosto de Monique tomar conta da minha mente por uns instantes.

O nariz arrebitado, o cabelo castanho-claro e a boca bem desenhada. O rosto dela me acalmava.

Às vezes é difícil acreditar que uma garota como aquela tinha me dado bola. Ela chegou na minha vida abrindo minha cabeça e colonizando meus pensamentos. Meu mundo era outro desde que ficamos juntos.

— Mas não é disso que eu tô falando. — Tentei começar de novo. — É do roteiro. Não avancei muito.

— Como assim? Pensei que fosse uma parada simples depois que você teve a ideia. — Max se ajeitou na cadeira, fazendo-a ranger sob seu peso. — Você não falou nada, então achei que estivesse tudo em ordem. Eu meio que tava contando com isso.

— Pois é... — falei, mordendo ainda mais forte o pedaço da unha. — Vim aqui dar a notícia pessoalmente. Realmente não tá rolando. Acho que a ideia perdeu o brilho, ou sei lá.

— Para com isso — Max falou, deslizando a mão pelo cabelo raspado. — Cara, francamente, suas ideias nem são tão complexas assim. Além do mais, você não fica igual um maluco, andando pra cima e pra baixo com um caderno? Anotando tudo que passa pela sua cabeça?

— É, mas nesse dia eu tinha ido à padaria, só levei uns trocados e mais nada, por isso que te liguei quando cheguei em casa, pra tentar te explicar o que eu pensei. Não anotei a ideia e me fugiu.

— Mas você não falou coisa com coisa no telefone. Ainda por cima me deixou todo animado, na esperança de finalmente ficar rico — Max pontuou.

O que eu podia dizer? Nada.

Nada além de dar de ombros e concordar com Max.

Eu funcionava melhor escrevendo. No geral, as palavras não tinham muito sentido quando saíam da minha boca. Monique me lembrava sobre isso o tempo inteiro.

— Já tentou ir à padaria de novo? — Max indagou. — Posso ir junto, aí você tenta refazer os seus passos enquanto repito as frases sem-noção que você disse durante a ligação.

Tirei a mão da boca e pigarreei. Sabia que as intenções dele eram boas, mas a ideia era péssima.

— Cara, esqueceu que você é meio que *persona non grata* na vizinhança? A padaria é praticamente do lado da casa da avó dela.

Max deu um impulso para trás com sua cadeira de rodinhas, enfim me dando o espaço que eu precisava para poder respirar.

— Ah, fala sério. Não passou da hora da Antônia deixar essa história pra trás? — ele indagou, contrariado, como se a culpa não tivesse sido toda dele.

— Acho que já deixou. — Dei de ombros. — Encontrei com ela no ônibus hoje, acredita? Nem mencionou o assunto.

— Até que enfim! — Max achou conveniente dar uma volta comemorativa com a cadeira, sem se importar em esbarrar os pés em todos os móveis em volta. — Essa doida fez minha caveira pra todo mundo que ela conhecia. Tem noção de quantos beijos em potencial eu perdi?

Fiz que não com a cabeça; não tinha noção, nem queria ter. Maldita hora que fui tocar no assunto. De onde tirei a ideia de que seria prudente contar para Max sobre Antônia? Foi exatamente por me envolver demais na relação dos dois que acabei ficando mal com ela. Tinha prometido a mim mesmo que nunca mais faria isso. Mas lá estava eu, insistindo no erro.

— Mas e aí? Como ela tá? — emendou Max numa nova bateria de perguntas. — Continua gostosa?

— A mesma coisa de sempre — respondi. Quis ser diplomático, mas não tinha dúvidas de que Max entenderia o recado de que sim, ela continuava.

Ele, na qualidade de ex-namorado, entendia melhor do que ninguém sobre as curvas do corpo de Antônia. A cinturinha fina, os quadris largos e, sei lá, o monte de outros detalhes que na época eu fingia não ver, mas dos quais, às vezes, não conseguia desgrudar os olhos.

Era por isso que eu não conseguia entender como Max teve coragem de traí-la. Ela não merecia uma coisa dessas. Quero dizer, ninguém merecia. Mas Antônia muito menos. Ela tinha sido uma boa namorada, e eu estava de prova. O que costumava ser uma tortura e tanto, levando em consideração que eu era meio que apaixonado por ela.

Tempos de merda; ainda bem que essa fase já tinha passado.

— Se a Monique descobre que você acha que a Antônia continua gostosa, ela te frita pro almoço — Max me alertou para a realidade.

— Pois é — concordei. — Mas não coloque palavras na minha boca. Não chamei ninguém de gostosa, até porque isso é um pouco ofensivo. Não era só o corpo dela que era maneiro, né?

— Se você tá dizendo... — Max disse, evasivo. O que era muito irônico, considerando que ele foi o pivô da confusão.

Mas como quem não deveria estar se envolvendo de novo era eu, simplesmente falei:

— Na verdade, se você quer mesmo saber, eu achei que, apesar de ela continuar a mesma, tem algo diferente. Não sei se é maturidade ou só cansaço, mas eu não tenho nada a ver com isso. Aliás, se a gente continuar nesse papo, vou perder a hora do almoço e a Monique não vai ter como me fritar.

— Até parece — Max comentou. — Com certeza ela brotaria aqui pra te buscar. E de quebra ainda me passaria um sermão por ter prendido o namoradinho dela numa reunião sobre negócios que nunca vão pra frente.

— E você daria um jeito de colocar a culpa toda em mim — completei. Era sempre assim que acabava.

— Cara, foi você quem esqueceu a ideia — ele rebateu. — Não aguento mais fazer atualização pra esses aplicativos idiotas. Inventa logo algo que dê dinheiro.

— Já pensou que louco seria se você também colocasse a cabeça pra funcionar? — sugeri, me esticando para dar um tapa na cabeça dele e ver se pegava no tranco.

Max riu com seu sorriso branco, quimicamente clareado, e cheio de desdém.

— Ficar perdido no mundo da imaginação? Parceiro, não me leva a mal, mas eu tenho mais o que fazer. Inclusive, se você me der licença, tá na hora do meu crossfit. Fica aí encarando sua tela em branco enquanto eu me concentro nos meus músculos.

Ele colocou a mochila nas costas e saiu do escritório improvisado e eu fiquei me perguntando como minha amizade com um cara tão patético feito o Max conseguiu sobreviver ao fim da escola, mas o meu relacionamento com a Antônia morreu no mesmo dia em que o ensino médio acabou.

Antônia
Injustiça mundana

Entrei no BRT em direção à segunda fase da minha jornada diária, também conhecida como hora do trabalho.

Durante o trajeto de ônibus, eu aproveitava para enfim fazer uma ligação vespertina para minha avó, atividade que eu amava e temia na mesma medida: adorava ouvir sua voz ao mesmo tempo em que ficava apavorada por não conseguir prever os rumos que nossa conversa tomaria. Não perdi tempo em tirar o celular da mochila, já sentindo os tremores do papo maluco que estava por vir. Cada dia ficava mais difícil prever como estaria o humor dela. Mas os tremores foram momentaneamente interrompidos pela visão da notificação na tela:

Gregório Parreiras pediu para seguir você.

Que cara de pau, primeiro me dessegue e agora quer me seguir de novo? Eu, hein!

Antes de aceitar ou recusar o pedido, decidi dar uma analisada geral, só para não perder o costume.

A foto de perfil era nova, mas a cara de não-sei-o-que-fazer-diante-da-câmera era a mesma de sempre. Exceto pelo fato de que a qualidade da câmera que registrou o momento parecia ser bem superior à câmera frontal de um celular.

Precisei apenas de alguns segundos rolando a linha do tempo para descobrir que ele agora tinha namorada e que a câmera de ótima qualidade pertencia à menina, uma tal de Monique de Bragança, que, claro, fui *stalkear*.

A menina era uma deusa, uma diva conceitual. Só pelas fotos dela já dava para sacar que entendia tudo de arte. Eu só sabia sobre a Monalisa e olhe lá. Meu negócio era o corpo humano, anatomia, essas coisas. Um nenenzinho bem-formado já me bastava como obra de arte.

Não que eu estivesse me comparando com a tal menina. Só fiquei admirada como Gregório pertencia a um mundo tão diferente do meu agora.

Passamos mais da metade da vida fazendo parte do mesmo universo: estudando na mesma escola, vivendo um na casa do outro, com minha avó dando esporro em nós dois o tempo todo. Bizarro como, às vezes, proximidade física não quer dizer nada. Gregório continuava morando na rua atrás da minha, mas a sensação que dava era que ele fazia parte de outra dimensão.

A diferença estava estampada em cada detalhe repleto de lazer e fotos digitalmente manipuladas na linha do tempo dele.

Acabei achando melhor deixar a solicitação dele no limbo, sem aceitar, nem recusar. Gregório até podia estar bem irresistível, com os músculos mais definidos, a armação de óculos nova e uma barbinha ruiva por fazer — para a qual eu não estava preparada — , mas a última coisa que eu procurava naquele momento era sarna para me coçar. Minha cota de problemas estava quase explodindo com o lance da minha avó.

E essa lembrança me fez digitar o telefone de casa na maior velocidade.

— Residência de Filomena Aguirre — vovó atendeu do outro lado da linha, enquanto eu me encolhia no banco do ônibus.

Pela altivez da voz dela, tentei calcular se aquele era um dos dias ruins.

— Dona Fifi — comecei, sem chamá-la de vó, pisando em ovos. — A senhora não é Filomena Aguirre faz um tempão. Lembra que se casou? Com Jorge Vasquez? Aquele figurão?

— Claro que eu lembro do seu avô, Antônia. Do que você tá falando? — Ela soava incomodada, como sempre fazia quando eu confrontava um dos seus lapsos de memória.

— Nada — me apressei em responder. — Só liguei para falar que adoro seu sobrenome: *Vasquez*.

— Você só adora porque é seu sobrenome também — ela retrucou.

— Tem razão, vó. — Senti uma onda de alívio em poder chamá-la assim. — Muito egocêntrico da minha parte, né?

— É um pouco, sim — minha avó concordou, e eu podia imaginar o sorriso contrariado se formando em seu rosto enrugado.

Fazia anos que eu jurava que não havia espaço para nem mais uma ruguinha no rosto dela, mas, sei lá como, sempre surgia mais. Eu tentava ficar atenta a todos os sinais. Não que pudesse fazer muita coisa para impedi-los, mas queria saber exatamente para onde aquilo tudo caminhava.

— Vou melhorar — prometi. — Mas me conta da senhora, como tá o dia? Já almoçou? A comida estava gostosa?

— Sim, aquela vizinha intrometida veio me fazer a mesma pergunta, você acredita? Ficou me enchendo o saco, querendo saber um monte de coisas sobre você, se tinha feito o almoço, onde tinha botado. Tá aqui até agora! Aposto que tá doida pra encontrar um mexerico novo. Dá pra ver na cara dela.

— Tenha um pouco de paciência com a dona Vera — falei, tentando encobrir meu desespero. — Ela tem boas intenções.

Eram as boas intenções da dona Vera que me permitiam estudar e trabalhar com o mínimo de tranquilidade. Minha avó estava com princípios de Alzheimer e, embora a gente estivesse fazendo de tudo para retardar o processo, aquela droga de doença seguia avançando.

E, como minha própria avó havia dito, dona Vera *tinha mesmo* um dom para observar as coisas, por isso a função de vigiar as mudanças de estado da minha avó caiu como uma luva para ela. Para mim também, diga-se de passagem. Mal consegui acreditar que alguém desempenharia essa função apenas pelo prazer de ter uma distração. Mas essas foram as exatas palavras de dona Vera quando contei sobre a situação.

Logo, só o que eu tinha que fazer era monitorar para que a tarde das duas senhoras fosse minimamente agradável.

Meu pior pesadelo era que dona Vera perdesse a paciência com os caprichos da minha avó e abandonasse o cargo. Às vezes, esse pesadelo ficava tão vívido na minha mente que até espantava meu sono no ônibus. Odiava quando isso acontecia.

— Você acredita que ela notou que as tampas das vasilhas estavam trocadas e que as cores não estavam combinando? — vovó perguntou, em total assombro. — Quem se importa com uma coisa dessas?! Pela madrugada!

— Dona Vera tem uma estranha fixação por recipientes plásticos — concordei. — Mas por que vocês não fazem disso um passatempo? Pode ser divertido passar a tarde colocando as tampas nos recipientes certos, não?

— Você realmente acha isso? Sei que não estou às mil maravilhas, Antônia, mas ainda vai demorar pra eu classificar um negócio chato desses como *passatempo*.

— Tomara que demore mesmo — eu murmurei, já com vontade de chorar.

— Vai trabalhar em paz e não se preocupe comigo. Não só lembrei de almoçar como vou lembrar de lanchar daqui a meia hora — ela disse, soando como a mulher forte e independente que sempre foi.

— Bom lanche — respondi antes de encerrar a ligação.

Observei a paisagem e concluí que dava tempo de dar uma choradinha até o BRT chegar ao meu destino.

O mais triste de tudo era ver minha avó desaparecer gradativamente. E imaginava que deveria ser mil vezes mais triste para ela, que tinha passado por tanta coisa na vida, vencido tantas batalhas. Inclusive a de me criar no lugar da minha mãe, coisa que nem tinha a obrigação de fazer, mas que fez mesmo assim, porque era uma pessoa iluminada, ao contrário da filha.

A vida me parecia injusta demais por não permitir que minha avó se lembrasse de suas próprias vitórias. E para comprovar isso, o BRT parou na minha estação quando eu não estava nem perto de terminar o choro. Me vi obrigada a limpar as lágrimas que tiveram o privilégio de rolar e engoli o resto.

Tinha uma tarde inteira recepcionando velhinhos pela frente e não gostava de afrontar pessoas da terceira idade com meu chororô de jovem.

Trabalhar no consultório geriátrico, de certa maneira, me ajudava a encarar a velhice de um ângulo mais amplo, como algo que acontecia com um monte de gente e não só com minha amada avozinha.

Ter um lembrete diário de que era natural que alguns problemas fossem surgindo com a idade fazia muito bem para o meu desespero de ter que lidar com o envelhecimento da minha própria avó.

Além do mais, alguns velhinhos eram as maiores figuras. Compartilhavam meu amor por correntes de e-mail e vinham para o consultório com mil histórias. Muitas delas claramente inventadas, mas eu adorava ouvir todas. Quanto mais mirabolante eram, mais certeza eu tinha de que era aquilo que eu queria ter como profissão.

Mais do que conseguir a grana para pagar minha faculdade, as anedotas do senhor Leopoldo, as receitas inusitadas da dona Marinete e as histórias de pescador do doutor Armando faziam as duas conduções para ir e as três para voltar, que eu tinha que pegar todo santo dia, valerem a pena.

Mas isso não me impedia de ficar mega-ansiosa para o feriadão de quinta, em que eu passaria quatro dias inteirinhos ouvindo as histórias da minha velhinha favorita: dona Fifi.

Ou Filomena Aguirre nos piores dias.

Ou, nos melhores, simplesmente vovó.

Gregório
Humores imprevisíveis

O feriado de Sete de Setembro chegou e Monique rumava para os Estados Unidos, numa viagem comemorativa de independência com a família.

Enquanto eu a levava para o aeroporto, passou pela minha cabeça perguntar por que alguém comemoraria a independência do país fora dele, mas achei melhor ficar na minha e prestar atenção no trânsito. Primeiro porque tinha acabado de pegar meu carro na oficina e sentia que ele ainda precisava de uns ajustes; cautela era a melhor prevenção contra acidentes. Segundo porque nunca tinha dirigido por aquelas bandas do aeroporto e aquele monte de placa me deixava meio perdido. E terceiro porque com certeza Monique tinha uma boa explicação para isso. E mesmo se ela não tivesse, daria um jeito de inventar. Ela era assim, cheia dos argumentos contundentes, odiava ser contrariada.

Por mim, tudo bem. Longe de mim aborrecê-la minutos antes de entrar no avião. Além disso, ela prometeu me trazer uns games de presente quando voltasse. E eu estava meio que contando com isso. Existiam jogos iradíssimos que ou não vendiam por aqui, ou custavam os olhos da cara. Eu tinha uma lista em eterna construção dos que adoraria jogar. Monique costumava trazer dois ou três deles a cada viagem que fazia para fora e, para minha sorte, ela viajava bastante.

Meu principal objetivo com esses games era voltar ao modo jogador viciado e tentar me lembrar da ideia que tive. Refazer os passos até a padaria não deu nada certo, só serviu para eu comprar mais sonhos do que era capaz de comer. Isso me fez lembrar da avó de Antônia, que ficava possessa quando a gente jogava comida fora.

Um pensamento muito sem noção para se ter ao deixar a namorada no aeroporto. Ainda bem que chegamos logo ao destino e eu pude largar o volante e sair do carro para arejar as ideias. Também não perdi tempo em abrir a porta do meu Uno para Monique e pegar sua mala no banco de trás.

— Não esquece de me mandar mensagem quando chegar lá — pedi antes de entramos no saguão do aeroporto, puxando minha namorada mais para perto.

— Pode deixar. — Ela ajeitou o colarinho da minha camisa xadrez. — Já coloquei um alarme no celular. E você *comporte-se*. — Ela aumentou a pressão que fazia para acertar minha camisa. — Não vai ficar indo na onda daquele louco do Max. Nunca vi pior influência que ele.

Segurei as mãos dela e as coloquei em volta da minha cintura, afastando-as do meu pescoço. Sabia que suas intenções eram boas, mas não adiantava nada ajeitar meu colarinho, a blusa estava gasta demais para se sustentar sozinha.

Monique ainda precisava aprender que nem tudo ficava perfeito do jeito que ela queria. Por exemplo, não tinha a menor chance de eu parar de falar com o Max só porque ela não gostava.

No geral, eu não me incomodava em seguir as regras dela, mas, se tem uma coisa que eu aprendi na vida, é que amizade era um negócio sagrado. Nada devia se meter no meio. E quem deixava agentes externos atrapalharem uma boa relação amistosa, com certeza era o maior babaca.

Eu já fui o maior babaca uma vez. E de jeito nenhum seria de novo. Mas em vez de ter esse papo cabeça sobre a importância da amizade e as consequências irreparáveis de quando isso não era levado a sério, apenas me inclinei para beijá-la. Não serviria de nada arrumar confusão quando Monique estava com os minutos contados para ir embora. Ter a pressão do corpo dela contra o meu enquanto nossas línguas se entrelaçavam seria uma lembrança bem mais prazerosa para revisitar durante o feriadão.

— Tenho mesmo que ir — ela disse, espiando o relógio no seu pulso, atrás do meu pescoço. — Pode deixar que não vou esquecer dos seus jogos.

— Sei que não vai — respondi enquanto voltava a carregar a mala dela em direção à área de embarque.

Era isso que eu mais gostava em Monique, ela podia ser controladora às vezes, mas era alguém em quem eu podia confiar. Ao contrário de certas pessoas que concordavam em marcar algo e depois não aceitavam minha solicitação no Instagram.

— Te amo — disse para Monique antes de ela passar pelo portão de embarque.

Ela riu e se pendurou no meu ombro para beijar minha bochecha.

— Para de show, Gregório, eu volto em menos de uma semana.

— Se eu não tivesse falado nada você ia me acusar de ser frio, inacessível e blá-blá-blá — rebati, porque já vira essa cena acontecer outras vezes.

Ela encolheu os ombros e me deu um sorrisinho de ninguém-resiste-à-Monique-de-Bragança, que funcionava que era uma maravilha quando ela não queria dar o braço a torcer. Funcionou dessa vez também. Monique pegou a mala da minha mão e seguiu seu caminho, mas, antes de cruzar o portão de embarque, olhou por cima do ombro e falou:

— O que eu posso dizer? Tenho gostos peculiares.

Eu ri antes de virar as costas e voltar para o carro. Monique tinha razão, a prova mais contundente da peculiaridade do gosto dela era gostar de um cara bobão feito eu, que fica aqui se importando demais com jogos de vídeo game e quebrando a cabeça para lembrar de uma ideia que esqueceu.

***

Vi uma vez em algum lugar que uma das melhores coisas que alguém que estava procurando por inspiração podia fazer era *parar* de procurar pela inspiração. Achei mega contraditório, mas, ainda assim, fiz o caminho do aeroporto até em casa tentando pensar em algo que prendesse minha atenção a ponto de eu me distrair e desencanar da ideia.

Provavelmente a solução mais indicada era dar uma mexida no meu Uno, que continuava fazendo mais barulho que o normal. Mas a ideia de passar a tarde inteira embaixo do sol com peças de carro cujos nomes eu não sabia direito não soava muito aprazível.

Por isso, quando estacionei na frente de casa e avistei a gata Catapora na janela do meu quarto, tive uma ideia que talvez não fosse tão apropriada, mas que com certeza levaria minha mente para bem longe de todas as minhas preocupações.

Subi as escadas de casa correndo, peguei a gata com um braço, o box de DVDs de uma série com o outro e percorri o quarteirão que separava a minha casa da de Antônia. Apertei a campainha com o ombro e me perguntei há quanto tempo eu não fazia aquilo. Muito, calculei, já que nos melhores tempos da nossa amizade eu tinha até a chave da porta da frente.

Não muito depois desse voto de confiança, tudo foi pelos ares. E tal lembrança me fez apertar a campainha mais uma vez, com um pouco mais de força.

— Já vai! — um grito ecoou do outro lado da porta.

Eu conhecia aquele grito. A avó de Antônia costumava acompanhá-lo com o ritmo dos seus passos, os pés se arrastando pelo chão. O conjunto do grito com os passos soava como uma volta para casa aos meus ouvidos. Acho que foi por isso que fiquei tão abismado quando ela abriu a porta e perguntou:

— Ué, quem é você? — Ela aparentava estar bem mais velhinha do que eu me lembrava. — *E você?* — Indicou Catapora com a cabeça de um jeito que dava a entender que ela não era nem um pouco bem-vinda.

Demorou uns segundos até eu recuperar a fala.

Tudo bem ela não reconhecer Catapora, já que a gata foi morar na minha casa quando ainda era filhote e triplicou de tamanho desde então. Mas não *me* reconhecer? Que papo era aquele? Eu costumava chamá-la de vó e tudo o mais...

— Vim falar com Antônia. — Foi a única coisa que consegui dizer.

Apertei Catapora e ela tentou fugir; tive que contê-la enquanto minha outra mão se esforçava para equilibrar o box da série.

— Antônia é alérgica a gatos — a avó dela me informou.

Como se eu não tivesse presenciado a choradeira de Antônia quando descobriu a alergia bem ali naquela sala, eu sentado no chão brincando com a gata para tentar distraí-la dos berros que Antônia dava.

Antônia conseguia extrapolar os limites da dramaticidade no início da adolescência. O desespero dela era tanto que me voluntariei a cuidar da gata, para que ela pudesse vê-la sempre que quisesse.

E como Antônia *tinha* me perguntado sobre Catapora no ônibus, ali estava eu, com Catapora miando nada contente apoiada no meu braço.

— Eu sei — declarei, ainda que a alergia de Antônia estivesse mais do que óbvia para mim. — Só trouxe Catapora pra uma...

— *Antônia!* — dona Filomena gritou, se virando para trás, ignorando por completo minha explicação. — Tem um garoto aqui na porta procurando por você! Achei que esse dia nunca fosse chegar!

— Quê?! — Antônia gritou em resposta, de algum cômodo lá dentro. — Calma aí, um minuto!

Na mesma hora me arrependi de ter aparecido. Eu não conseguia ficar calmo nem por meio minuto, imagina um inteiro. Parecia que eu tinha me enfiado num dos filmes europeus que Monique às vezes me arrastava para assistir. Neles, os acontecimentos sempre davam a sensação de serem ligeiramente sem sentido, exatamente como acontecia ali agora: a avó de Antônia não me reconhecendo não fazia sentido *nenhum*.

Ela podia estar pregando uma peça em mim, para me punir pelo tempo que fiquei afastado, mas no instante seguinte Antônia apareceu na porta com seus olhos grandes, castanhos e apavorados.

— O que você tá fazendo aqui? — ela perguntou, abismada.

— Ele veio falar com você — a avó interveio. — Quem diria, né? Até que não é feio. Conheceu na faculdade?

O cabelo de Antônia estava molhado e o tecido fino da blusa branca absorvia a umidade, deixando-a um pouco transparente. A visão foi capaz de me distrair do choque de não ser reconhecido por dona Filomena.

Antônia virou para a avó e tentou explicar:

— Vó, é o *Gregório*!

— Como assim Gregório? — dona Fifi indagou, cruzando os braços.

Antônia avançou um passo na minha direção e, sem nenhum aviso prévio, esticou a mão para afastar todo o cabelo que cobria a minha testa. Na mesma hora, a avó semicerrou os olhos e colocou os óculos, que estavam presos por uma cordinha em seu pescoço.

— Ah, *Gregório*! — dona Fifi falou, finalmente em tom de reconhecimento. — O garoto da rua de trás.

— Eu não sou chamado de o-garoto-da-rua-de-trás faz uns bons dez anos — reclamei para Antônia, que continuava segurando meu cabelo, os dedos apoiados com firmeza no meu couro cabeludo.

— Vovó funciona melhor com o visual — Antônia explicou. — É melhor a gente falar sobre isso lá dentro. — Ela me segurou pelo braço e me puxou casa adentro, em direção ao seu quarto, junto com Catapora, o box da série e o monte de dúvidas que pipocavam em minha cabeça. — Os humores da dona Fifi estão cada vez mais imprevisíveis, mas ela continua tendo horror a mexerico.

— Olha lá vocês dois! — a avó de Antônia exclamou enquanto trancava a porta da frente, e nós avançávamos pelo corredor.

Assim que Antônia fechou a porta do quarto e deixou os ombros relaxarem, percebi que talvez eu não estivesse preparado para o que estava prestes a ouvir.

Antônia
Três espirros e um plano

— Você me perguntou como ia Catapora — Gregório disse, indicando a gata com os olhos, talvez para evitar olhar para mim. — Achei que seria uma boa trazê-la aqui pra matar a saudade. Mas pode deixar que, assim que você começar a espirrar, levo a bichinha pra casa.

Afofei meu cabelo para ver se ele criava uns cachos mesmo estando encharcado. O visual rato de esgoto que o cabelo molhado me dava podia ser assustador. Não era à toa que Gregório evitava me olhar.

Eu não era ninguém sem meu volume. E continuaria sem minha identidade durante os próximos minutos, porque só o que consegui fazendo isso foi acumular água na ponta do cabelo, que começou a pingar com mais força da minha mão para a blusa.

Notei que Gregório passou a observar a merda que eu estava fazendo. Catapora miou em julgamento. Temi que as gotas deixassem minha blusa mais transparente do que a decência de um menino com namorada podia suportar. Interrompi o processo na mesma hora. Sequei a mão na parte de trás dos shorts e dei um passo à frente para fazer carinho na gata. Que, vale ressaltar, não foi muito receptiva à minha proximidade, afastando a cabeça da minha mão.

— Falei pra você que ela não fazia mais ideia de quem eu era — reclamei, me afastando dos dois.

— Dá um tempo pra ela se ajustar — Gregório pediu, avançando um passo para reaproximar a gata de mim e continuou: — Sua avó levou um tempão pra me reconhecer.

O negócio era que a perna de Gregório era mais comprida que a minha. Logo, um passo dele na minha direção o colocava mais perto de mim do que um passo meu na direção dele.

E sei lá por que cargas-d'água fiquei sem graça por tê-lo me vendo tão de perto. Em nossos encontros mais recentes, eu estava um caos: no primeiro estava caindo pelas tabelas em cima dele e agora com esse *look* rato de esgoto que não agradava ninguém, incluindo eu mesma.

Tudo bem que Gregório já tinha me visto de pijama e com remela nos olhos e nunca pareceu se importar, mas agora era diferente. A questão nem era ele se importar ou não. *Eu* me importava. Ver os pelinhos da barba ruiva dele, daquele ângulo, estava despertando sensações malucas em mim.

Sensações que eu nunca tinha tido antes na presença dele.

E que não estava gostando nem um pouco de ter.

Minha saída era culpar a barba. A penugem acobreada assentou muito bem na carinha de bebê dele, dando a Gregório um aspecto mais de homem.

Um homem que tinha *namorada*.

Eu não tinha nada que ficar apreciando a masculinidade recém-adquirida do meu ex-melhor amigo. Longe de mim ser o tipo de pessoa que se coloca por livre e espontânea vontade no meio do relacionamento dos outros. Até porque não gostei nadinha quando se meteram no meu.

Em nome da prudência, passei o dedo atrás das orelhinhas de Catapora e joguei o meu cabelo para trás dos ombros para que ele não começasse a pingar nos pés de Gregório antes de me pronunciar.

— Não se preocupa, você não foi o único que a minha avó esqueceu. Ela esquece de todo mundo agora — expliquei.

Intensifiquei o carinho em Catapora para tentar encobrir a tristeza que essa informação me trazia. A gata fechou os olhinhos, e eu quase esbocei um sorriso, mas fui interrompida por Gregório, que limpou a garganta de forma meio estrangulada, desviando minha atenção.

Quando ergui o olhar, Gregório continuava perto demais de mim e meus pensamentos se embaralharam todos. Dava para ver como a camisa xadrez de sempre tinha desbotado e notar a pinta que ele tinha no pescoço. Também tinha aquele negócio do cheiro. Nunca percebi antes que Gregório tinha uma essência característica. "Cheiro de Gregório" soava esquisito demais para se pensar. E mais esquisito ainda de se sentir.

Apesar disso, ali estava eu, *rodeada* por ele. Desodorante masculino, amaciante azul e mais alguma coisa que eu não conseguia identificar. Desejei que minha alergia à Catapora obstruísse minhas vias nasais o quanto antes.

Mas minha respiração continuou um brinco. Às vezes, o destino não colaborava comigo.

— Poxa, então quer dizer que além de esquecido, não sou nada original? — Gregório comentou com seu sorriso sarcástico, mantendo o bom-humor.

Não entendia como ele conseguia agir assim, como se nada tivesse acontecido. Como se não tivéssemos tido uma baita briga durante a formatura do ensino médio. Como se pouco importasse o tempo que havíamos passado sem nos falar. Como se a memória da minha avó não estivesse se desintegrando a cada minuto. Bom, dessa parte ele não tinha como saber — cabia a mim explicar:

— Princípios de Alzheimer. Até eu sou esquecida às vezes.

— Ah... — Ele ficou um tantinho mais pálido do que de costume e olhou para mim como se eu fosse uma câmera: sem saber o que fazer. — Eu... Foi mal.

Eu também não sabia muito bem como proceder, só achava que um passinho para trás seria de bom-tom. Assim ele não veria o estado que eu ficava ao falar sobre o assunto.

Pena que tinha uma cômoda atrás de mim.

E meu calcanhar foi direto na quina dela.

Vi estrelas. Droga. Tentei manter uma expressão indiferente no rosto, embora, talvez, não tenha dado muito certo.

— Doeu? — Gregório perguntou, apoiando o box que trouxe na cômoda e esticando a mão para tocar no meu braço.

Só me restou dar de ombros, persistindo na encenação de que não havia sido nada de mais. Por sorte, o movimento acabou afastando a mão dele. Coisa que deveria me deixar aliviada, mas que na verdade fez a dor ficar mais intensa. Não era só a do calcanhar, mas a do lance da minha avó também. Ainda assim, fiz uma forcinha para colocar um sorriso falso no rosto.

— Deixa pra lá, tá tudo bem — respondi, conforme a educação mandava. Alarguei o sorriso até minhas bochechas doerem, passando a maior impressão de tranquilidade possível.

Não enganei Gregório nem por um segundo.

— Tem certeza? Porque não parece — ele acusou.

— Você tá falando como se eu estivesse caindo pelas tabelas. Foi só uma topada — argumentei, fingindo que o meu visual de rato de esgoto e as olheiras arroxeadas embaixo dos olhos nem eram comigo.

— Não quis ofender. — Seu gogó se moveu de forma incômoda para cima e para baixo. — Mas é que a situação não parece boa, e não estou falando só de você.

— Bem, é a situação em que me encontro — rebati ao me afastar e sentar na cama.

No trajeto, percebi a bagunça do meu quarto. Acompanhava que era uma beleza o caos da minha aparência. Até que Gregório tinha mesmo seus motivos para detectar sinais de alerta. Embora eu desconfiasse que a principal razão do alarme dele fosse a doença da minha avó.

— Bem que eu achei estranho quando descobri que você estava cursando enfermagem — ele comentou, sem mais nem menos, ao sentar ao meu lado na cama. — Porque, até onde eu me lembro, você não estava nem aí pra faculdade e ria da minha cara quando eu falava de Enem.

— Quem ri por último, ri melhor — falei, num tom mais amargurado do que pretendia. — Devia ter prestado atenção quando você passava dias tagarelando sobre o Enem. Tô pagando uma *fortuna* para a faculdade por conta disso.

— Você deveria ter prestado atenção em mim em várias outras coisas, Antônia — ele disse ao ajeitar Catapora no colo. — Mas a gente não ganha nada remoendo os erros do passado.

Tão inesperada quanto a última declaração de Gregório foi o momento em que Catapora se soltou do braço dele e pulou para o meu colo. Fiquei fazendo carinho naquela coisa fofa e peluda enquanto ignorava solenemente o que ele tinha falado.

Se ele não queria ficar remoendo as coisas do passado, por que tinha tocado nesse assunto? Nós tínhamos um mundo de acontecimentos que mereciam ser remoídos, mas que eu, particularmente, preferia que permanecessem intocados. Porque no final, só o que importava era:

— Estava morrendo de saudades — falei para Catapora quando ela apoiou suas patinhas no meu ombro. — Nunca mais ouse sumir da minha vida assim.

— Ela não vai sumir — Gregório afirmou pela gata, esticando a mão para fazer carinho na cabeça dela, perigosamente perto do meu rosto. — Posso trazê-la aqui sempre que você quiser.

— Muito gentil da sua parte — consegui dizer sem deixar transparecer o quanto aquela proximidade me afetava. — Mas não precisa enrolar sua rotina só por causa disso. — Achei pertinente acrescentar.

— Só estou cumprindo minhas promessas — ele devolveu com um sorriso que eu reconhecia só do tom da voz dele, nem precisava ver seu rosto para saber.

Quase sorri de verdade pela primeira vez, mas foi justamente nessa hora que veio o primeiro espirro.

E logo em seguida veio o segundo.

Mesmo de olhos fechados, para aguardar a chegada do terceiro, senti Gregório se inclinando em minha direção para tirar Catapora do meu colo.

— Minha outra promessa era levar a gata embora assim que isso começasse a acontecer — ele disse ao se levantar da cama e começar a caminhada em direção à saída do quarto.

— Deixa eu te levar até a porta. — Levantei no meio do terceiro espirro, levando a mão ao nariz um pouco temerosa de que algo constrangedor escorresse dali. — Pro caso da minha avó achar que você é um intruso que invadiu nossa casa.

— Pode deixar que me viro com ela — ele afirmou. — Tiro o cabelo da testa se for preciso. Ela precisa se acostumar de novo comigo, Antônia. — Ele parou no vão da porta e se virou para mim. — Pretendo vir aqui mais vezes.

— Sério mesmo? — perguntei, quase com espanto. Permaneci quieta onde estava, ainda com a mão no nariz.

— Eu não acabei de dizer que sim? Pra trazer Catapora e tudo o mais? — ele perguntou, ajeitando a gata no colo, que reclamou com um miado. — Tá vendo só? Você nunca presta atenção no que eu falo, é por isso que... Enfim, você sabe que a dona Fifi é como uma avó para mim. Lembra de quando a gente era pequeno e eu disse que meus avós moravam longe e você falou que me emprestava a sua?

— Lembro — confirmei, a memória ainda fresca na minha mente. Nós tínhamos ido atrás da minha avó para fazer a proposta, vibrando com a possibilidade de sermos quase primos. Quando ela disse que seria um prazer ser avó de um garoto como Gregório até demos um grito.

Ele fazia parte de um monte dessas memórias felizes com a minha avó. Elas brotavam na minha cabeça de tempos em tempos. Seria legal ter memórias novas antes de tudo começar a ir abaixo na cabeça dela.

— Então pronto — ele concluiu, levando a mão à boca para morder o canto da unha. — Deixo Catapora em casa e volto. Trouxe aquela série de médico pra gente maratonar. Você tá com tempo?

Antes mesmo de checar meu calendário mental para confirmar se eu realmente estava disponível, se não tinha nenhum trabalho pendente ou coisa do tipo, me vi concordando com a cabeça. Também esqueci de consultar os princípios básicos da prudência. Na minha concepção afobada, apenas uma coisa poderia ser melhor do que um feriado em casa só eu e minha avó: um feriado em casa só eu, minha avó e Gregório.

Parte de mim ficava feliz em maratonar uma série de médico com os protagonistas que eu adorava. Mas uma parte ainda maior ficava seriamente angustiada. *O menino tinha namorada.* E eu andava reagindo de um jeito esquisito a cada mínimo movimento dele.

Mas, de fato, minhas concepções de namoro andavam para lá de ultrapassadas. De acordo com os meus conceitos, vasculhar com a língua a boca de uma pessoa comprometida com outra constituía em traição de alto nível. Para meu ex-namorado, aquilo não passava de um mero detalhe.

O poliamor ganhava mais e mais adeptos ultimamente, assim como o conceito de relacionamento aberto. Cada um com seu cada um. Até que era legal cada casal ter o poder de fazer suas próprias regras — pelo menos quando elas eram acordadas entre os dois. Só que eu não conhecia a namorada de Gregório, muito menos suas concepções de relacionamento.

Na eventualidade de eles estarem num relacionamento monogâmico, eu me arriscaria a dizer que ela não ficaria nada contente se chegasse aos seus ouvidos que seu namoradinho, todo bonitinho e cheiroso, tinha passado o feriado de Sete de Setembro maratonando uma série médica longuíssima com a ex-melhor amiga e uma senhora de terceira idade.

Alheio a todas as variáveis que eu ponderava sobre seu relacionamento, Gregório foi seguindo casa afora enquanto gritava:

— Eu já volto! Não esquece de mim nesse meio-tempo, dona Fifi, por favor.

— Pode deixar, meu filho, vou repetir seu nome na minha cabeça até você voltar — vovó respondeu, soando mais entusiasmada do que esteve durante toda a manhã.

Tarde demais para uma mudança de planos.

Logo, o que me restava era me certificar de que tudo estava de acordo com as cláusulas de relacionamento de Gregório.

Gregório
Orelhas em perigo

Na metade da primeira temporada, olhei para o lado e vi que Antônia cochilava. Não no meu ombro, dessa vez.

A avó dela assistia aos episódios sentada entre nós dois, perguntando de minuto em minuto quem era cada personagem, questionando toda e qualquer ação que acontecia na tela. Chamando todo mundo de burro. O que, na maioria das vezes, até que era verdade.

O meu papel era rir e concordar. Como Antônia conseguiu continuar dormindo no meio do nosso falatório era uma incógnita.

— Dá vontade de entrar na televisão e fazer melhor — comentei, após uma das reclamações de dona Fifi.

— De mandar todos eles pra casa, porque não servem pra nada! — ela emendou.

— De ser o personagem principal, pra ganhar rios de dinheiro e levar a senhora e Antônia pra viajar o mundo — incrementei a fantasia, talvez indo um pouco longe demais.

Dona Fifi me olhou com uma expressão vazia, de quem não tinha achado graça nenhuma. Tive minhas dúvidas se ela sequer entendeu.

— Afinal, *quem* é esse cara? — ela perguntou, apontando para a televisão.

— O médico principal — expliquei. — O cara que deveria usar os rios de dinheiro que ganha pra levar você e Antônia numa viagem ao redor do mundo.

— Tô bem onde estou, querido. — Ela deu uns tapinhas no meu joelho. — Talvez seja melhor você levar só a Antônia. Tudo o que coitadinha faz é trabalhar e estudar, estudar e trabalhar, só *observar* a rotina dela já é exaustivo. Acho que seria bom ela ver algo além da cidade passando pela janela de um transporte público.

— Pode contar comigo, dona Fifi. — Passei o braço em volta dos ombros dela. — Assim que eu tiver condições.

— *Dona Fifi?* — ela perguntou, se virando para mim com o rosto ainda mais enrugado que o normal, numa expressão exasperada. — Desde quando você não me chama de vó?

Ri e baguncei um pouco dos seus cabelos brancos. Toda a tensão que eu nem tinha me dado conta de que sentia evaporou num instante. Eu me corrigi na maior felicidade:

— Foi mal, *vó*. Pensei que a senhora não gostava mais que eu te chamasse assim.

Ela bufou e cruzou os braços antes de se virar de volta para a tv.

— Vocês, jovens, têm cada uma...

Não ousei discordar. Voltamos a assistir a série numa certa paz, até que dois minutos depois ela perguntou mais uma vez indicando a tela:

— Mas, afinal, quem é *ela*?

Eu não sabia se achava graça, ou ficava assustado. Dona Fifi sempre foi dessas avós que perdiam o fio da meada no meio da trama. Eu me lembrava de um montão de cenas como essa da época em que eu vinha assistir novela aqui, com ela e Antônia. Não que eu de fato gostasse de novela, mas amava estar com elas, independentemente das circunstâncias. Sem falar que ver Antônia se refestelando com as brigas do casal principal e a avó perguntando todo santo capítulo qual era a função de uma das personagens coadjuvantes era engraçado. Mas não tinha tanta graça assim quando as perguntas vinham de minuto em minuto e eram sobre os personagens principais; me dava a impressão de que dona Fifi não estava entendendo nada do que se desenrolava na frente dela. Contudo, antes de decidir se eu devia me preocupar ou não, achei prudente acordar Antônia, para ter uma opinião mais experiente sobre o assunto.

Fiz isso jogando um punhado de pipoca nela. Ela se ajeitou rápido no sofá com o susto.

— O quê? O quê? Aconteceu alguma coisa? Eu perdi algo?

— Só a oportunidade de me explicar quem diabos é essa mulher que não para de falar — a vó dela respondeu.

Uma das pipocas ficou presa nos cachos de Antônia. Estiquei o braço para resgatá-la, mas ela desviou minha mão com um tapa.

— Seu ridículo! Quase me matou do coração! Pensei que a vó tinha passado mal, ou que eu tinha perdido alguma reviravolta importante!

— Ninguém mandou você ficar dormindo no meio da série — provoquei, enquanto recolhia meu braço.

— Crianças, parem de brigar! — dona Fifi ralhou tão alto que eu e Antônia pulamos para lados opostos do sofá.

O volume da voz dela era desproporcional à intensidade da briguinha boba que acontecia ali. Mesmo assim, minha intenção era das melhores, e eu já estava no processo de me virar para Antônia, pronto para me desculpar.

Pena que não houve tempo hábil. Dona Fifi pegou nós dois pela orelha. Com muita força.

A posição que minha cabeça ficou me impedia de vê-la, mas dava para ouvir muito bem Antônia gritar de dor.

— Para! Por favor, por favor, por favor! — Ela não parava de implorar.

A mistura da dor com o choque me deixou sem ação; fiquei igual um paspalhão tentando encontrar o ângulo de inclinação menos doloroso antes de pensar em fazer qualquer coisa.

— Estou *farta* das confusões de vocês — dona Fifi continuou ralhando, apertando minha orelha um pouco mais antes de soltá-la.

Mal tive tempo de ajeitar minha cabeça num ângulo normal antes de ela voltar a gritar:

— Janet, vai pro seu quarto!

Janet era o nome da mãe de Antônia. Dona Fifi estava confundindo tudo. E pela expressão de Antônia, não parecia ser a primeira vez.

— E você, mocinho, vai se ver comigo — dona Fifi me ameaçou de um jeito tão intenso que me deu até medo. Ainda que ela fosse uma senhorinha miúda que mal alcançava meus ombros.

Não fazia ideia de quem ela pensava que eu era, mas não perderia tempo em desfazer o mal-entendido.

— Vó, calma aí, sou *eu* — falei, me levantando do sofá e deixando minha orelha bem longe do alcance dela.

— Ela não vai entender, Greg. — Antônia também se levantou e ficou na frente da avó. A voz dela era pura decepção, mas a expressão era firme. Ela segurou os dois ombros da avó e fez um carinho neles.

— O que a senhora acha de tomar um chazinho? — sugeriu.

— *Chazinho?* — dona Fifi desdenhou da sugestão, sem a menor consideração. — Primeiro vocês me deixam louca, depois querem me oferecer *chazinho?* Pela madrugada!

Antônia me lançou um olhar de total desespero. Eu me sentia exatamente do mesmo jeito. Ainda por cima não tinha a menor ideia do que fazer.

— Um cafezinho, então? — arrisquei.

Antônia discretamente fez que não com a cabeça um segundo antes de dona Fifi berrar:

— Vai ver se eu tô na esquina! É bem capaz de eu estar mesmo! Vou lá na casa da Gertrudes espairecer, colocar os papos em dia.

— Pode deixar que eu vou lá com você — Antônia se prontificou mais que depressa, segurando a mão da avó para ajudá-la a se levantar, mas dona Fifi recusou o auxílio e afastou a mão da neta. Se apoiou no sofá para se levantar sozinha.

— Não preciso de dama de companhia!

Por um milésimo de segundo achei que Antônia ia chorar. E aí, sinceramente, ficaria difícil de aguentar.

— É caminho da minha casa e eu tô indo pra lá — falei, me virando para dona Fifi. — A senhora não se incomoda de me acompanhar, né? A cidade anda cada vez mais perigosa, me sinto mais seguro se tiver alguém por perto.

— Que menino frouxo — ela desdenhou, com um revirar de olhos. — Espera um minuto que vou pegar meus pertences.

Ela foi se encaminhando com seus passos arrastados em direção ao quarto. Do meu lado, ouvi Antônia soltar o ar com um suspiro.

— Valeu mesmo — ela agradeceu. — Vou ligar para a dona Gertrudes e perguntar se tá tudo bem minha avó ficar lá por algumas horas, depois vou buscar. Espero que ela aceite companhia na volta, tenho um medo dela subindo e descendo essas ladeiras sozinha. Se até eu vivo tropeçando, imagina ela que tá velhinha?

— Você só vive tropeçando porque é muito desastrada — falei, numa tentativa desesperada de aliviar o clima pesado do ambiente. Acho que não funcionou.

Antônia permaneceu séria, só balançou a cabeça de um jeito suave, mas foi o suficiente para seus cachos ganharem movimento. A pipoca continuava ali, enroscada entre um deles. Fiz minha segunda tentativa de tirá-la dali.

Dessa vez fui bem-sucedido, ela chegou até a abrir um sorrisinho antes de pegar o celular e ligar para dona Gertrudes. Acho que foi aquela pequena amostra de felicidade que me fez perder o fio da meada e começar a ponderar coisas sem sentido.

— Que tal se eu deixar sua avó na casa da dona Gertrudes, for pra casa, me arrumar e depois passar aqui e te pegar pra gente dar uma saída? — sugeri assim que ela finalizou a ligação, antes que minha cabeça pudesse julgar se isso era uma boa ideia ou não. — Pode ser algo perto, ali na Lapa mesmo, um barzinho qualquer, só pra gente beber e distrair um pouco a cabeça, ter algo gelado pra colocar nas nossas orelhas.

Assim que terminei de vomitar as palavras, tive vontade de puxar minha outra orelha. O que me tranquilizou foi que, mesmo que eu me poupasse de uma autoagressão, Monique não perderia a oportunidade, quando eu contasse a programação do meu feriado, assim que ela voltasse de viagem.

Ainda assim, o sorriso de Antônia se firmou um pouquinho mais no rosto, e ela falou:

— Acho que uma cerveja gelada ia cair muito bem pra minha orelha. Além do mais, tem umas coisas que quero te perguntar. Como você emendou um episódio no outro, acabou que não deu tempo.

— Que coisas? — perguntei, metade interessado e metade temeroso. Nunca sabia o que esperar de Antônia. Aliás, essa afirmação se estendia para toda a família dela.

Antes que ela pudesse responder minha pergunta, dona Fifi veio pelo corredor, com uma trouxa misteriosa embaixo do braço. Eu me apressei para ajudá-la com o carregamento e me surpreendi ao vê-la estendendo o braço para se apoiar em mim. Nem parecia a velhinha puta da vida que apertara nossas orelhas sem nenhum tipo de cuidado minutos antes.

Antônia me lançou um olhar de estranhamento muito semelhante ao que eu sentia. Sem nenhuma gota de ressentimento pela agressão, nos acompanhou na curta caminhada até a porta, se encarregando da trouxa misteriosa, enquanto eu entrelaçava meu braço com o da dona Fifi.

— Fica de olho se ela vai entrar mesmo na casa da dona Gertrudes ou vai tentar dar uma escapada. — Antônia caminhou na ponta dos pés para cochichar no meu ouvido.

Levando em consideração o estado de descontrole anterior da dona Fifi, o sigilo fazia sentido.

— Pode deixar — falei, tentando fazer com que minha voz não passasse de um sussurro. — Você consegue ficar pronta em meia hora? Não dá pra demorar muito, temos pouco tempo até a hora de voltar pra buscar sua avó.

— Até daqui a meia hora — ela cochichou em resposta antes de abrir a porta e me entregar a trouxa misteriosa.

— Até. — Eu me inclinei pela última vez, incapaz de resistir ao impulso de dar um beijo bem de leve na orelha machucada dela.

Saí pela porta quase tropeçando, sem me dignar a olhar para trás. Sei lá se fiz a coisa certa. Esquisito à beça isso de beijar a orelha de alguém sem nenhum aviso prévio.

Durante o trajeto até a casa de dona Gertrudes, tive que pelo menos *fingir* que estava no controle de alguma coisa. Antônia confiava em mim para que sua avó ficasse em segurança e nós já tínhamos estourado a cota de imprevistos do dia.

Eu me concentrei em entregar a trouxa misteriosa para dona Gertrudes e assegurá-la de que não demoraria muito até vir buscar dona Fifi, mas no fundo fiquei me perguntando que diabos tinha dado em mim.

Temi que sentimentos antigos estivessem saindo do baú para assombrar o meu presente.

No momento seguinte, descartei a hipótese, só de lembrar de como era forte o comprometimento que eu tinha com a minha namorada. Até ir para academia eu ia. Só para acompanhá-la no Projeto Músculos Tonificados, ou fosse lá como ela chamava.

Monique era quem mandava. Eu simplesmente obedecia. E, sem querer parecer pau-mandado nem nada, eu ficava feliz em colaborar. Antes de viajar, ela pediu que eu me comportasse e eu me comportaria.

No fim das contas, concluí que o turbilhão de emoções que atingiu dona Fifi sem mais nem menos, embaralhando sua cabeça, acabou mexendo um pouco com todos os envolvidos. Caso contrário, duvido muito que Antônia teria aceitado meu convite para uma cerveja.

Também duvidava que eu sequer teria convidado.

E com certeza não sairia beijando orelhas aleatoriamente por aí. Muito menos se elas não pertencessem a Monique.

Antônia
A arte de soltar a língua

— Mais uma? — Gregório perguntou, virando a cerveja que restava no copo em um gole só.

Observei seus movimentos com mais atenção do que gostaria. Ele não bebia assim quando éramos melhores amigos. Ou será que bebia e eu não sabia? Tanta coisa ficou sem ser dita naquela época...

— Pode ser — concordei.

Dessa vez me encarregaria de não haver *nenhum* mal-entendido. Colocaria tudo em pratos limpos de agora em diante. Ou melhor, da próxima cerveja em diante.

Gregório se virou para o garçom para fazer o pedido, resolvendo tudo num só gesto. Mais uma vez me peguei abismada com movimentos corriqueiros do meu ex-melhor amigo. A familiaridade dele em ambientes de boemia só ressaltava o quanto havíamos mudado desde que interrompemos nossa amizade.

Era sobre uma dessas mudanças que eu queria falar.

O garçom colocou a nova garrafa na mesa, e Gregório se encarregou de encher os copos. Pelo menos as mãos dele continuavam as mesmas de sempre.

Mãos que me ampararam nos momentos mais difíceis.

Mas era melhor eu me concentrar no presente.

— Quantas a gente já bebeu? — perguntei só para manter a cabeça no espaço-tempo que realmente importava: o agora.

Gregório deu de ombros, como se não soubesse, nem tampouco se importasse.

— A gente vê quando pedir a conta — ele respondeu.

Assenti de um jeito meio descompensado, que fez uma mecha do meu cabelo cair na cara. Embora não fosse a quantidade de garrafas em si que me tirasse do prumo, meu descontentamento estava mais ligado à ineficiência do álcool em soltar a minha língua.

Por via das dúvidas, tomei mais um gole. Dos grandes. Tipo os de Gregório.

— Devo ficar preocupado? — ele perguntou, indicando meu copo com a cabeça.

— Eu que te pergunto — falei ao pousar o copo na mesa e, por fim, tomar coragem para desembuchar: — Por que sua namorada não veio?

— Como você sabe que eu tenho namorada? — Ele estreitou os olhos por trás dos óculos. — Me *stalkeou* nas redes sociais e nem se dignou a aceitar meu pedido para te seguir?

Ele acertou na mosca. E eu não podia dizer que fiquei surpreendida, apenas encabulada. Aquilo não vinha nem um pouco ao caso.

— Você tá fugindo do assunto — acusei, antes de me esconder atrás de um gole de cerveja.

— Juro que não. — Ele se ajeitou na cadeira. — Monique não veio porque tá viajando. Foi passar o feriado com a família.

— Então ela não é daqui? Me conta mais sobre a menina que roubou seu coração.

— A menina que roubou meu coração? — Gregório riu antes de exercer seu direito de se esconder atrás de um gole de cerveja. — Roubou de quem? De onde você tira essas coisas?

— Sei lá, das novelas — respondi enquanto analisava seu rosto à procura de sinais.

Sinais não sei do quê. Talvez de que seu coração tivesse sido roubado mesmo. Embora não achasse que esse era o tipo de coisa que desse para ser lida em expressões faciais.

— Não acredito que você e sua avó ainda fazem aquela maratona televisiva.

— E eu não acredito que você ainda não respondeu minha pergunta. O que sua namorada acharia de você tomando cerveja na Lapa com uma garota aleatória?

— Você não é uma garota aleatória — Gregório rebateu. Tentei manter uma expressão imparcial. — Monique sabe de você. E justamente por ela saber demais é que eu não sei como vai reagir quando contar sobre os acontecimentos de hoje.

— Como assim ela sabe demais? — Comecei a ficar receosa. — Você contou a ela sobre nossas danças coreografadas do Dragon Ball Z?

Gregório riu e balançou a cabeça. Quem me dera achar tudo tão engraçado quanto ele.

— Isso também, mas não é essa parte que me preocupa.

— Qual parte, então? — insisti. — As festas do pijama? As noites na praia? O que você contou pra ela?

— Eu contei tudo — Gregório confessou e logo depois virou o copo de cerveja. — Mas não importa. Seja lá o que a Monique vai achar, eu quero ajudar você e a sua avó. E mesmo que ela fique emburrada, não vai ser o biquinho dela que vai me impedir.

— Então quer dizer que ela faz biquinho? — Segui com meu questionário, cada vez mais intrigada.

Esperava não estar soando como uma louca desvairada, interessada no biquinho de uma garota que nunca vi na vida. No fundo, só estava sendo sincera — e, talvez, um pouco invasiva também —, vocalizando minhas preocupações genuínas.

Culpava a cerveja por isso, o álcool finalmente começava a soltar minha língua do jeitinho que eu queria. Eu deveria ter mais cuidado com o que desejava.

— Ela é legal, você vai ver quando conhecer.

— Você vai mesmo nos apresentar? — questionei sem poupar a incredulidade na minha voz. — Pensei que você iria evitar a situação, igual tá evitando revelar o que diabos você contou para ela.

— Antônia... — Gregório balançou a cabeça de um lado para o outro, como se eu fosse um caso perdido. — Claro que você vai conhecer ela. Como acha que eu vou passar a ajudar você e a sua avó, com o mínimo de paz, sem que a Monique faça com você um questionário muito parecido com o que está fazendo comigo?

— Eu vou poder fugir das perguntas, igual você está fazendo?

— Ela não é tão benevolente quanto você — respondeu Gregório, tentando jogar uma psicologia reversa para cima de mim.

— Quem disse que eu sou benevolente?! Ainda vou fazer você me contar tintim por tintim do que você quis dizer com esse tal "tudo" que Monique sabe e eu não. Mas, por hora, vou só te tranquilizar de que não é necessário você comprometer sua paz por mim e pela minha avó. Estamos bem, não tem sentido criar problemas por nossa causa.

Gregório se engasgou com a cerveja no meio de um gole e deu umas tossidas antes de se pronunciar:

— Você chama isso de estar bem? — Ele afastou o cabelo que encobria sua orelha vermelha e brilhante.

Foi a minha vez de dar uma tossidela. Jamais imaginei que uma senhorinha tão franzina como minha avó teria força suficiente para fazer um estrago daqueles na orelha de alguém. Muito menos de um menino com uma aparência recém-encorpada como Gregório.

A minha própria orelha não estava às mil maravilhas, mas quem se importava? Muito mais alarmante que o latejar das orelhas era a possibilidade de a minha avó começar a ter episódios violentos como aquele de agora em diante. Ainda assim, bati na mesma tecla.

— A gente se vira — falei para Gregório do jeito mais descompromissado que consegui.

Descompromissadamente imitando a arte que ele dominava tão bem de virar o copo de cerveja de uma vez só.

— Sério? Como? Juro que não entendi. Você não estuda? E trabalha? Dona Fifi não fica sozinha o dia inteiro?

Parecia que o jogo tinha virado. Agora, quem assumia o interrogatório era ele. E eu me senti pessoalmente ofendida pelo número de perguntas. Por acaso ele achava que o bem-estar da minha avó não era prioridade na minha vida?

Ele estava bem enganado. E eu podia provar.

— Eu trabalho para pagar a faculdade e eu estudo porque quero ter condições de cuidar da minha avó da melhor forma possível. Por isso dona Vera passa o dia tomando conta dela. Eu deixo tudo ajeitado pra que as duas possam passar o tempo livre entregues ao carteado.

— Dona Vera? A vizinha? — Gregório iniciou uma nova bateria de perguntas. — Aquela que consegue a proeza de ser *menor* que a sua avó? O que vai acontecer se a dona Fifi inventar de puxar a orelha dela? Tenho pra mim que a velhota corre o risco de se desmontar toda no chão.

— Isso não vai acontecer de novo! — protestei enquanto enchia nossos copos.

Só para ilustrar como eu estava decidida a impedir o repeteco do massacre das orelhas, pousei a garrafa de volta com um baque.

— Mas, Antônia... — Gregório *ousou* me desafiar enquanto mexia o copo de um lado para o outro na mesa. — Não é você quem controla.

Tive vontade de mandar tudo pelos ares. Literalmente. Copos, garrafa, chave de casa, tudo. Mas o que fiz na verdade foi segurar as lágrimas e murmurar:

— Eu sei — sem ousar olhar para ele.

Por alguns segundos, só o que preencheu o silêncio foi o burburinho do bar e o copo de Gregório sendo arrastado de um lado para o outro, deixando um rastro molhado por onde passava. Um rastro muito parecido com as lágrimas que eu não tinha coragem de derramar.

— Então deixa eu te ajudar — ele pediu, numa voz tão baixa quanto a minha, parando de mexer no copo. — Só tenho aula de manhã, posso ficar com ela durante a tarde, até a hora que você chegar. Sabe que eu gosto dela como se fosse a minha própria avó e, sei lá, fiquei muito chateado de ver ela assim. Não tava esperando. — Ele deu um gole na cerveja e estacionou o copo de volta na mesa com um estampido resoluto. Quem visse a cena de fora poderia imaginar que ele tinha acabado de tomar um gole de coragem. — Quero recuperar o tempo que perdi com ela. Se você não se incomodar. Nem dona Vera.

Uma risadinha muito da sem graça escapou pelo meu nariz ao lembrar dos conflitos entre minha avó e dona Vera.

— Acho que a dona Vera se sentiria aliviada de ter a carga horária reduzida no Vale dos Tupperwear sem tampas — falei.

— E eu vou ficar feliz da vida em passar mais tempo com minha velhinha preferida. — Gregório sorriu, pouco se importando com o lance dos Tupperwear.

Fiquei sem saber se era uma felicidade genuína ou a bebida falando. Pelo jeito satisfeito que ele me olhava, desconfiei que fosse a primeira opção. Embora não houvesse nada de divertido em ficar de olho numa velinha com princípios de Alzheimer.

Mas isso ele teria que descobrir sozinho.

— Tudo bem. — Por fim, dei o braço a torcer. — Vamos testar semana que vem pra ver se funciona.

— Vai funcionar — ele afirmou, sem a menor sombra de dúvida. — Você vai ver só.

— Veremos — rebati em tom de desafio antes de me virar, cheia de atitude, para pedir ao garçom mais uma garrafa.

A saideira, prometi para mim mesma.

8

Gregório
Momentos de embaraço

— Mas sério, Greg — Antônia virou para mim quando começávamos a subir a ladeira para casa —, o que a sua namorada sabe sobre a minha pessoa que pode fazer com que ela não goste de mim?

Apressei meus passos na vã tentativa de fugir do assunto.

— Hein!? — Ela veio na minha cola, provando que sua falta de benevolência era mesmo real. — Foi por causa do que aconteceu na festa de formatura?

— Não tem nada a ver com a festa de formatura. — Diminuí o passo para que ela desacelerasse o ritmo também, minimizando suas chances de levar um tombo.

— Não *mesmo*? — perguntou, desconfiada, estreitando os olhos na minha direção.

— Mais ou menos. — Tive que me corrigir. Por mais que a formatura tenha sido apenas um ponto no meio de toda a confusão, ele foi um ponto-final. E se tirei uma lição daquilo tudo, foi nunca mais mentir para ela.

— Ahá! — Ela colocou as mãos na cintura e endireitou a postura. — Não acredito que você fez minha caveira pra sua namorada por eu ter parado de falar com você! Embora meus motivos tenham sido um pouco exagerados, foram totalmente plausíveis.

— Eu sei que foram. — Dei razão a ela antes que começasse a se enfezar ainda mais. Pelos motivos errados, ainda por cima.

Demos alguns passos em silêncio enquanto eu torcia para que Antônia finalmente deixasse o assunto morrer. Por outro lado, eu tinha diante de mim a preciosa chance de repetir algo que ela sempre se recusou a escutar:

— Desculpa — arrisquei numa voz baixa, envergonhado tanto por bater na mesma tecla por dois anos consecutivos, quanto pelo motivo de eu ter algo pelo qual precisava me desculpar. — Eu deveria ter te contado que Max estava com outra menina na festa, mesmo que vocês tivessem terminado. Era o meu papel de amigo. Mandei muito mal.

— Mandou mesmo — ela concordou, mas o canto da sua boca levantou um pouquinho, ameaçando um sorriso. — Mas águas passadas, né? A não ser que você tenha feito minha caveira pra sua namorada por causa disso.

— Eu não fiz a caveira de ninguém — me defendi.

E quem me dera ter um daqueles tênis a jato que faziam a pessoa sair voando. Só mesmo um calçado que não existia no mundo real para me ajudar a escapar daquela situação, pois, se bem conhecia Antônia, ela não descansaria até espremer de mim toda a informação que julgava ser necessária. Pouco importava se eu não me encontrava lá muito disposto a compartilhar.

Era uma pena que a única solução que me vinha à mente só era plausível no mundo dos videogames. Tinha dias que tudo que eu mais queria era me mudar para dentro de algum jogo. Aquele momento com certeza era um deles, especialmente quando Antônia questionou:

— Por que você não quer me contar o que falou pra ela? Pensei que estávamos retomando nossa amizade.

— E estamos — afirmei, sem permitir que meu coração amolecesse diante da confirmação. — Mas, se possível, gostaria de evitar momentos embaraçosos.

— Momentos embaraçosos? — ela perguntou, claramente fazendo pouco dos meus motivos. — Essa é boa!

Na verdade, era péssimo. Eu sofri à beça. E realmente não achava que valia a pena contar; só deixaria nossa recém-retomada amizade num limbo de constrangimento. Por isso, tornei a apressar o passo e nem me dei o trabalho de ficar surpreso quando ela me alcançou novamente.

Aquela menina tinha sido cabeça-dura a vida toda. Capaz de coisas malucas para atingir seus objetivos. Capaz até de me puxar pelo braço para me fazer parar no meio do caminho.

— Se você pensa que vai chegar na casa da dona Gertrudes antes de me contar o que tá escondendo, tá muito enganado.

A mão dela segurando firme no meu braço me transportou para outra época. Por coincidência, justamente a época da qual ela gostaria que eu falasse.

Que dor de cabeça. Aquela era a segunda vez que eu sofria de ressaca por antecipação. Em ambas as vezes os sintomas começaram da mesma maneira: com Antônia perturbando meu juízo.

— Não tô te escondendo nada.

Virei de lado para poder olhar para ela, metafórica e literalmente dando o braço a torcer.

— Talvez Monique não goste dessa história da gente voltar a ser amigos porque ela sabe que eu gostava de você — admiti, muito contrariado.

Antônia soltou meu braço na mesma hora.

— Como assim *gostava* de mim? — ela perguntou, parecendo assustada e receosa. — Não gosta mais? Porque eu sou insistente e rancorosa? Por que quis retomar a amizade então?

Tive que respirar fundo e esfregar a cara, tirando meus óculos e possivelmente parte dos miolos do lugar no processo.

— Estamos falando de "gostar" diferentes — esclareci. — Ela sabe que eu gostava de você como agora gosto dela.

— Não gostava, não — Antônia negou, dando um passo para trás, ainda que não tivesse nenhum acesso aos arquivos do meu coração para fazer tal afirmação.

— Gostava, sim — rebati. — E você sabia.

Aquilo saiu num tom mais acusatório do que eu pretendia, mas, como já tínhamos embarcado naquele assunto, deixei a coisa seguir o fluxo.

— Eu nunca soube — ela sussurrou tão baixinho que os sons da noite carioca mal me deixaram escutar.

— Como não? Eu te contei. Na festa de formatura, lembra?

Ela ficou me olhando em silêncio como se eu fosse a personificação do bicho-papão. Justamente a reação que eu queria evitar. Mas já era tarde para voltar atrás. Eu teria que assumir o papel que me foi designado e remexer um dos episódios mais assombrados do nosso passado.

Porque agora eu também queria algumas respostas.

— Você tava tão bêbada assim? — perguntei, bolado por nunca ter considerado esse detalhe.

Passei dias e dias aguardando uma reação depois de finalmente ter criado coragem para abrir meu coração para ela. Só o que recebi em troca foi um silêncio glacial, que congelou meu sentimento por completo.

Mas quem parecia congelada agora era ela, que ficou imóvel, me esquadrinhando de cima a baixo numa expressão esquisitíssima.

Talvez Antônia fosse mais fraca para bebida do que eu pensava. Ela não parecia nada bem. Possivelmente do mesmo jeito em que estava naquele maldito dia. Suspirei e me perguntei onde eu tinha amarrado meu burro. Dei um passo em direção a ela e anunciei o que cinco minutos antes seria classificado como inimaginável:

— Tudo bem, você venceu. Vou te contar o que aconteceu.

— Não precisa — ela falou, como se tivesse despertado de um transe.

— Você tinha razão, é embaraçoso.

— Da próxima vez você presta mais atenção no que eu falo.

E me referia tanto ao aviso de hoje, quanto à declaração de dois anos atrás.

— Prometo. — Ela fez um gesto meio vago com a mão, que desconfiei que significava palavra de escoteiro.

— O relato é meio longo — avisei, só para que ela estivesse ciente. — Acho melhor você se sentar. Aquela calçada parece perfeita para isso. — Indiquei uma parte alta no calçamento irregular, um pouco mais à frente, e guiei Antônia até lá.

— Sério, Greg, não precisa, de verdade. — Ela parou na beira da calçada, se recusando a sentar.

— Precisa, sim — rebati, sentindo meu sangue começar a ferver. — Você passou a noite inteira enchendo meu saco. O mínimo que você pode fazer agora é ouvir.

Ela bufou e olhou para os lados, com certeza à procura de uma saída. Mas se achava que depois de me atazanar tanto ia sair daquela conversa ilesa, estava muito enganada. Nós dois precisávamos de algumas respostas para poder seguir em frente.

Antônia
Tintim por tintim

— Tá confortável? Posso começar? — Gregório perguntou assim que me sentei na calçada.

Mal ajeitei minha bunda no concreto antes de declarar:

— Não pra ambas as perguntas.

— Mesmo assim eu vou falar.

Nem me preocupei em encobrir um suspiro resignado enquanto Gregório sentava ao meu lado. Comecei a fazer um coque meio frouxo no cabelo, só para evitar ficar descabelada enquanto ouvia os horrores que ele diria.

— Mas, por favor — a voz dele deu uma suavizada ao se virar na minha direção —, não faz essa cara de quem tá sendo obrigada a passar por uma tortura, você que insistiu que eu contasse. E só agora me atinei que te informar o que realmente aconteceu pode me ajudar a esclarecer algumas coisas na minha cabeça também. Passei um tempão me perguntando por que você nunca me deu uma posição sobre o assunto. Se eu tinha feito algo mais de errado, além do lance com o Max. Se fui mesmo um amigo assim tão péssimo, e mais um monte de indagação desse tipo que costuma não ter muito sentido, mas que consome o tempo e a paciência da pessoa.

— Gregório, eu não... — tentei dizer, mas ele interrompeu minha interrupção antes que eu concluísse a ideia.

— Por favor, Antônia, deixa eu falar — ele pediu, num tom tão estrangulado que, mesmo que eu não estivesse nem um pouco a fim de uma viagem pelo túnel do tempo com destino a um dos dias mais pavorosos da minha existência, não tive coragem de recusar.

— Tudo bem, vai em frente.

Afinal, eu tinha *mesmo* enchido o saco para que ele me contasse. Não tinha como Gregório adivinhar que eu havia entrado em parafuso a partir do momento que ele revelou que gostava de mim.

Precisava manter minha compostura do melhor jeito que podia. Inclusive encarando meus pés, apesar de o esmalte lascado das minhas unhas me dar nos nervos. Tudo para não encarar o rostinho barbado de Gregório.

— Não sei se você lembra dessa parte, mas eu cheguei um pouco atrasado na festa — ele começou. — Meus pais tinham passado o dia praticando o esporte favorito deles: jogar acusações de a-culpa-é-sua de um lado pro outro até cansarem. Depois, tiveram a cara de pau de me perguntar se eu ficaria chateado se não fossem na formatura. Claro que fiquei chateado, mas falei que não. Ainda por cima, me coloquei no papel de convencê-los que entendia as razões deles. Que não fazia mal eles estarem exauridos, que eu sabia das preocupações deles com o trabalho, que já estava grandinho e blá-blá-blá... Quanto mais eu falava, mais ficava puto pela falta de consideração deles, mas nada que um cantil cheio da vodca mais cara do meu pai não compensasse.

— Eu lembro quando você chegou — falei. — A primeira coisa que você me mostrou foi o frasquinho prateado.

— Pensei que um pouco de álcool ilícito poderia aplacar suas tristezas assim como costumava fazer com as minhas. A primeira coisa que notei quando cheguei foi que, apesar da maquiagem, seus olhos estavam meio inchados. Afinal, fazia só uma semana que o Max tinha terminado com você, né?

— É — confirmei, chutando uma pedrinha em direção ao paralelepípedo. — E valeu por relembrar esse detalhe nada lisonjeiro.

Logo se via que a memória de Gregório era muito mais minuciosa que a minha.

— Lembro como se fosse um filme — ele continuou. — A música que estava tocando, o jeito que você dançava, seu vestido amarelo que combinava tão bem com a sua personalidade... Você até podia estar triste, mas continuava linda. — Ele deu um sorrisinho encabulado. — A mais bonita das formandas.

— Menos, Gregório — pedi ao lembrar da diversidade de beldades que formava a nossa turma. — Deixa de ser bobo.

— Mas era isso que eu era — Gregório argumentou, alheio ao calor que queimavam minhas bochechas. — Um bobo apaixonado. Tão bobo que não conseguia admitir nem pra mim mesmo. Até porque você namorava ninguém mais, ninguém menos do que o meu melhor amigo. Fiquei tão confuso quando ele terminou com você... Uma partezinha minha queria pular de alegria por poder ter o mínimo de esperança, enquanto a maior parte me mandava sossegar o facho e se concentrar no quão puto da vida eu estava por Max ter terminado com você do jeito escroto que ele terminou.

— Pelo menos ele *terminou* e não fez pelas minhas costas — ponderei, tentando ter uma atitude positiva, madura e distanciada em relação ao término.

Gregório se ajeitou na calçada, deixando escapar um som estrangulado.

— Quer dizer que ele *também* fez pelas minhas costas antes de terminar comigo? — perguntei, só para ver se eu tinha entendido direito a reação contrariada de Gregório.

Ele nem precisou abrir a boca para confirmar meus temores. Bastou me lançar um olhar enviesado por trás das armações pesadas dos óculos para eu entender tudo.

— Filho da puta — comentei, sem conseguir me segurar.

— Era exatamente o que eu estava pensando durante a festa — Gregório concordou. — Sendo que, na verdade, não é bem assim. Pobre da tia Elaine, ela é supimpa, como ela mesma gosta de dizer. Não tem nada a ver com a babaquice do filho.

— Nisso você tem razão. E, além de supimpa, as empadinhas dela eram ótimas. Com certeza não tem culpa do filho que tem.

— Ela parou de fazer todo fim de semana depois que você sumiu da casa dela. Passou a fazer só cachorro-quente, ou deixar que a gente se virasse sozinho. O que, cá entre nós, tava mais que na hora.

— Já tinha até *passado* da hora. Mas não é sobre o cardápio da casa do Maximiliano que a gente sentou aqui pra conversar.

No fim das contas, acabei entendendo a importância daquela lavação de roupa suja. Existia um mundo de coisas não faladas entre a gente. Se pretendíamos nos aventurar numa nova fase da nossa amizade, o ideal era que colocássemos tudo em pratos limpos. E ficava a cargo de Gregório não divagar sobre detalhes que não tinham relevância.

— Foi mal — ele se desculpou. — Eu costumava achar que o Max se metia no meio de tudo. Com o tempo fui percebendo que era eu quem deixava ele se meter, como nessa conversa agora. A droga é que perceber um padrão não é o mesmo que corrigi-lo, né? Mas eu tô me esforçando. — Ele deu de ombros.

Voltei a encarar minhas unhas lascadas para me impedir de dar um soquinho no braço dele. A memória da consistência durinha dos seus bíceps, que apertei sem a menor expectativa minutos antes, só para poder freá-lo na subida, me deixou sem-graça de repetir a experiência.

Pois agora minhas expectativas quanto àqueles braços eram altas.

Para evitar divagações sobre os músculos de Gregório, o melhor a fazer era abaixar a cabeça e ficar na minha enquanto ouvia o lado dele da história.

— Fora minha raiva pelo lance dos meus pais e pela sacanagem que o Max fez com você, eu até que consegui me divertir no começo da festa. Com certeza a vodca ajudou. Se eu não me engano, te ajudou em algum sentido também. Você ficou toda risonha e vinha de tempos em tempos pra cima de mim pedindo pra colocar "só mais um pouquinhozinho" da vodca na sua batida.

— O pouquinhozinho se transformou num muitãozão — comentei ao lembrar como "ir para cima" dele não era um exagero de expressão.

Teve uma hora que eu cheguei a *me pendurar* no ombro de Gregório e me recusei a sair até que ele derramasse mais um pouquinhozinho do líquido precioso dentro do meu copo.

As memórias daquela noite me invadiram de repente e eu me deixei levar por elas.

***

— É difícil pra caramba te dizer não, Antônia — Gregório disse ao me segurar pela cintura para me ajudar no equilíbrio enquanto eu continuava pendurada nele. — Principalmente quando você faz essa cara. — Ele apontou para o meu rosto com o queixo que só tinha uns fios ruivos espaçados.

— Cara de quem foi muito sacaneada pelo ex-namorado uma semana antes da festa de formatura? — perguntei, caprichando na expressão desolada.

— Essa mesma — ele confirmou, apertando a ponta do meu nariz com a mão livre.

— Anda logo. — Eu desviei meu rosto da mão dele. — Se você continuar me enrolando, vou te puxar pra dançar — declarei ao observar a pista de dança, que fervilhava enquanto a gente desperdiçava tempo parados, igual uns dois de paus, num dos cantos dela.

Mais do que depressa, Gregório tirou o frasquinho prateado do bolso do paletó e pingou o que me pareceu duas míseras gotas no interior do meu copo.

— Não aceito reclamações — ele declarou ao fechar o cantil e guardar de volta dentro do bolso.

— Eu também não — falei no mesmo tom ao me despendurar do ombro dele e começar a puxá-lo pela mão.

Quando percebeu que íamos em direção à pista de dança, ele tentou me frear.

— Peraí, peraí, peraí — pediu, enquanto se esforçava para nos arrastar para a direção oposta. — Você tá cansada de saber que eu não gosto de dançar.

— Você não sabe dançar, é diferente. — Joguei na cara dele, antes de retomar o nosso caminho. — Mas pode ficar tranquilo, eu te ensino.

— Melhor não. Não quero te fazer passar vergonha.

— Gregório, tá tocando Rouge — ralhei, olhando para trás para ver se ele parava de palhaçada. — Todo mundo tá passando vergonha. Não tem motivo pra você ficar fora dessa.

E com um puxão final joguei nós dois no meio da pista de dança. Mesmo com a luz estroboscópica piscando sobre nós, percebi o olhar desesperado de Gregório. Francamente, não era para tanto, e eu estava determinada a mostrar que ele tinha tanta capacidade para dançar Ragatanga quanto todos à nossa volta. Por isso segurei seus braços e os movimentei de acordo com os passos do refrão.

— Você tá simplesmente dançando por mim — ele reclamou enquanto eu virava a mão dele para o movimento final.

— É só até você aprender — o tranquilizei ao bagunçar os braços dele em direções malucas para ver se ele relaxava um pouco.

— Tô me sentindo um bonecão do posto.

— Poxa, Gregório... Colabora! — pedi ao notar que outro refrão se aproximava.

— Vou fazer o melhor que posso — ele prometeu, tirando minhas mãos dos seus braços com muito cuidado, mais cuidado do que o ritmo frenético da música permitia; sabe-se lá como, ele deu um jeito.

O melhor que Gregório podia oferecer não era lá muito bom, mas serviu para que eu desse boas risadas — a ponto de as minhas bochechas doerem e uma quantidade considerável do meu frozen batizado entornar para fora do copo. Um pouco do drinque acabou molhando meu vestido, mas nem liguei. Dançar com Gregório estava sendo tão divertido que a integridade do meu vestuário tinha ficado em segundo plano.

Ao final da música demos um high-five e nossos dedos se entrelaçaram com a intensidade do movimento. Um calor esquisito começou a subir pelo meu corpo e eu não soube identificar se era por causa do gole que eu tinha dado no que restou do frozen ou pela expectativa da próxima música. Contudo, não consegui chegar a nenhuma conclusão, porque Daiana, uma de nossas colegas de classe, esbarrou na gente, interrompendo minha linha de raciocínio.

— Venham dançar junto com todo mundo! — A menina aproveitou a colisão para fazer o convite. — Nada a ver vocês ficarem de fora.

Antes que pudéssemos responder, ela nos empurrou na direção da rodinha onde se concentravam os outros formandos. Para ser bem sincera, eu não fazia nenhuma objeção de ficar dançando exclusivamente com Gregório. Tinha a ligeira impressão de que estávamos progredindo, pelo menos no que dizia respeito aos passos descoordenados dele.

Porém, para minha surpresa, foi só eu tirar os olhos dele para me enturmar com os demais integrantes da roda que Gregório desapareceu, simplesmente sumiu, sem mais nem menos. Interrompi minha coreografia espalhafatosa e vasculhei todos os cantos do salão, sem sucesso em encontrá-lo.

Terminei o que restava do meu drinque, e nada dele. Antes de começar a ficar preocupada, peguei mais um frozen e rondei a entrada do banheiro masculino como quem não queria nada, porém o cheiro desagradável do local me fez dar meia-volta e rumar para a área de fumantes. Fui até lá só por desencargo de consciência, mas acabei me surpreendendo: Gregório estava exatamente lá.

— Por um acaso você virou fumante e não me contou? — questionei ao me juntar a ele.

— Eu te contaria caso resolvesse adquirir um hábito tão prejudicial à saúde quanto esse. — Ele sorriu, parecendo meio sem-graça.

— Acho bom — disse, embora não tivesse sentido firmeza na resposta dele.

Me aproximei para ver se conseguia farejar algo. Fiquei a dois passos de distância e tudo que senti foi a brisa bagunçando meu cabelo e soprando um cheirinho bem suave e gostoso de amaciante.

Gregório se aproximou e apoiou uma das mãos no meu ombro. O calor do contato fez um calafrio percorrer minha pele, ou talvez aquilo fosse uma simples reação à brisa noturna.

— Vim aqui só respirar um pouco — ele informou —, mas já tô legal de ar fresco. A gente pode voltar pra pista. — Sua mão se fechou sobre meu ombro e Gregório me virou em direção à porta.

Aproveitei a oportunidade para tombar a cabeça no braço de Gregório e apreciar a paisagem. O céu estava sem nuvens, e a noite, clara, com a lua minguante brilhando em meio as estrelas. Fazia sentido ele ter decidido aproveitar o ar fresco: o clima estava uma delícia. Tão delicioso que eu quis ficar ali por mais tempo.

— Acho que um pouco mais de ar fresco não faria mal — interrompi nossa caminhada antes que déssemos o segundo passo.

— Tem um monte de ar lá dentro, também — ele argumentou ao tentar seguir adiante.

— Mas aqui é mais silencioso — argumentei, respirando fundo.

Soltei o ar devagar e levantei a cabeça do braço de Gregório. Um mundo de pensamentos dançou na minha mente. Muita coisa tinha acontecido nos últimos dias. Eu ainda não tinha conseguido processar tudo, mas achava que Gregório poderia me ajudar nessa missão.

Ou, mais precisamente, a garrafinha de vodca que ele escondia no bolso do paletó podia fazer isso.

— E que tal você completar meu drinque com o líquido mágico que tá escondido aqui? — Coloquei a mão mais ou menos na altura do bolso interno do paletó dele.

— Melhor não — ele recusou com jeitinho, cobrindo minha mão com a sua.

— Por que não? — perguntei, indignada, me colocando na ponta dos pés para conseguir o encarar de frente.

— Porque acho que a gente já passou dos limites. — Ele deu um apertãozinho na minha mão antes de tirá-la do seu paletó. — Vamos voltar pra festa, Antônia, por favor. Eu danço até a Macarena, se você quiser.

— Que limites, Gregório?! A gente lá é município pra ter limites? Eu queria ficar aqui mais um pouco, conversando com você. O que tem de mais nisso?

— Nada. — Ele deu de ombros, amolecendo. — A gente pode conversar o tempo que você quiser. Eu só preferiria que não fosse aqui.

Eu o olhei como se ele tivesse vindo diretamente de Marte. Nunca tínhamos tido critérios sobre os lugares onde nossas conversas se desenrolavam. Geralmente, elas aconteciam em qualquer lugar, e eram sobre qualquer assunto. Achei aquilo muito estranho.

— Hum... — Ele limpou a garganta como se fosse um fumante e estivesse com pigarro. — Pode chover a qualquer momento, e você sabe como as chuvas de verão são imprevisíveis. Além do mais... esse lugar tem cheiro de fumaça velha.

— Verdade. — Enruguei o nariz ao finalmente identificar o leve fedor entranhado no lugar.

— Não é o melhor lugar pra a gente passar a noite mais importante da nossa vida escolar... — Ele repetiu a manobra de colocar o braço sobre meus ombros para nos guiar até a pista de dança. — Nem o mais cheiroso.

Como ele tão perto, o cheiro de fumaça velha ficava em segundo plano, perdendo para a fragrância de limpeza que ele emanava. Mas eu não arredei nem um passo sequer. E não arredaria até conseguir o que eu queria.

— O que te custa colocar um pouquinho de vodca na minha bebida? — Estendi o copo. — Vamos aproveitar que aqui não tem ninguém vigiando.

— Antônia... — Ele soltou um suspiro exasperado.

— Nunca imaginei que você fosse tão pão-duro! — ralhei, começando a me revoltar.

— Não é questão de pão-durice! — ele tentou argumentar. — Eu te daria a garrafa toda se eu tivesse certeza de que você tá bem.

— O que isso tem a ver?! — Me virei de frente para ele, pronta para o combate, o que só comprovava o quanto eu já estava alterada.

Gosto de acreditar que em sã consciência eu jamais arrumaria confusão por uma dose de vodca.

— É muito ruim ficar bêbado e triste ao mesmo tempo — ele falou num tom de lamento que não combinou em nada com o clima alto-astral que eu queria passar para conseguir a bebida.

— Mas eu não tô mais triste, Greg! Olha pra mim! É a nossa formatura! O fim de um ciclo! A gente tem que aproveitar!

Dei uma reboladinha na intenção de melhorar o astral. Mas, mesmo enquanto performava tamanha palhaçada, notei que não estava ajudando em nada.

— Eu tô olhando — Gregório afirmou, escorregando os olhos por cada pedacinho de mim. — Às vezes é difícil não olhar.

O choque me fez parar de me mexer num instante. A confusão foi tão grande que caí na besteira de perguntar:

— Co-como assim?

Gregório respirou fundo enquanto eu prendi a respiração. Foi tudo rápido demais — não tive condições para me preparar. Antes que eu pudesse racionalizar alguma coisa, ele soltou a bomba.

— Eu gosto de você, Antônia. — Ele tirou a garrafinha do paletó e bebeu tudo de uma vez. — Gosto no sentido de gostar, de ser apaixonado.

— Você não pode estar falando sé... — Foi só o que consegui falar antes de identificar os gemidos vindos da parte de trás da área de fumantes e ficar curiosa para saber que diabos acontecia por lá.

Os gemidos se transformaram num estrondo, que fez minha curiosidade virar preocupação. Alguém poderia ter se machucado. O barulho era de algo quebrando, algo grande. Contudo, as risadas que vieram em seguida esclareceram tudo. Reconheci o timbre expansivo da gargalhada de Max entrelaçado com os agudos que pareciam pertencer a uma garota.

Olhei para Gregório em busca de apoio emocional, mas fui surpreendida ao encontrar traços de culpa em sua expressão. Ele sabia do que estava acontecendo literalmente às minhas costas. Não foi à toa que comecei a gritar.

***

— Jesus, como eu era dramática! — concluí, encarando o Gregório do presente ao relembrar o tanto que o tinha xingado no passado. — A festa inteira parou para ver meu escândalo.

— Acho que você estava no seu direito. — Ele deu de ombros.

— É — ponderei, revivendo a dor do momento. — Não é todo dia que alguém é traída pelo ex-namorado e pelo melhor amigo de uma só vez.

Gregório limpou a garganta, desconfortável, e também aproveitou a oportunidade para mudar de posição na calçada, se afastando um pouco de mim. Não gostei daquilo. Se estávamos nos propondo a colocar a confusão que aconteceu na formatura em pratos limpos, era melhor começar do começo.

— Você me deixou dançando sozinha pra ir acobertar as pegações do seu amigo — acusei, porque, por mais bobo que fosse, eu realmente tinha gostado de dançar com ele. Me chateou ser trocada por Max e suas tramoias.

— Na verdade... — Ele bagunçou o cabelo antes de continuar. — Eu me afastei da rodinha de dança pra ver se eu conseguia me acalmar. Por mais ridículos que fossem os passos de Ragatanga, a gente dançar juntos... — Ele me lançou um olhar profundo demais para o meu gosto. — ... mexeu com os meus sentimentos. Sentimentos esses que eu sequer queria aceitar que existiam. Fazia só *sete dias* que meu melhor amigo tinha terminado com você. Eu não tinha chances. E sabia que talvez nunca tivesse. Isso fazia eu querer me afastar e me esconder num buraco. Achei que fosse o momento ideal pra fumar um dos cigarros que roubei do meu pai.

— Até nisso você mentiu? — perguntei, lívida. Não era à toa que eu não acreditei em nada do que ele tinha me dito naquela noite.

— Eu não consegui acender o cigarro. — Ele soltou uma risada amargurada. — A brisa da noite, minha inabilidade de manusear o isqueiro e a chegada de Max com a menina formaram a combinação perfeita pra que eu deixasse minha rebeldia em segundo plano.

— Não sabia que seu incômodo com as brigas dos seus pais era tão grande — confessei, apoiando uma mão no seu braço, me sentindo uma péssima amiga por não ter percebido na época.

Mais uma vez ele deu de ombros, como se não fosse grande coisa, mas ele não me enganava. Quer dizer, não mais.

— Naquela época eu achava que se eu evitasse o assunto ele desapareceria.

— Quem nos dera... — comentei ao pensar em alguns assuntos que eu ignorava nessa mesma esperança.

— Pois é. Mas eu quero que você saiba que eu tentei com que Max saísse da festa pra não estragar a sua noite. Tentei de tudo, a ponto de ele ficar desconfiado e me acusar de gostar de você, o que me desarmou por completo, e ele aproveitou a brecha pra entrar no banheirinho de serviço com a garota. Logo depois você chegou.

— E você virou uma metralhadora de mentiras pra conseguir me tirar de lá — completei.

— Mas uma coisa era verdade.

— Não tinha como eu saber — argumentei, sentindo meu coração partir ao lembrar da profundidade do olhar que ele tinha lançado ao me falar aquilo.

— É, com minha insistência pra que a gente saísse dali, a promessa de dançar Macarena e, no fim, sua descoberta do que estava acontecendo no banheirinho de serviço, talvez não tenha ficado claro.

— Não ficou mesmo — confirmei, fazendo um esforço para descobrir o preço do sacolé anunciado numa placa do outro lado da rua só para não ter que olhar para ele.

— Mas agora você sabe. — Ele apoiou as mãos na beira da calçada e se levantou num pulo.

Eu, por minha vez, levantei muito mais devagar e desanimada. Do que adiantava eu saber agora que ele tinha sido apaixonado por mim? Agora era tarde demais.

Gregório
Comunicado

Eu poderia estar dormindo, mas ali estava, totalmente pilhado naquela madrugada de terça-feira, andando de um lado para o outro no saguão de desembarque do aeroporto, à espera de Monique.

Poderia justificar meu nervosismo com a ansiedade pelos games chiques, vindos do exterior. Mas, se a conversa que tive com Antônia no fim de semana passado serviu para alguma coisa, foi para evidenciar o quanto era chato e contraproducente aquele negócio de mentir para mim mesmo.

Logo, era mais fácil admitir que a apreensão que guiava meus passos de um jeito que irritava os gatos pingados que também esperavam alguém no meio da madrugada era por conta dos acontecimentos do feriado.

Quero dizer, mais fácil de admitir para *mim*. Admitir para Monique seria outra história.

Por mais que a gente já tivesse conversado sobre os limites de se meter na vida do outro, ela não costumava ficar nada feliz quando eu instaurava um limite novo. Geralmente torcia o nariz, revirava os olhos e fazia biquinho. E, pior, não me deixava beijar o biquinho, por mais beijável que fosse.

Por falar no biquinho de Monique, ela passou pela portinha do desembarque com sua expressão normal no rosto. E, ao cruzar seu olhar com o meu, deu um sorriso de não-acredito-que-você-veio-mesmo.

Antes de embarcar ela tinha insistido que não tinha problema nenhum em pegar um Uber para casa, que entendia que eu tinha aula cedo e não queria atrapalhar meu rendimento na faculdade, que já não ia às mil maravilhas. Então, não esperava me ver ali.

— Dá pra ver que você não me levou a sério quando eu disse que vinha — observei, ao me aproximar dela e assumir o controle do carrinho em que ela havia empilhado as malas.

— Assim como dá pra perceber que você estava desesperado pra me encontrar. — Ela se colocou na ponta dos pés e deu um beijo no meu rosto. — Já pode ir desembuchando. O que foi que aconteceu? — acrescentou, desarrumando meu cabelo.

— Quem disse que aconteceu alguma coisa? — perguntei, com um sorriso que tentava passar tranquilidade.

— Sua presença aqui no meio da madrugada me diz que aconteceu — ela acusou, começando a fechar a cara.

— Não é nada de mais — adiantei, na tentativa de reverter o processo de mudança na expressão dela. — É só que eu decidi fazer uma pequena alteração na minha rotina.

— *Gregório Parreiras* — ela advertiu, parando de caminhar e cruzando os braços. — Nem *ouse* ameaçar parar com a academia de novo. Vou quebrar a sua cara se fizer isso. Quer dizer, melhor ainda, vou quebrar os joguinhos idiotas que comprei pra você. A academia foi a maior revolução que promovi na sua vida. Você é *outra pessoa* desde que começou a malhar, muito mais tonificado.

Verdade. De tempos em tempos, eu ensaiava escapulir da rotina de exercício, por pura preguiça de acordar cedo. Ninguém merecia madrugar só para ficar ensopado de suor. Mas, por mais desagradável que fosse, continuava por causa dela.

Até porque, se apenas com a *desconfiança* de que eu abandonaria a rotina, a Monique já reagia dessa forma, imagina se eu transformasse a desconfiança em certeza?

Porém, ao contrário do que ela pensava, a tonificação dos meus músculos não foi a melhor revolução que havia promovido na minha vida. O que realmente ocupava esse posto no meu pódio pessoal era a importância que ela dava aos detalhes que eu nem sequer considerava relevantes. Incluindo meus músculos.

— Pode ficar despreocupada que continuarei indo malhar com você todo dia antes da aula — tranquilizei-a ao retomar o nosso caminho até o estacionamento.

— Menos segunda-feira — ela ressaltou.

— E no domingo o horário é incerto, geralmente antes do almoço — falei, para mostrar que continuava por dentro do nosso cronograma.

A iniciativa arrancou um sorriso ultrabranco dela. Era bom demais saber que existia alguém que se importava com você a ponto de se indispor, com quem quer que fosse, por conta do seu bem-estar.

Ainda que essa pessoa fosse você mesmo.

Meus pais não estavam perto o bastante para prestar atenção em nada daquilo. Minha mãe tinha arranjado um emprego em São Paulo logo depois do divórcio e, coincidentemente, a partir dessa mesma época, meu pai começou a se comprometer com trabalhos cinematográficos em lugares cada vez mais ermos. Ele passava tanto tempo longe de casa que eu ficava com a impressão de que morava sozinho num lugar onde cabia uma família inteira. E com a certeza de que Monique era a única pessoa que cuidava de mim de verdade.

Aliás, também tinha certa desconfiança de que eu era o único que fazia o mesmo por ela. Seus pais também andavam bastante ausentes. Mas, ao contrário dos meus, não era por questão de trabalho; o negócio deles era viajar. Passavam mais tempo curtindo a vida nos Estados Unidos do que aqui.

Não que eu estivesse em posição de julgar; o coroa dela tinha acabado de se aposentar, merecia mesmo um descanso. O lance era que Monique não podia acompanhar o ritmo de férias dos pais; existia um limite de faltas nas aulas da faculdade. Por isso ela voltou, em vez de prolongar a viagem com os pais. Aquele era o segundo semestre que ela ficava se equilibrando na corda bamba da reprovação. E o equilíbrio precário só tinha sido possível porque no semestre passado eu tinha forjado sua assinatura na pauta de várias aulas.

E estava pronto para continuar fazendo o mesmo por mais um semestre.

Porém, nada disso importava agora, pois além de ela estar de volta, sem nenhuma viagem marcada para um futuro próximo, o assunto que discutíamos era outro:

— Mas a mudança que fiz na minha rotina é que eu tô passando as tardes e parte da noite cuidando da dona Fifi — contei, enfim.

— *Está?* — ela perguntou, me lançando um olhar enviesado. — Verbo no presente?

— Comecei ontem — disse enquanto olhava para o estacionamento, me perguntando onde tinha parado o carro.

— E quem é dona Fifi, afinal? — Monique quis saber, caminhando à frente, possivelmente tendo localizado o carro antes de mim.

— Uma senhora que mora no bairro, um quarteirão na frente do meu. Tenho certeza de que já te falei dela. Ela tá com Alzheimer, triste à beça — expliquei, enquanto seguia Monique até o carro, sem nem me surpreender pela sagacidade dela.

— Quando foi que você me falou dela? — Ela se aproximou para pegar a chave no meu bolso. — Teve algum contexto específico?

— Ela é a avó de Antônia — revelei, mais envolvido em pegar uma mala que tinha o peso de uma bigorna do que em passar a informação.

— *Antônia?!* — Monique abriu a boca e a porta do carro ao mesmo tempo. — O antigo amor da sua vida?

— Eu nunca disse uma coisa dessas — me defendi, tentando espremer a mala enorme no bagageiro minúsculo do carro.

Às vezes um exercício físico ajudava a dissipar a tensão do ambiente. Mas não desta vez.

Monique ficou me observando sem dizer palavra alguma enquanto eu grunhia e bufava como se fizesse um esforço digno de Hércules. Só depois de eu fechar o porta-malas, com um som que ecoou por todo o estacionamento, que Monique se dignou a se pronunciar:

— Verdade, você nunca falou, mas certamente sempre agiu como se ela fosse. Quem falou foi o Max.

Fiquei desconfortável ao ouvir isso. Eu agi dessa maneira? *Max* percebeu?

Nunca foi minha intenção.

Tanto não foi que Antônia, a pessoa para quem esse tipo de comportamento deveria *hipoteticamente* ser destinado, nunca tinha percebido nenhum dos meus finados sentimentos.

Tal constatação serviu de embasamento para me convencer de que as palavras de Monique e Max não refletiam a verdade. E para me perguntar se minha namorada repetiu as palavras venenosas do meu amigo porque acreditava nelas ou porque simplesmente precisava de uma reafirmação de que nada entre a gente iria mudar.

Decidi ir na onda da segunda opção. Principalmente porque era a única opção a respeito da qual eu podia fazer algo.

— Ela não é, nunca foi — afirmei sobre a questão do amor da minha vida. — A gente não chegou nem a ficar.

— Isso não é garantia de que alguma coisa não possa acontecer no futuro — Monique resmungou ao entrar no carro.

Tirei uns segundos para balançar vigorosamente a cabeça antes de ocupar o assento ao lado dela. Era hora de constatar o óbvio. Existiam momentos dentro de um relacionamento que iam contra a lógica de qualquer coisa considerada normal. Esse era um deles.

— E o fato de eu estar namorando *você* é garantia suficiente? — questionei, talvez um tanto mais ofendido do que pretendia, mas a emoção ajudava a passar o recado.

Monique me encarou de frente e passou os dedos, meio que de má vontade, entre os fios do meu projeto de barba, num carinho não muito carinhoso.

— Por ora, sim — ela disse, fazendo aquele biquinho que eu não sabia se tinha permissão para beijar. — Mas você sabe que eu só vou ficar tranquila quando conhecer a tal menina. E a avó dela também.

— Eu sei. — Dei partida no carro. — Você pode conhecer a dona Fifi qualquer tarde em que estiver disposta a subir a minha ladeira. — Lancei um sorriso tentador para ela enquanto colocava o carro em movimento. — Mas Antônia é mais difícil. Ela costuma chegar tarde, na hora que você já tá com a máscara de beleza na cara, pronta pra dormir. Ontem, por exemplo, a gente só jantou e eu fui direto pra casa. Queria dormir umas horinhas antes de vir te buscar.

— Bom menino. — Monique congratulou meu bom comportamento com duas palmadinhas na minha perna.

Isso me deu umas ideias bastante tentadoras, e lancei outro sorriso na direção dela. Dessa vez, ainda mais engajado que o primeiro, com um ligeiro levantar de sobrancelhas e cheio de segundas intenções no olhar.

Monique entendeu o recado na hora, e aproveitou o momento em que a cancela do estacionamento começava seu lengalenga para abrir e se inclinou no banco do carona para me dar um beijo.

Mas logo que o nosso caminho foi liberado, ela se afastou e disse:

— Pode ir tirando o cavalinho da chuva. Não vai ser hoje que eu vou subir a sua ladeira.

— Quase nunca é.

Eu ia muito mais à casa dela do que o contrário. Mas, nas atuais circunstâncias, a casa de qualquer um dos dois estava de bom tamanho para mim.

— E nem venha com ideias de acampar na minha praia. — Ela cerceou logo de cara, se referindo ao apartamento na orla de Ipanema onde morava. — A gente tem aula daqui a poucas horas. Eu não posso nem *sonhar* em faltar, e ainda estou no fuso horário de Nova York.

— Tudo bem. — Me dei por vencido ao acelerar um pouquinho mais pela estrada para deixá-la em casa mais rápido. — Pelo menos eu tentei.

— O importante é nunca desistir — ela respondeu, colocando a mão na minha nuca enquanto eu dirigia.

Aquilo me dava uma sensação ligeiramente reconfortante enquanto me concentrava no trânsito. Uma sensação de que, apesar de o desfecho daquela noite não estar sendo exatamente como eu gostaria, ainda tinha muita água para rolar.

E, se Monique continuasse fazendo carinho em mim daquele jeito, águas rolariam muito em breve. Eu mal podia esperar.

Antônia
Uma coisa chamada consideração

Ainda que fosse sábado, o esforço para acordar não perdia sua magnitude. Manter os olhos abertos requeria uma dose generosa de cafeína. Por isso, cambaleei pelos corredores da casa, batendo os ombros entre uma porta e outra, sem me dignar a prestar atenção nos detalhes. Apenas me concentrando no cheirinho que vinha da cozinha.

Chegando lá, enquanto esfregava o rosto na tentativa de tirar aquele sono pavoroso de mim, me deparei com uma cena que substituiu de uma hora para a outra a necessidade do café.

— Vai querer? — Gregório ofereceu, jogando o pano de prato casualmente por cima do ombro.

Depois de todo o malabarismo que andei arquitetando durante a semana para evitar encontrá-lo, aquela pergunta me soava como uma tremenda sacanagem.

Fiz hora extra no trabalho. Peguei o caminho mais longo de volta para casa. Me tranquei no quarto para adiantar trabalhos da faculdade antes do jantar. E mais um monte de coisa mirabolante, que não tinha nada a ver com o jeito que eu normalmente conduzia minhas tarefas, só para não me deparar com a carinha barbada dele vendo novela na sala com vovó.

E agora não só tinha que me deparar com a tal carinha, como também com vários dos seus novos músculos em pleno movimento, marcados por uma regata branca desgastada, enquanto ele passava o café na minha cozinha.

Mais do que sacanagem, aquilo começou a me parecer tortura.

— O que você tá fazendo aqui? — quis saber, antes de mais nada. — Te avisei que sábado eu não tenho aula, nem trabalho. Não precisava vir, hoje é por minha conta.

Tinha consciência de que podia ter soado ligeiramente grosseira, ainda que não fosse minha intenção fazer pouco de quem tinha mudado toda sua rotina apenas para me ajudar. Porém, a última coisa que eu queria na vida era ficar impressionada pela figura de Gregório.

Era apenas *Gregório*, meu amigo que escondia informações importantes de mim e era viciado em videogame. Não existia razão para eu perder o prumo na frente dele.

— Não tô aqui pra tomar conta da sua avó hoje — ele disse, dividindo irmãmente o café que fez em três canecas. — Vim tomar café da manhã.

— Não tem café na sua casa? — perguntei, me aproximando para pegar uma das canecas ao mesmo tempo que me preocupava com o estado do meu pijama.

Felizmente, eu não trajava o *baby doll* do Buzz Lightyear, que, de tão curto, deixava aparecendo a popa da bunda. Mas bem que adoraria poder contar com uns centímetros a mais no comprimento da camisola da Minnie, que nem de perto cobria meu corpo do jeito que eu gostaria no momento.

Não que eu achasse que Gregório fosse se importar com o que eu estava vestindo. Ele tinha uma namorada que não parecia ter a menor pinta de que usava pijamas surrados de personagens da Disney. Desde que vi as fotos dos dois na internet, minha cabeça não parou de me notificar sobre a existência sofisticada e superiormente interessante da menina.

Mas acontecia que meus hormônios eram teimosos, não estavam nem aí para a mensagem repetitiva que minha cabeça mandava. Só queriam saber de me enlouquecer e fazer minhas bochechas esquentarem toda vez que eu dava o azar de ficar frente a frente com Gregório.

— Pra falar a verdade, não — ele admitiu, sobre o café da manhã. — Meu pai tá embrenhado no Pantanal, trabalhando numa das longas produções dele, e eu acabei me esquecendo de fazer compras.

— E sua mãe? Ela não é a rainha da alimentação saudável?

Caminhei até a mesa, depois de dar uma boa olhada no que ele começava a preparar, e sentei numa das cadeiras.

— O que ela diria de você comendo pão com mortadela de café da manhã? — insisti.

— Você tá criticando meu pão com mortadela porque quer que eu faça um pra você, ou porque quer realmente saber da minha mãe? — Gregório perguntou, colocando o pão na sanduicheira.

Eu me permiti sorrir dentro da caneca de café.

— As duas coisas — admiti. — Você bem que poderia fazer um pra mim também, já que tá com a mão na massa. Mas acho de verdade que sua mãe vai chiar se souber que você tá comendo essa quantidade de gordura e carboidrato logo pela manhã.

— Se ela soubesse, talvez chiasse mesmo. — Ele foi até o outro lado bancada para pegar mais um pão. — Mas ela não vai saber, porque tá morando em São Paulo com o novo namorado e *life coach* dela.

— Quê? — Pousei a caneca na mesa com um baque.

Não sabia com o que estava mais chocada: com a separação dos pais de Gregório ou com o fato de que a mãe dele agora tinha um coach.

Provavelmente a segunda opção. Porque sempre achei que esse negócio de coach era um bicho mitológico. Nunca imaginei que alguém do meu convívio recorreria a algo assim.

— É, finalmente cada um seguiu seu rumo. — Ele deu de ombros enquanto passava a manteiga no segundo pedaço de pão. — Pelo tanto que brigavam, eu só me surpreendo que tenha demorado tanto tempo. A separação aconteceu faz mais ou menos um ano e meio e foi o maior escândalo na indústria cinematográfica. Descobriram que meu pai tinha um caso com alguém da equipe do documentário que ele estava dirigindo.

Gregório tirou o primeiro sanduíche da sanduicheira e logo em seguida colocou o outro com um misto de habilidade e agressividade.

— Que vacilo do seu pai — comentei enquanto me segurava na cadeira para não me levantar e ir até a bancada para lhe dar um afago de consolo.

Afagos com um ano e meio de atraso não fariam o tempo voltar. Não importava o que eu fizesse, nada mudaria o fato de o pai dele, que era um diretor bambambã no ramo dos documentários, ter se envolvido com alguém do trabalho e caído na besteira de deixar as evidências da traição vazarem. E pior, eu não estava por perto para ajudar Gregório durante esse momento difícil.

— Muito — ele concordou. — E o pior era que eu não sabia se a notícia ia repercutir por aí. Por mais que eu não concordasse com várias atitudes controladoras da minha mãe, não queria vê-la humilhada na mídia. Minha vontade foi de *sumir*, e eu tentei fazer isso por um tempo.

De repente, eu tive um clique. E, de primeira, achei que fosse apenas a sanduicheira avisando que o meu pão com mortadela estava pronto. Mas assim que ele trouxe o sanduíche para mim e sentou na cadeira da frente, entendi do que se tratava.

— Então você não parou de me seguir no Instagram — falei, compreendendo tudo. — Você deletou o seu perfil.

— Peraí, você achou que eu tinha parado de te seguir?! É por isso que você ainda não respondeu minha solicitação? — Ele se levantou e ficou dando passos nervosos por toda a extensão da cozinha. — Não tô acreditando que você achou que eu seria capaz de fazer algo assim. Eu *jamais* faria isso. Por mais que tivéssemos nossas diferenças no passado, existe uma coisa chamada consideração.

— Eu sei que existe — rebati, me segurando para não levantar também.

E era por conta dessa coisa que eu nunca conseguia ficar em paz perto dele.

Era a consideração que eu tinha pela relação de Gregório, pela carinha feliz que eu vi em seu rosto nas fotos com a namorada, que não me deixava ficar confortável quando estávamos a sós.

Eu tinha sensações erradas perto dele. Sensações que, infelizmente, chegaram tarde demais. E queria cortá-las pela raiz.

Porém, o único jeito de fazer isso era me afastar dele. Coisa que não dava para fazer depois de toda a ajuda que ele vinha nos dando, e ainda mais agora que tinha acabado de compartilhar comigo o lance sobre os pais e ficado com uma expressão desolada de filhote abandonado no rosto.

Pareceria uma baita insensibilidade. E eu não era insensível ao sofrimento dele.

Por isso, sem pensar muito nas consequências, ou sequer na confusão dos hormônios, estiquei a mão e segurei a dele quando seus passos o trouxeram para perto de mim. Porque éramos amigos e é isso que amigos fazem: apoiam uns aos outros. Ou pelo menos eu achava que era.

Só que ele olhou para mim meio assustado, como se eu tivesse feito algo fora do padrão. Então, na mesma hora, tratei de recolher a mão oferecida. Mas, antes que eu pudesse terminar de afastá-la, Gregório esticou o braço e apertou os dedos em volta da palma da minha mão.

Eu achei melhor deixar as coisas como estavam, com ele apertando minha circulação e nenhum dos dois falando nada. Na verdade, achava que nem precisava falar mesmo, pois aquilo era outra coisa que amigos faziam: se comunicavam sem precisar apelar para a voz.

Apenas exercendo aquela coisa chamada consideração.

Um ligeiro sorriso se formou no rosto dele, e meus lábios se alargaram sem minha permissão.

— Também sei que já passou muito tempo — falei, quebrando o silêncio —, mas queria que você ficasse ciente de que pode contar comigo. Pra tudo.

— *Tudo?* — ele perguntou, levantando um pouco as sobrancelhas.

E antes que eu tivesse a oportunidade de titubear, vovó apareceu na porta, colocando as mãos na cintura.

— O que vocês estão de cochicho aí? É bom que estejam combinando onde é que vão me levar hoje.

— Levar? — perguntei com assombro, congelando minha bunda na cadeira com a simples possibilidade de vovó sair de casa sem nenhum motivo para tal.

— É — Gregório confirmou, soltando minha mão. — Sua avó me pediu pra gente passear hoje, ver as modas.

— As *modas*?! — ecoei, incrédula demais para acreditar no que estava ouvindo.

Que tipo de moda ela queria ver? Lojas voltadas para a terceira idade eram cada vez mais raras pelas redondezas. Sem falar que dona Fifi costurava suas próprias roupas desde que eu me entendia por gente.

— É, Antônia, as modas, as ruas, as pessoas! — vovó confirmou, falando mais alto a cada palavra. — Fico aqui isolada igual uma eremita, só saio de casa pra ir na padaria da esquina! Sinto falta de ver como anda o mundo lá fora. Aposto que tudo mudou desde que eu fiquei pra trás.

— Nada mudou — informei ao tomar o último gole de café. — Pode ficar tranquila que tudo continua o mesmo porre caótico de sempre.

— Não estou tranquila, Antônia! — vovó berrou em seu volume máximo, se apossando da caneca de café que lhe pertencia sem nenhuma suavidade. — Estou aprisionada nesse bairro, não aguento mais!

Gregório interrompeu o rompante de raiva com um singelo pigarro, sem se deixar intimidar. O som autoritário que ele emitiu chamou tanto minha atenção quanto a de vovó, que num instante se calou e se voltou para ele.

— Prometi levar dona Fifi ao shopping hoje — ele me explicou. — E, como você disse que posso contar com você pra *tudo*, acho que seria uma boa você nos acompanhar. Até porque não sei se vou dar conta de acompanhar a liberação de toda essa energia aprisionada por tanto tempo.

Estreitei os olhos para analisar as intenções de Gregório. Percebi que, por trás das lentes, os olhos dele tinham um brilho zombeteiro que me lembrava muito de quando brincávamos de pique na infância.

Naquela época, eu sabia que ele tinha me encurralado só de olhar nos seus olhos. E, do mesmo jeito, eu agora sabia que o pique estava comigo. Eu teria que seguir adiante com essa palhaçada de ir ao shopping com ele e com vovó, por menos prudente que fosse ficar perto dele.

Tudo por conta daquela coisa idiota chamada consideração.

Gregório
O subir da ladeira

Deixei de lado a oportunidade de tomar um café da manhã para lá de sofisticado com Monique e seus amigos intercambistas da faculdade para dar continuidade às tradições iniciadas no sábado passado.

Na cabeça de Monique, isso queria dizer que esnobei uma chance *única* de aprimorar meu inglês com pessoas vindas de todas as partes do mundo para filar o café da manhã de uma senhora doente e sua neta atarefada. Mas na *minha* cabeça, me refugiar na casa de Antônia e dona Fifi, ou, quem sabe, levá-las para passear por aí, era apenas a desculpa perfeita para escapulir do café da manhã com o pior custo-benefício do Rio de Janeiro.

E, que Monique nunca saiba disso, mas eu achava os intercambistas um saco.

— Vai ficar pra próxima. — Me desculpei pelo cancelamento repentino enquanto seguia meu caminho em direção à melhor velhinha do país e sua neta.

— O pessoal vai sentir sua falta — Monique respondeu do outro lado da linha. — E eu também.

— Nada impede de a gente se encontrar depois que o café da manhã acabar — argumentei ao dobrar a esquina e avistar a casa de Antônia e dona Fifi. — O que acha de um almoço aí perto do Jardim Botânico? Posso levar dona Fifi e Antônia pra você conhecer.

— Acho possível que o encontro vire um *brunch* ou quem sabe até emende num café da tarde. Não é todo dia que pessoas de todos os continentes do mundo se reúnem pra trocar experiências e opiniões relevantes.

— Não é todo dia, mas é todo mês.

— É, mas agora já estou aqui, pegaria mal se eu saísse.

— Verdade. — Dei razão ao notar como meu comentário poderia ter soado mal.

Não era minha intenção desmerecer o encontro mundial de culturas. Só queria poder ver minha namorada num contexto que não fosse a faculdade e a loucura para conseguir notas minimamente decentes.

— Em breve, quem sabe? — Monique apaziguou meus anseios com a voz suave. — Quando você menos esperar, apareço aí pra fazer uma surpresa.

— Eu sempre fico esperando.

Parei à porta da casa de dona Fifi e Antônia e toquei a campainha.

— Acho bom mesmo — ela respondeu por cima da barulheira que eu fazia ao pressionar a campainha. — Agora tenho que ir, o pessoal das Filipinas tá se aproximando.

— Beijo pro pessoal das Filipinas. — Como ninguém atendia a campainha, bati à porta, dessa vez com força total. — Beijo pra você também.

Ela encerrou a ligação, me liberando para bater à porta e tocar a campainha simultaneamente.

Estranho aquilo de elas não atenderem logo de cara. Me vi obrigado a pescar no bolso a chave que Antônia tinha me devolvido na semana passada. Era a primeira vez que usava. E, embora estivesse com a pulga atrás da orelha, achei bem legal poder reestrear o artefato que tinha me custado certo trabalho para conseguir.

Mesmo eu passando a maior parte do dia dentro da casa dela, era difícil falar com Antônia. Ela ficava o dia inteiro correndo de um lado para o outro e quando chegava corria para o quarto para estudar, muitas vezes nem parava para jantar.

Que tipo de faculdade era aquela que fazia os alunos deixarem suas necessidades básicas de lado em prol dos estudos? Nem parecia que ela fazia um curso de *saúde*. Cada dia que passava ela parecia menos saudável.

No dia que a cerquei para conseguir a chave, enquanto passeávamos pelo shopping, consegui ver de perto a profundidade das suas olheiras. Algo dentro de mim se apertou ao me dar conta de que, não importava o quanto eu me esforçasse para ajudá-la, jamais conseguiria diminuir o medo que pesava nos ombros dela de um dia perder a avó.

Esse medo começava a pesar nos meus ombros também, especialmente quando eu abri a porta e me deparei com o mais profundo silêncio.

— Vó? — chamei por desencargo de consciência. — Antônia?

E não fiquei exatamente surpreso quando ninguém respondeu. Só mais apreensivo, a ponto de sentir mensagens chegando no meu celular e não fazer a menor menção de checá-las. Comecei a percorrer os cômodos para confirmar se dona Fifi e Antônia não estavam mesmo por ali, deixando meu lado otimista argumentar à vontade sobre a possibilidade de elas estarem simplesmente dormindo. Afinal, seria um descanso mais do que merecido, principalmente levando em consideração a profundidade das olheiras de Antônia.

Mas meu lado otimista foi obrigado a calar a boca quando não ouvi ronco nenhum vindo do quarto da vovó. Se ela de fato estivesse dormindo, eu conseguiria escutá-los do corredor. Nem me dei ao trabalho de me aventurar no quarto de Antônia. Eu conhecia bem aquelas duas, sabia que tinham saído. E, justamente por conhecê-las, temia ao mesmo tempo que algo horrível tivesse acontecido e que elas tivessem saído sem me chamar. Teoricamente, elas me conheciam também. Deveriam saber que eu adoraria acompanhá-las.

Mas antes de colocar o carro na frente dos bois, resolvi ir até a cozinha. Lá encontrei um recado preso com um ímã de farmácia na geladeira que confirmava minhas suspeitas. Num verso amassado de um panfleto de pizzaria, Antônia avisava que elas saíram cedo para dar uma volta, mas que ela tinha deixado um sanduíche pronto para mim na sanduicheira.

Achei o fim da picada. Eu que inventei aquilo de sair aos sábados. Antes da minha iniciativa, tanto dona Fifi como Antônia ficavam vegetando em casa, vendo séries que dona Fifi sequer entendia e sobre as quais me contou tudo durante o passeio no shopping, no último sábado.

Ela também confessou estar encantada em ver tanta coisa nova, e fez questão de apontar cada novidade que encontrava pelo caminho. O único contratempo durante o passeio foi que a maioria das novidades apontadas por dona Fifi não eram coisas, e sim pessoas. Isso constrangeu muita gente ao longo do caminho, sobretudo eu e Antônia, que trocamos olhares constrangido o tempo todo, até nos acostumarmos com a situação e começarmos a trocar risadas.

No meio das gargalhadas, tentávamos lembrar dona Fifi que não era muito educado apontar quando se falava de alguém. Pena que não fomos levados a sério. Ela continuou apontando e comentando suas opiniões em alto e bom som para que todo mundo pudesse ouvir. Parecia radiante demais com o mundo que se desdobrava à sua frente para dar atenção à preocupação dos netos.

Deu gosto de ver.

E desgosto por não ter sido convidado para ver a repetição de cenas semelhantes neste sábado.

Pela primeira vez em muito tempo senti um arrependimentozinho bem pequeno de não ter aceitado a oportunidade única de tomar café da manhã com Monique e os intercambistas.

E, por pensar na minha namorada, lembrei das mensagens que vibraram no meu bolso enquanto eu conduzia essa busca malsucedida.

> Pode ir se preparando, Gregório

> Que hoje, depois do café, vou subir sua ladeira

> Para conhecer de uma vez por todas essa senhora que entrou na fila prioritária das suas manhãs de sábado

> E a neta dela também

> Esteja avisado.

Fiquei avisado. Tanto que bloqueei a tela sem nem mesmo responder.

Monique tinha razão em duas coisas: a primeira era que dona Fifi tinha pegado a fila prioritária, não só das manhãs de sábado como também de todos os dias da semana; e a segunda era que eu precisava mesmo me preparar para a chegada de Monique.

Pois, se tinha uma coisa que deixaria Monique mais puta do que eu esnobar o convite dela para sair com dona Fifi e Antônia, seria esnobar o convite dela para *não sair* com dona Fifi e Antônia.

Por isso, desbloqueei novamente o celular e mandei uma mensagem para Antônia, perguntando quando elas pretendiam voltar do bordejo para o qual eu não fora convidado. Sem me preocupar em parecer ressentido.

E enquanto torcia para que, apesar do ressentimento, ela me respondesse logo, peguei o sanduíche que estava montado na sanduicheira. Sem nem esquentar, fui correndo para casa. O lugar estava um verdadeiro chiqueiro. E Monique era a pessoa mais apreciadora da ordem e dos valores estéticos que eu conhecia. Já conseguia ouvir ela se indagando: "Amor, *como* você vive nessa zona de guerra? Eu não consigo nem conceber a possibilidade de viver assim", porque, além da pouca imaginação em relação a ambientes bagunçados, Monique sempre tinha o cuidado de me chamar de amor antes de me estraçalhar.

Mas acho que ela me estraçalharia ainda mais se eu dissesse que mal vivia naquela zona de guerra, porque o tempo que eu não passava com ela na faculdade ficava com dona Fifi e Antônia.

Logo, para evitar qualquer eventual estraçalhamento, ou até mesmo ser chamado de amor, dei uma geral na casa. Com um olho na faxina e outro na janela, ao mesmo tempo temia e esperava três das quatro mulheres que eu mais amava na vida despontarem no alto da ladeira.

Antônia
Desmoronamento iminente

— Olha lá, olha lá — vovó disse, segurando com mais firmeza no meu braço para adiantar o passo. — Olha quem tá na padaria!

Mesmo usando óculos com lentes supergrossas, minha velhinha tinha olhos de lince. Fora isso, suas antenas andavam sempre ligadas quando o assunto era Gregório.

Infelizmente, as minhas também. Por isso aproveitei os braços entrelaçados e fui guiando nossos passos delicadamente na direção oposta à padaria.

— Vamos dar uma passadinha em casa para trocar de roupa antes de dar oi para ele — sugeri. — Estamos cheias de areia e sal no corpo.

— Ele não vai se importar — argumentou ela, me puxando na direção da padaria. — Ele é de casa.

— Vai, sim — teimei em meio à tentativa de trazê-la para a direção certa.

Pela mensagem que ele havia mandado, já dera para sacar que ele *tinha* se importado.

Pena que vovó nem desconfiava das palavras malcriadas dele pedindo para que a gente voltasse para casa o mais rápido possível. Se soubesse, com certeza não teria reclamado tanto de sair da praia mais cedo do que o planejado. Também aproveitaria a oportunidade de Gregório estar de costas, virado para o balcão, para correr até em casa e dar uma ajeitada no visual antes de ele convocar a gente para qualquer que fosse a missão que tinha em mente.

Mas ou eu admitia a existência da mensagem para vovó e corria o risco de levar outro esporro por não ter chamado o garoto para o passeio do dia; ou deixava o fluxo inesgotável do puxão dela me guiar em direção ao inevitável.

O inevitável sendo eu, mais uma vez, tendo uma conversa constrangedora com Gregório, trajando roupas inapropriadas.

Primeiro suja e desgrenhada após acordar de um cochilo no ombro dele, depois de pijama da Minnie Mouse e agora isso: chinelo surrado, roupas parcialmente molhadas e com areia até na raiz do cabelo. Já estava virando uma tradição.

— Ele vai ficar incomodado de a gente ter saído sem convidá-lo — ela observou, provando que eu poderia levar o tal esporro mesmo se não mostrasse a mensagem. — Mas não vai nem ligar para nossos trajes de banho.

Assim eu esperava. Ao mesmo tempo, não queria ter certeza. Gostaria de adiar o embate com Gregório o máximo possível. Sabia que tinha sido vacilo sair de casa cedo só para não o convidar para a ida à praia. Assim como também sabia que ele infernizaria meu juízo por conta disso.

E, como se tivesse um sensor que o avisava da nossa aproximação, ele virou de costas para o balcão e nos viu atravessando a rua de frente para a padaria. Cruzou os braços e deu um sorriso não muito contente, que diminuiu um pouquinho o tamanho dos seus olhos.

— Ora, ora — ele soltou assim que entramos no estabelecimento. — Se não são as duas fujonas.

— Eu não fugi — vovó se defendeu enquanto caminhava na direção dele. — Fui feita de refém por essa aqui.

— A gente saiu quando o dia ainda não tinha clareado — expliquei. — Como eu ia imaginar que você gostaria de ser acordado tão cedo?

Da mesma maneira que eu tinha consciência de que não tinha sido muito honesto arquitetar tudo para que ele ficasse de fora, sabia que meu argumento era totalmente válido.

— Eu não gosto mesmo. — Gregório encolheu ligeiramente os ombros, me dando razão. — Mas eu não me incomodaria de acordar se fosse para sair com vocês.

Era nessas horas que ele me quebrava. Quando eu menos esperava.

E justamente para não quebrar com tanta facilidade que eu precisava traçar planos mirabolantes para não passar muito tempo com ele. A cada dia, eu me tornava uma pessoa mais quebradiça. E odiava a sensação.

— Foi exatamente isso que falei pra Antônia. — Vovó parecia ansiosa para limpar a sua barra com o netinho querido. — Mas ela insistiu que você merecia descanso, que já tinha ficado até tarde comigo na noite anterior, que ficaria mais feliz com um pão com mortadela caprichado do que com madrugar pra ir à praia com uma senhora e sua neta.

— Eu preferia madrugar. — Gregório encolheu os ombros de novo.

— Mas o sanduíche tava mesmo caprichado — ele disse, olhando para mim. — Valeu.

Assenti em resposta, tomando o cuidado de dar um passo para trás. Acho que esse era o jeito dele de dizer que estava tudo bem entre a gente. Eu ficava satisfeita que estivesse. Porém, o simples fato de ele me encarar já ajudava a me quebrar mais um pouco. E eu nem entendia direito o que eu mesma queria dizer com *"quebrar"*. Era um negócio que acontecia dentro de mim. Um negócio perturbador. Que eu gostaria que parasse, mas não encontrava o botão de desligar. Por isso acabava mudando o foco da minha atenção para outras coisas, como por exemplo a questão de ele ter pedido para que voltássemos o mais rápido possível do nosso passeio e até agora não ter falado o motivo da urgência.

— Gregório, suas compras. — Seu Paulo, o padeiro, estendeu duas sacolas plásticas para o garoto.

— Fazendo compras de mês na padaria? — vovó perguntou, vocalizando a exata mesma dúvida que eu tinha.

As sacolas pareciam estar pesadas, ainda que Gregório não fizesse força para segurá-las.

— Só as necessidades imediatas. — Ele levantou os braços ligeiramente, provando que para ele não era esforço nenhum.

— Você pode continuar fazendo suas refeições lá em casa — ofereci. — Não precisa ficar comprando mantimentos inflacionados aqui só porque a gente não tá. Você tem a chave.

— Ei! — Seu Paulo exclamou, indignado por eu ter falado a verdade sobre os preços exorbitantes do estabelecimento.

— Foi mal — eu disse, apenas porque minha avó me deu educação. — Mas o preço do seu requeijão tá pela hora da morte.

Foi só eu mudar o foco da atenção por um segundo que Gregório voltou a abalar meus sentidos em novas proporções. O celular dele começou a tocar, e ele pousou uma das sacolas no chão para tirar o aparelho do bolso. Depois de conferir a tela, colou o aparelho no ouvido e falou com a maior tranquilidade:

— Mô, você já chegou? Dei uma saidinha rápida, tô aqui na padaria da esquina. Vem cá, tem duas pessoas que eu gostaria muito que você viesse conhecer.

Eu não sabia se "Mô" era diminutivo de Monique ou de amor. E, sinceramente, não queria saber. O que eu queria era cair fora dali, pois começava a me sentir quebradiça de novo.

E, levando em consideração a possibilidade da chegada de "Mô", eu corria graves riscos de sofrer um desabamento.

Principalmente se ela fosse aquela perfeição toda que parecia nas fotos e eu tivesse que encará-la do jeito que estava, com meus trajes de banho e coberta de areia e sal da cabeça aos pés.

Quer dizer, com certeza existia coisa pior do que aquela. O problema era que, ali, com a cabeça a mil, trançando uma rota de fuga, eu não conseguia imaginar humilhação maior.

14

Gregório
Frases curtas e concisas

— A gente já vai indo. — Antônia deu um passo para trás, em direção à saída.

— Espera! — pedi, avançando um pouco. — Monique tá louca pra conhecer vocês.

— Louca? — vovó perguntou, desconfiada. — Não posso dizer o mesmo. Estou em um dos meus "dias bons", como Antônia gosta de dizer. Logo, o máximo que posso dizer é que estou sã para conhecê-la. O que vai ser muito melhor do que ela me conhecer louca.

— Faz sentido… — Ponderei a lógica inesperada de dona Fifi enquanto, com o canto do olho, notava Antônia sorrateiramente entrelaçando o braço com o da avó e dando outro passinho para trás.

Ela podia ser tão discreta quanto quisesse, mas eu já tinha sacado qual era a dela. Antônia começou seu plano de fuga no mesmíssimo momento em que terminei a ligação. Só podia estar evitando conhecer Monique, mesmo que não houvesse a menor justificativa para a recusa.

— Sabe o que mais faz sentido? — ela perguntou, puxando a avó. — A gente passar na sua casa mais tarde. Vamos com mais calma, vai ser muito melhor pra conversar do que aqui, no meio da padaria.

Até que, por um lado, eu conseguia ver alguma lógica no argumento dela, mas por outro…

— É ruim pra você ir lá — falei, mesmo sem acreditar que eu realmente precisava *lembrá-la* por que. — Tem a Catapora, né? Por mais que eu tenha dado uma geral na casa hoje, desconfio que pelo de gato se entranha em todo o lugar.

— Entranha mesmo! — vovó confirmou, cheia de energia. — É uma praga! Sem falar que são bichos traiçoeiros! Sempre à espreita e loucos pra te ignorar. Não sei de onde você inventou essa história de ter gato.

A conclusão do rompante da dona Fifi coincidiu com o primeiro olhar do dia que Antônia fixou diretamente nos meus olhos. Ele tinha um quê de desespero. E eu tinha quase certeza de que o meu refletia a mesma emoção.

Ambos lembrávamos muito bem que eu *não inventei* história de gato nenhuma. Aquilo tinha sido coisa da Antônia, que resgatou o gatinho de uma caixa jogada na rua bem na frente da dona Fifi.

Mas, pelo visto, ela não lembrava tão bem quanto a gente. Ou, de repente, teve apenas um lapso momentâneo. Por isso me prontifiquei para refrescar sua memória.

— Vó, lembra aquele gatinho que levei na sua casa no início do mês?

— Não adianta. — Antônia cortou meu questionário pela raiz enquanto desfazia o coque do cabelo com um gesto nervoso com a mão. — É o fim do dia bom. Acho que as emoções à beira-mar foram um pouco demais pra nossa velhinha. É melhor a gente ir embora. — Ela aproveitou o ensejo para retomar os passos para trás com um *moonwalk* mal-executado.

— Mas...

Nem deu tempo de argumentar, porque, naquele exato momento, Monique chegou. Ela entrou na padaria com passos rápidos, mas para mim todos os seus movimentos aconteceram em câmera lenta. Primeiro ela acenou e exclamou:

— Oi, amor! — E logo em seguida enlaçou meu pescoço e me puxou para um beijo. Nem deu tempo de eu responder o cumprimento.

Na verdade, não deu tempo de nada. Queria ter alertado sobre a presença de dona Fifi e Antônia, que ainda não tinham conseguido fugir da padaria. Gostaria de tê-las apresentado daquele modo sério que adultos articulados faziam, com frases curtas e certeiras, que resumiriam com perfeição a essência de seus caráteres.

Mas minha boca estava ocupada demais para articular qualquer coisa que não servisse para acompanhar o ritmo frenético do beijo de Monique.

— Assim você vai engolir o garoto! — Vovó se fez ouvir mesmo estando praticamente do outro lado da padaria agora.

— Vó... — Antônia não se fez ouvir, mas pesquei sua censura numa rápida leitura labial no momento em que Monique me soltou.

E, partindo para uma rápida leitura ocular, notei que seus olhos estavam arregalados.

— Você conhece elas? — Monique perguntou, ainda pendurada no meu pescoço. De tão próxima que estava, eu consegui enxergar na sua expressão uma pontinha de assombro.

Levando em consideração a demonstração um tanto quanto exagerada de afeto que ela tinha acabado de performar no meio da padaria, quem tinha o direito de ficar perturbada eram dona Fifi e Antônia.

E dona Fifi de fato estava. Aliás, parecia estar mais brava do que qualquer outra coisa.

Ela havia soltado seu braço do de Antônia e agora tinha os dois firmemente plantados na cintura, seus olhos, todos enrugadinhos, um pouco mais estreitos que o normal, a boca dando a impressão de que a qualquer momento ia me lançar um muxoxo.

Mas, em vez de fazer aquele sonzinho irritante de reprovação, ela resolveu responder a pergunta de Monique.

— Apenas a vida toda — declarou, com um brilho nos olhos que eu esperava que fosse orgulho.

— Vó, não é pra tanto. — Antônia cortou o barato da velhinha na mesma hora. — A gente só conheceu o Gregório quando ele tinha sete anos.

— Dá no mesmo — a avó rebateu sem se abalar.

E eu, que estava meio abalado com a solenidade da situação e com como aquilo não estava saindo nem um pouco como havia planejado, aproveitei a pausa na discussão paralela das duas para apresentar:

— Monique, essas são dona Fifi e Antônia, de quem tanto falo.

— Fala mesmo — ela confirmou, com uma risadinha nasalada que gerou uma suave brisa e bateu na ponta da minha orelha.

Senti um princípio de cócega, mas me esforcei para ficar exatamente no mesmo lugar.

— Dona Fifi é mais minha avó que minha avó de verdade — expliquei, dando início à minha apresentação de frases concisas. — E Antônia foi a primeira amiga que eu tive na vida.

— É um prazer finalmente conhecer vocês. — Monique se despendurou do meu pescoço para caminhar até dona Fifi e lhe dar dois beijinhos na bochecha.

— Prazer — respondeu dona Fifi, com menos má vontade do que eu esperava.

— Max também já falou muito de você. — Monique inventou de dizer logo após dar dois beijinhos em Antônia.

Algo no meu interior se contraiu. Mas não tanto quanto o sorriso forçado que contraiu as bochechas de Antônia.

— Muito mal, imagino — Antônia respondeu à Monique, ainda sorrindo.

— Bom, você sabe como o Max é... — Monique tentou apaziguar enquanto voltava para o meu lado.

— Graças a Deus, não mais.

Acho que ela nunca soube como Max realmente era, para falar a verdade. Caso contrário, nunca teria namorado com ele. Mas não havia sentido jogar esse tópico de conversação na estranha roda que formávamos no meio da padaria. O clima já estava esquisito demais para eu adicionar complicadores.

Ainda assim, Monique, por conta própria, resolveu adicionar um:

— Mas tenho certeza de que você sabe como o Gregório é. Em todas as ocasiões ele te defendeu. Até mesmo quando o Max tinha razão. — Ela achou prudente adicionar.

Eu não achava. Fiquei me perguntando como Monique teria capacidade de julgar se Max tinha razão ou não quando ela nem sequer tinha participado da história. Mas decidi deixar essa passar, me mantendo firme no propósito de não adicionar complicadores. E, francamente, era uma sorte poder contar com Antônia como aliada nessa missão.

— Seu namorado é mesmo muito gentil — ela falou para Monique, só que o sorriso forçado tinha meio que perdido a força no seu rosto.

— Ele é meu heroizinho! — dona Fifi comentou, toda sorridente, ao se aproximar para me dar uns tapinhas carinhosos no rosto.

E ao mesmo tempo em que ela se aproximava, Antônia se afastava.

— Se vocês me derem licença. — Ela interrompeu meu momento de ternura com a avó dela. — Vou ali no balcão pegar uma broa com o seu Paulo.

— Broa de milho, hein! — dona Fifi salientou antes de Antônia se distanciar de vez. — Não me venha com aquelas palhaçadas de broa de coco, aqueles fiapos agarram na dentadura e não saem nem por um decreto!

Monique arregalou os olhos na mais pura expressão de quem não comia uma broa de milho, nem de coco, há muito, muito tempo. Eu não me surpreenderia se ela tivesse esquecido como aquele tipo de pão era bom. Ficava tão empenhada em achar *bagels* e *donuts* dignos dos que comia nos Estados Unidos que até se esquecia das preciosidades da panificação que tínhamos por aqui.

Sem falar que sempre censurava meus sonhos de doce de leite. Falava que doce de leite que prestava só vendia na Argentina. Mas isso não tinha nada a ver com o assunto.

— Mas do que a gente estava falando mesmo? — dona Fifi perguntou a mim e à Monique.

— De como Gregório é um herói — Monique recapitulou, aproveitando para se pendurar no meu ombro de novo. — E ele é mesmo, porque só alguém com poderes, tipo, sei lá, um super-altruísmo pra dar conta de passar as tardes cuidando de uma senhora. A senhora tem consciência de que é um grande sacrifício que ele faz, né?

Eu queria entender por que Monique achara plausível fazer uma pergunta dessas. Não era do tipo que tinha resposta. Ao mesmo tempo, eu sabia que dona Fifi daria alguma, que deveria estar na ponta da língua, pronta para atacar.

Eu só não sabia se estava pronto para ouvir. Na verdade, desconfiava que não. E, querendo fugir da discussão iminente, virei de lado para espiar Antônia. Torcia do fundo do meu coração que ela não tivesse ouvido nada daquilo. Queria ainda mais que Monique não tivesse falado.

Mas não dava para apagar o que havia sido dito. A expressão da dona Fifi já tinha adquirido um nuance de melancolia. Não era à toa que eu tomava tanto cuidado com o que falava naquela conversa, não queria que ninguém saísse dali machucado, mas parecia inevitável.

Antônia continuava a uma boa distância, parada na frente do balcão. Apesar da silhueta bastante sinuosa, seus movimentos eram todos rígidos. Ela pegou a broa que seu Paulo estendia e pagou a mercadoria. Seus cachos ganharam vida quando ela balançou a cabeça para agradecê-lo, mas era só isso que brilhava nela.

Olhando assim de longe, parecia pálida. O que era um pouco triste, porque durante boa parte da minha adolescência eu passei me sentindo quase cego pela sua cor e seu brilho. Mas não havia nada que eu pudesse fazer a respeito, havia?

Aí estava uma boa questão para eu ir pensando pelo caminho. Eu precisava mesmo de um assunto paralelo para ocupar minha cabeça enquanto eu não chegava em casa.

— É melhor a gente ir — anunciei para Monique enquanto tirava a mão dela do meu ombro e começava a me colocar em movimento. — Temos muito para conversar.

— Temos? — Ela quis saber, sem esconder a surpresa.

— Temos, amor — confirmei, me lembrando do artifício que ela usava para sinalizar que estávamos prestes a embarcar num papo-cabeça sobre os caminhos que nossa relação percorria.

Era exatamente num papo desses que eu pretendia entrar quando chegássemos na minha casa.

— Fala pra Antônia que eu passo lá mais tarde pra comer um pedaço da broa — pedi para dona Fifi antes de me despedir dela com um beijo na testa. Ainda que desconfiasse que, quando eu chegasse na casa delas, teria mais chances de ser recebido com uma broa de climão do que por uma broa de milho.

Mas, de qualquer maneira, eu precisaria ir lá me desculpar pelas sandices ditas pela minha namorada. Coisa que faria logo depois de ter uma conversa séria com Monique, para que ela ficasse bastante ciente do tamanho *absurdo* das sandices que tinha dito.

Antônia
A melhor invenção do século XXI

Não sabia por que não tinha pensado nisso antes: aplicativos de relacionamento são nada mais, nada menos que a *melhor* invenção do século XXI.

E agora eu fazia parte dela.

Ou melhor, delas. Pois era necessário levar em consideração que eu tinha feito um perfil em todas as redes sociais voltadas para relacionamento. E que agora ficava pulando de conversa em conversa enquanto deixava o transporte público me levar de um canto a outro da cidade.

Às vezes até esquecia do tempo passando. E das mensagens sem nenhum fim informativo que Gregório me mandava. Era fácil me perder em meio ao fluxo intenso de notificações. O bom dos aplicativos de relacionamento era que eles te davam opções. Eu não precisava ficar presa a uma só pessoa, com uma só aparência, com aquela mesma cor de cabelo meio ruivo, meio loiro o tempo todo.

Dava para variar à vontade. Você podia trocar os óculos de armação grossa por um rapaz que usava lente de contato. Deixar de lado os ombros largos e investir em um metro e noventa e oito de altura. Esquecer de vez aquele negócio de barba e se encantar por um cara de olhos azuis e a pele do rosto lisinha.

As possibilidades eram infinitas. Bastava passar as pessoas para o lado certo e torcer para que fizessem o mesmo com você.

E o melhor era que, ao contrário de todos os outros departamentos da minha vida, não era difícil as coisas darem certo no mundo dos aplicativos de relacionamento. Era só jogar para o lado e *plim*, dar um match.

Até mesmo com um veterano da faculdade.

Wow, ele enviou logo depois de a mágica acontecer. *Não achei que fosse funcionar.*

Mas funcionou, eu respondi, segurando o celular bem firme na mão.

Pois apesar da minha resposta otimista e aparentemente despreocupada, eu também temi que não funcionaria. Não assim, tão fácil. Ele era o veterano mais bonito da turma dele.

E, possivelmente, de toda a faculdade.

Imaginei que um rapaz daquele calibre não precisasse apelar para aplicativos de relacionamento. Ao mesmo tempo, desconfiava que todo mundo de vez em quando precisava recorrer a esse tipo de artifício. O desespero não usava beleza como critério. De certa forma ele chegava para todos.

Só eu sabia como a sensação tinha chegado estraçalhando tudo dentro de mim. As cenas vividas na padaria da esquina ainda causavam um aperto forte no meu coração. Sorte a minha ter uma conversa rolando com o Jairo, o veterano, para distrair a cabeça. Um sentimento de profunda gratidão, misturado com outra coisa, começou a aflorar em mim.

Pode funcionar melhor ainda, ele enviou em resposta.

Como?, perguntei, muito embora já desconfiasse. *Com você me passando as respostas das provas que vou ter no próximo mês?*, sugeri, porque além de ser um gato eu sabia que ele era inteligente.

E, mais do que beijar os lábios bem-desenhados dele, eu queria ter a capacidade de reter as milhares de informações que a gente recebia ao longo do curso igual ele fazia.

Isso também, ele confirmou, dando corda não só à proposta de me passar as respostas da prova, como também asas à minha imaginação. *Se você quiser apenas passar nas matérias sem de fato aprender o conteúdo...*, ele enviou logo em seguida, o que, valia dizer, deu uma baixada na minha moral.

Eu não era má aluna. Não queria que ele tivesse essa impressão de mim. Só era uma aluna com coisas demais na cabeça. Coisas que nem deveriam estar por lá, mas que acabavam atrapalhando meu aprendizado.

Mas eu aceitaria o risco de te passar as respostas, se isso significar sair com você, ele completou com uma mensagem que serviu mais ou menos como um ponto de virada para o meu ânimo.

Você não precisa me passar as respostas das provas para sair comigo, respondi, e falhei em conter um sorriso ao acrescentar: *Pode me encontrar todas as manhãs, de segunda à sexta, rodando igual uma barata tonta pelos corredores da faculdade.*

Esse tipo de charminho dissimulado não fazia parte da minha abordagem habitual no mundo da paquera. Mas, pelo que eu entendi, fazia super o estilo do código de conduta que regia o aplicativo. De acordo com os truques que aprendi durante as quase duas semanas que vinha usando-o de forma descontrolada.

Pouco me importava se a prática ia contra meus princípios pessoais. Eu só esperava que a droga do flerte funcionasse. Não tinha estrutura para sofrer outra desilusão.

Logo após o incidente da padaria, fiquei com a cabeça girando em busca de rotas de fuga para escapar da armadilha sofrida em que havia me colocado. Estava tão atordoada que levei dias para me lembrar dessa categoria de revolução digital na área dos relacionamentos, embora fosse um fenômeno mundial, que ganhava mais e mais adeptos por todos os cantos. Parecia que eu experimentava uma imersão tão profunda nos problemas que me rodeavam que não conseguia perceber o mundo à minha volta.

No entanto, assim que a solução me veio à mente, não perdi nem mais um segundo: baixei todos os aplicativos em que consegui pensar e comecei a passar rapazes de um lado para o outro. Até o momento, rumo à Barra da Tijuca via metrô, não tinha sentido o impulso de marcar um encontro com ninguém.

Até que Jairo mandou aquela mensagem e me vi com os músculos todos tensos na expectativa de marcar algo. Temi quebrar o celular de tão forte que o segurava enquanto aguardava o garoto terminar de digitar.

Só que não é nos corredores da faculdade que eu quero te encontrar, ele finalmente enviou.

E, de uma hora para outra, todos os meus músculos viraram água.

E onde exatamente você quer me ver, então?, perguntei logo em seguida, com os dedos meio trêmulos por conta da ousadia da proposição.

Imediatamente depois de visualizar a mensagem, ele começou a digitar.

Pouco a pouco, voltei a enrijecer. E como se o meu nível de tensão já não estivesse alto o suficiente, o metrô entrou num nível mais profundo do subterrâneo, extinguindo o sinal. Antes que eu saísse dele, a bateria do celular acabou, sem mais nem menos, bem na minha cara, aniquilando por completo as chances de eu dar prosseguimento ao flerte.

Faltavam umas boas sete estações de metrô, além de todo o caminho de BRT, até eu chegar ao trabalho, onde morava um carregador já plugado na tomada, estrategicamente posicionado para me auxiliar nesse tipo de perrengue. A ansiedade inesperada borbulhava no meu interior, como se algo grande estivesse prestes a acontecer.

Afinal, já era hora de eu dar uma guinada na minha vida. Do jeito que estava, não dava para ficar. O poço não parecia ter fundo. Mas presenciar o encontro romântico de Gregório com a namorada na padaria havia me servido como um chão.

Tanto para quebrar a minha cara, como para me acordar para a vida e fazer com que eu tomasse um rumo. Sem aquela ruptura no canto mais sensível que havia dentro de mim, talvez eu jamais tivesse encontrado coragem de embarcar no mundo dos aplicativos de relacionamentos. E, se eu não tivesse entrado nele, não estaria agora olhando para a paisagem passando pela janela enquanto lidava com o borbulhar das expectativas de algo acontecer entre mim e Jairo.

Saí da condução com passos ligeiros, obstinada a chegar ao trabalho com o máximo de rapidez. Louca para ter meu poder de comunicação de volta. Tinha correntes de e-mail para repassar para um número considerável de contatos, novos posts para dar like e mensagens para responder — em especial a de Jairo.

Entrei no consultório toda sorrisos, o que acabou sendo a expressão contrária à que a secretária da manhã me recebeu quando me viu.

— Até que enfim você chegou — ela disse, ainda que eu não estivesse atrasada. — Tem um menino que não para de ligar perguntando por você. Ligou cinco vezes dentro de vinte minutos. Faz mais ou menos uns quinze minutos que ele não liga. Pediu que você retornasse assim que chegasse. O nome dele é Gregório e disse que é urgente.

A urgência dele só podia significar uma coisa.

Gregório
Não dos melhores

— Ela não tá nos melhores dias — dona Vera me informou assim que abriu a porta para eu entrar.

— O que faz a senhora pensar isso? — Avancei pela sala sem me deixar intimidar pelo prognóstico da senhora mais jovem, que parecia cada dia com menos paciência para o jeitinho encantador da vovó.

Sorte que eu tinha paciência de sobra. Dona Fifi podia contar comigo para o que desse e viesse. Inclusive para apaziguar os nervos da dona Vera.

— Dessa vez ela se recusou, com muita energia, devo ressaltar, a organizar as tampas dos Tupperwear de acordo com as cores certas — dona Vera acusou, me lançando um olhar de indignação que pretendia me alertar sobre a gravidade da situação.

Mas o único alerta que soou na minha cabeça foi quanto ao tédio que aquela atividade devia despertar na minha velhinha. E em todo o resto do mundo, valia acrescentar.

— De repente ela gosta das vasilhas dela com tampas descombinadas — argumentei.

— Eu nunca vi uma coisa dessas! — dona Vera protestou, assombrada pela possibilidade de um mundo com tampas desencontradas existir. — Seria muito caótico! Eu não conseguiria suportar!

Comecei a me perguntar se quem não estava nos melhores dias era dona Vera. Se desestabilizar por conta de vasilhames não era normal. Mas eu que não ia questionar. Deus me livrasse de fazer qualquer coisa que pudesse afugentá-la dali. Era capaz da Antônia me matar com as próprias mãos caso algo do tipo acontecesse. Ela valorizava demais a ajuda que a senhora dava no cuidado matinal da avó.

Talvez fosse até bom, já que, para me matar com as próprias mãos, Antônia teria que se aproximar de mim de alguma forma. Nem que fosse a meia distância para me dar um tiro.

E com isso parei para pensar que, quando alguém planejava um tiro, que acarretaria a própria morte, como estratégia de aproximação, era porque tudo estava bem distante *mesmo*.

Depois do que tinha acontecido na padaria, mesmo que eu tivesse me desfeito em pedidos de desculpas pelo que Monique dissera, Antônia se colocou a léguas de distância. Só falava comigo o estritamente necessário. Mal respondia as minhas mensagens. Mesmo assim mandei uma avisando do possível dia ruim da sua avó.

Estava on-line, mas nem sequer visualizou a conversa.

— E onde ela está, afinal? — perguntei à dona Vera, pois, se tinha alguém com capacidade de melhorar meu humor, era a minha velhinha favorita.

— Encarapitada num banquinho no canto da cozinha — dona Vera informou, meio de má vontade. — Resmungando toda vida com pessoas que não estão aqui nem nunca ouvi falar. Você acha que ela está passando por uma experiência sobrenatural, tipo médium? — ela questionou logo para mim, que era o maior ignorante sobre o assunto.

— Não faço ideia. Tudo é possível — ponderei logo em seguida, ao avistar a postura emborcada de vovó no canto da cozinha.

— Isso que me dá medo — dona Vera murmurou, caminhando atrás de mim.

Assim que adentrei o cômodo de vez, vovó se levantou do banquinho. Pela rapidez e energia que ela se colocou de pé, dava para perceber que estava agitada.

A autoridade com que se dirigiu a mim, sem nem abrir os braços para me cumprimentar com um abraço, só servia para confirmar essa percepção.

— Demorou pra caramba — reclamou, com ares de dona da razão.

— Cheguei aqui exatamente na mesma hora de ontem. — Chequei o relógio rapidamente para me certificar que não falava besteira.

— Dane-se! — Vovó refutou minha informação apurada num piscar de olhos. — Isso não quer dizer que o tempo passou na mesma velocidade.

Por mais que, em termos lógicos, aquilo não tivesse nem pé nem cabeça, eu concordava em gênero, número e grau com ela. Às vezes o tempo passava *bem* mais devagar do que deveria. Em geral, justamente quando a gente não queria.

Por exemplo, quando precisei ter minha conversa séria com Monique sobre os acontecimentos da padaria, pareceu que durou dois milênios e meio. Mas, no mundo real, não passou de duas horas. O desgaste emocional foi imenso. Monique passou longos minutos batendo na tecla de que deveríamos respeitar a opinião um do outro. Gastei muita saliva para fazê-la entender que ela não tinha o direito de opinar sobre o que era sacrifício para mim ou não.

Muito menos sair por aí falando que eu estava me sacrificando quando, na verdade, eu fazia tudo o que fazia com o maior prazer.

Por mais que eu valorizasse o nosso namoro, não conseguia aceitar que ela tivesse aquela opinião nada a ver. Aquilo me fez enxergá-la com outros olhos. Olhos de quem precisou de óculos por muito tempo e nunca tinha parado para fazer um exame.

Ainda bem que no fim da discussão ela aceitou meu ponto de vista. Aliás, a discussão só acabou por isso. Caso contrário, o bate-boca não teria fim.

Ou o que teria fim seria o nosso namoro.

E um relacionamento de um ano não era algo que simplesmente se jogava fora. Eu não era Maximiliano. Acreditava no poder do diálogo. E tinha fé que uma conversa bem-intencionada podia apaziguar a pior das situações. Por isso, me abaixei para ficar na altura dos olhos de vovó, fiz um carinho no ombro dela e disse:

— Pode deixar que da próxima vez vou pedir para os deuses do tempo correrem mais rápido.

Ela, no entanto, fez um movimento brusco com o ombro para expulsar minha mão dali.

— Agora não adianta mais! — ela praticamente gritou. — Você já chegou, é melhor que o tempo continue passando devagar.

Por mais que o conteúdo da fala fosse fofo, o volume com que ela tinha dito indicava que a dona Vera tinha razão: aquele não era um bom dia. A senhora em questão, por sua vez, não perdeu tempo em me lançar um olhar de eu-bem-que-te-avisei antes de dizer:

— Bom, eu já vou indo. Tenham uma boa tarde.

Eu duvidava muito que ela acreditasse que uma boa tarde de fato aconteceria. Eu mesmo não tinha tanta certeza. E minha incerteza se fortaleceu ainda mais quando vovó deu um passo à frente e anunciou:

— Eu também vou.

Tive que dar um passo para cercá-la; Antônia tinha me proibido terminantemente de deixá-la passear sozinha na rua.

— Vai pra onde, posso saber? — perguntei, tentando manter um tom brincalhão. — Acabei de chegar. Pensei que você quisesse passar um tempinho comigo.

— Vou ao banheiro, se você me permitir — ela respondeu, com a voz cheia de desafio e, ao mesmo tempo, soando profundamente magoada por eu ter desconfiado dela. — Vai ser mais agradável passar um tempinho com você se eu não fizer xixi nas calças.

— Tenho certeza que sim — falei, saindo do caminho e torcendo para que a bagunçadinha que dei em seu cabelo me ajudasse a amenizar o clima de desconfiança que ela pescou no ar.

Mas ela se afastou sem dizer nada. Logo em seguida, dona Vera também abandonou o cômodo e trancou a porta da frente ao sair. Respirei fundo antes de começar a dar um jeito na cozinha. Tinha Tupperware para tudo quanto era lado. Todos com as tampas desencontradas. Não era à toa que dona Vera estava tendo uma síncope, sendo ela essa pessoa extremamente ligada a esquema de cores ordenados.

Mal coloquei os vasilhames no armário, comecei a ouvir uma sequência estranha de barulhos. Parecia que alguém estava batendo na porta, sendo que o som não vinha da sala.

— Vó? — perguntei, só para me certificar que ela não tinha nada a ver com aquilo.

Mas o que ouvi em resposta foi um urro, seguido de gritos.

— Burra! Burra! Burra! Como alguém pode ser tão burra?

Meu coração gelou. A confusão de sons tinha tudo a ver com ela. Eu só não sabia como.

E estava morrendo de medo de saber.

Mesmo assim, corri na direção do barulho.

Achei que ia me desmontar todo ao me deparar com a cena: o som vinha de vovó batendo com a cabeça na parede. E meio que estava escorrendo sangue da testa dela. Uma boa quantidade, eu arriscava dizer. A linha vermelha começava a descer pela ponte do nariz. Mas isso não a impedia de bater a cabeça. Muito menos de continuar a gritar.

— Como alguém pode ser tão burra? Não saber qual é a porta certa na própria casa?

Corri os passos que faltavam e a segurei pelos ombros.

— Calma, vó, calma — pedi, com a voz soando tão trêmula quanto eu me sentia. — Me conta o que aconteceu.

— Eu não sei qual é a porta, Greg — ela falou, começando a chorar. — Eu precisava ir ao banheiro.

Se havia jeito de o meu coração se quebrar mais um pouco, era ouvindo aquelas palavras. Eu a puxei para um abraço, tomando cuidado para não apertar muito, levando em consideração que ela já estava apertada.

— Vó, a porta certa é aquela dali. — Apontei com a cabeça. — Pode ir lá, sem problemas, se precisar de alguma coisa, é só me chamar.

Me esforcei bastante para passar a impressão de que estava tudo bem, de que não tinha sangue escorrendo da sua testa e que galos enormes não se formariam em seu rosto por conta das pancadas.

Precisava ligar para Antônia. Urgente. Por diversos motivos, mas especialmente por não fazer ideia se uma crise daquelas tinha potencial para agravar o progresso da doença. Contudo, seria impossível fazer isso segurando dona Fifi, e ela continuava aos prantos nos meus braços.

Eu não queria assustar Antônia, embora estivesse completamente apavorado.

— Eu *precisava* ir ao banheiro — dona Fifi confessou entre soluços. — Agora não preciso mais. Tudo veio abaixo quando cheguei no quarto da Antônia. Ela vai ficar uma fera comigo. O quarto dela é um pouco bagunçado, mas ela não gosta de sujeira.

Um nó tremendo tomou conta da minha garganta, e tive que usar uma força sobre-humana para engoli-lo.

— Não vai, não — assegurei, tentando soar tranquilo. Eu a abracei um pouquinho mais forte, sem me importar de a parte de trás da saia dela estar molhada. — A gente vai limpar tudo e ela não vai nem perceber.

— Vai, sim! — vovó rebateu em meio a soluços enquanto eu sentia umas gotinhas pingarem na minha mão. Receei esticar o pescoço para descobrir se era sangue ou lágrimas, pois, independentemente do que fosse, eu acharia horrível. — Ela acha que não, mas é muito esperta. Tá sempre de olho em tudo, principalmente quando o assunto é eu.

— Mas, mesmo que ela descobrisse, coisa que *não vai* — insisti em reforçar ao pegar o telefone no bolso e ligar para Antônia logo de uma vez

—, tenho certeza de que ela entenderia. Acidentes acontecem. Já aconteceu uma situação parecida comigo numa chopada em que bebi demais. Além do mais, Antônia pode ser uma menina muito compreensiva... — Embarquei num falatório sem sentido enquanto procurava o contato dela na agenda. — Quando quer — acrescentei, para dar um tom mais verossímil à verborragia que escapava da minha boca.

— Ela é. — Vovó assentiu em meio ao pranto. — Mas tudo tem limite.

Eu concordava plenamente.

Antônia mandar minha ligação direto para a caixa de mensagens ultrapassava todos os limites possíveis. Não era culpa minha se minha namorada era um pouco estúpida de vez em quando. Ela estava trabalhando para melhorar.

E, da mesma forma que eu acreditava no potencial de Monique, também acreditava no de Antônia. Por isso, liguei mais uma vez.

E outra.

E mais outra.

Depois de cinco tentativas infrutíferas, liguei para o contato da ambulância do plano de saúde, salvo no meu celular. Se Antônia não queria falar comigo para orientar qual seria a atitude mais correta, eu tomaria as rédeas da situação.

Até porque o que pingava na minha mão era sangue.

E pelo menos no hospital teria profissionais capacitados para me guiarem. Já que a estudante de Enfermagem estava muito ocupada em ficar brava comigo por conta de uma *palhaçada*.

Quando me confirmaram que a ambulância estava a caminho, liguei para o trabalho dela para avisar. E, como Antônia ainda não tinha chegado, apenas deixei um recado. Esperava que ela parasse de criancice quando ouvisse que era *urgente*. Mas, àquela altura do campeonato, não sabia se podia contar com isso.

Antônia
Pombos são animais nojentos

— Gregório? — perguntei meio ofegante logo na entrada da sala de espera, quando avistei um menino dobrado sobre si, praticamente formando um origami de sua própria pessoa.

Ele me ignorou por completo.

Atravessei a sala de espera a todo o vapor, e, apesar das pernas trêmulas, cheguei bem perto da dobradura em forma de garoto para me certificar de que era *mesmo* Gregório. Ele apoiava a testa nos joelhos, as mãos cobriam o rosto. Eu não fazia ideia de como seus óculos sobreviviam a tal posição. Achei melhor averiguar.

— Greg! — chamei, mais alto dessa vez, complementando o chamado com uma cutucada no ombro.

Ele se levantou no susto, lançando para mim um olhar atordoado. Não dava para saber se a vermelhidão em seus olhos era por ele ter estado dormindo ou chorando. Porém, independentemente da causa, fiquei arrependida do cutucão. A situação requeria um cafuné, nem que fosse rapidinho, na cabeça.

Porém, após registrar que tinha sido eu a emissora do cutucão, ele começou a reorganizar sua expressão facial. De um segundo para o outro ele foi do mais completo desolamento para algo parecido com raiva.

— Por que você não atendeu minhas ligações? — ele indagou, se colocando de pé na minha frente. — *Já deu* desse negócio de você me ignorar. Não foi culpa minha a Monique inserir o assunto Max no meio da conversa aquele dia, e mesmo assim eu já te pedi desculpa por isso. Você até disse que tava tudo bem, mas pelo visto não tá nada bem. — Ele disparava uma acusação atrás da outra, sem me dar a menor brecha para argumentar. — Porque nem quando eu te ligo, coisa que, não sei se você sabe, significa que quero falar algo *sério*, você atende.

— Greg — eu repeti seu nome uma terceira vez, colocando a mão no seu ombro que subia e descia num ritmo agitado, acompanhando a respiração. — Eu não te atendi porque meu celular ficou sem bateria. Claro que se eu visse você ligando sacaria que era algo sério. Nascemos na mesma geração, também acredito que ligações só precisam ser feitas em caso de emergência.

Ele me olhou sem esboçar sequer um projeto de sorriso pela piadinha infame sobre a nossa geração. Seus ombros continuavam subindo e descendo, eu sentia a velocidade do movimento aumentar embaixo da minha mão.

O jeito que a expressão dele voltava a ficar desolada a cada ida e vinda do seu ombro me fazia temer que, depois que ele contasse o que tinha acontecido com a minha avó, eu ficaria igual.

— Como ela tá? — perguntei.

Minha voz saiu tipo um sussurro. Eu não sabia se estava falando baixo para não perturbar ainda mais o ritmo da respiração dele ou porque eu não queria realmente saber a resposta.

Ele só fez que não com a cabeça, balançando-a de um lado para o outro.

E minhas pernas perderam ainda mais a força. Se algo sério tivesse acontecido com vovó, eu jamais me perdoaria por estar flertando na internet enquanto tudo desmoronava.

Eu estava no meio do caminho entre me manter de pé e desabar na cadeira quando Gregório pareceu sair do seu transe pessoal e falou:

— Eles me falaram que iam fazer alguns exames e que me avisariam quando eu pudesse vê-la. Já passou um tempão... Até agora não me falaram nada. Tô morrendo de preocupação.

Abortei meu desabamento na cadeira e comecei a rumar em direção ao balcão de informações.

— Vou lá perguntar que droga que tá acontecendo — comuniquei a Gregório ao mesmo tempo em que me colocava em movimento.

— Não, não, não — Ele veio atrás de mim e me segurou pelo braço. — Não faz nem cinco minutos que eu fui lá e fiz um monte de perguntas. Daqui a pouco eles não vão querer passar informação nenhuma só porque a gente tá enchendo o saco.

— É nosso direito encher o saco — rebati. — Temos que saber o que aconteceu.

— Eu sei um pouco do que aconteceu — ele disse, ao me soltar e encolher os ombros. — Estava lá na maior parte do tempo.

Virei-me para ele e encarei todo o desolamento voltar a tomar conta dos olhos dele.

— Ela se perdeu — contou, a tristeza parecia partir sua voz no meio da frase.

Embora eu devesse ser mais compreensiva com a confissão, uma revolta tremenda tomou conta de mim.

— Como assim *se perdeu*? Quantas vezes eu já falei que não é para deixá-la sair sozinha na rua? — Coloquei as mãos na cintura para evidenciar o nível da minha insatisfação, sem dar o menor espaço para ele argumentar. — O impulso de perambular por aí é uma forte característica de quem se encontra na condição dela. Isso pode ser muito nocivo para alguém como ela. Geralmente eles perdem a noção de onde vieram, e para onde vão, o que gera confusão e pode ocasionar uma crise ou até uma queda. É muito, muito, muito perigoso mesmo. Gregório, você *precisa* prestar atenção quando eu falar essas coisas.

— Antônia. — Ele me segurou pelos ombros e desconfiei que agora quem tinha perdido o controle das subidas e descidas dos meus ombros fosse eu. — Você entendeu errado. Eu não a deixei sair de casa. Ela se perdeu *lá dentro*.

A última frase dele me fez parar.

A doença estava avançando mais rápido do que eu esperava. Sem respeitar nenhum pouco o tempo que eu achava que teria. E sem me dar a mínima oportunidade de adaptação.

— Foi horrível — Gregório continuou, no mesmo tom partido de antes, como se sua voz não aguentasse o peso das informações que tinha para passar. — Ela não conseguia acreditar que aquilo estava acontecendo. E, pra falar a verdade, nem eu. Acho que lidei com tudo muito mal, não sei se consegui passar a segurança que ela precisava, não conseguia falar com você, eu...

Antes que ele pudesse completar a lista de motivos pelos quais a gente tinha ido parar ali, eu dei um passo para frente e simplesmente o abracei.

Tinha certeza de que ele havia feito o que podia.

Da mesma maneira que eu fazia o que eu podia agora.

Só o que estava ao meu alcance era colocar os braços em volta da cintura dele e encostar a cabeça em seu peito, numa altura um pouco acima do seu coração.

Não demorou muito até ele passar um braço pelos meus ombros e com o outro mexer no meu cabelo. Senti uma sutil sensação de paz. Que logo foi desfeita. No momento em que ele falou:

— Não acho que eu esteja preparado para isso, Antônia.

Eu nem precisava levantar a cabeça para checar se ele estava chorando. Sabia que sim só pelo tom de voz, que era o mesmo de quando ele costumava aparecer lá em casa fugindo de uma das discussões dos pais.

— Eu acho que está, sim — respondi, fazendo o máximo de esforço para soar profissional, tal qual uma enfermeira formada. — Caso contrário não estaríamos aqui, nessa sala de espera xexelenta, com a vovó fazendo todos os exames necessários.

Houve um silêncio pontuado por soluços antes de ele concordar:

— Essa sala é bem xexelenta mesmo.

Infelizmente não consegui identificar nenhum tom de sorriso na sua voz.

— Imagina se fosse dona Vera a responsável por conduzir uma situação dessas? — indaguei enquanto me ajeitava para ficar um pouquinho mais confortável dentro do abraço. — Primeiro comunicaria a vizinhança inteira, depois se recusaria a levar vovó a qualquer lugar antes que ela estivesse com as roupas minimamente combinando.

— Verdade — Gregório disse enquanto apoiava o queixo no alto da minha cabeça, e eu não sabia se era pela nova proximidade da sua voz, ou alguma outra coisa, mas agora eu conseguia identificar a nota de sorriso que procurava. — Aliás, você não sabe o que ela aprontou hoje...

— Com licença, pombinhos — uma terceira voz se intrometeu na nossa conversa, o que fez o abraço se desfazer instantaneamente. — O rapaz pediu para que avisássemos quando a paciente Filomena Vasquez fosse transferida para a enfermaria, e isso acabou de acontecer. Vocês podem visitá-la, se quiserem.

— Obrigado — Gregório respondeu limpando a garganta e dando um passo bem grande para longe de mim.

E, apesar de ser um baita alívio poder visitar minha avó, eu não via nada ali que valesse a pena agradecer. A conduta do funcionário tinha sido extremamente antiprofissional. Onde já se viu chamar as pessoas de pombos?! Em especial dentro de um ambiente hospitalar!

Lancei um olhar de reprovação ao recepcionista que havia ousado comparar eu e Gregório a ratos alados. Esses animais não são nada higiênicos. Mas, por incrível que pudesse parecer, o pior daquela expressão não era a falta de higiene. Era a insinuação implícita de que Gregório e eu podíamos ser um casal, o que tornava tudo mil vezes mais ultrajante.

Será que não estava na cara que o menino tinha namorada?

E que eu estava quase de encontro marcado com o veterano mais bonito da faculdade?

Bom, talvez não estivesse tão claro. Mas isso não mudava o fato de pombos serem animais nojentos e de que ninguém deveria chamar os outros assim. Principalmente quando os pombos em questão nunca poderiam ser um casal.

Gregório
Choque de realidade

— Quer parar?! — Antônia perguntou, se referindo aos meus passos indo e voltando em volta da cama da avó dela.

— Quero — respondi, com sinceridade. — Mas não consigo.

Dona Fifi continuava dormindo. Sob efeito de calmantes, coberta por um lençol fino demais. Tinha um corte fundo na testa e uma aparência adoentada.

O aspecto dela me assombrava. Nunca tinha pensado na vovó como alguém *doente*. O que era bastante louco, pois tinha plena consciência de que ela sofria de Alzheimer. Só não esperava que, além das confusões na sua cabeça, a doença pudesse ter consequências tão físicas quanto um corte na testa.

Às vezes eu conseguia ser bem burro. E para tentar fugir da minha burrice, eu andava de um lado para o outro.

— Você não pode pelo menos tentar? — Antônia sugeriu, cruzando uma perna sobre a outra, numa pose que eu não conseguia distinguir se representava uma menina comportada ou uma menina que estava perdendo a paciência.

De qualquer forma, sabia que se tratava de uma representação e achava que se enquadrava melhor na segunda opção.

— Posso — respondi, parando para ponderar sobre o que tínhamos falado na recepção, antes de ficarmos confinados nessa enfermaria à espera de um parecer médico.

Antônia assegurou que eu tinha preparo para cuidar da avó dela. E, por mais que tivesse achado gentil da parte dela me dizer algo assim enquanto me debulhava em lágrimas igual um paspalhão, eu discordava dela.

Aquilo era algo maior do que a gente. Não tínhamos as ferramentas necessárias para lidar sozinhos com o avançar da doença, ou para garantir o bem-estar de dona Fifi. Mas desconfiava que Antônia ainda não tinha se dado conta disso. Não era à toa que eu estava tão agitado e incapaz de controlar meus pés enquanto esperava pela chegada do médico.

Inclusive, quando dei por mim, já tinha voltado a andar de um lado para o outro.

Pois além de querer, com certo desespero, uma luz sobre como proceder de agora em diante no tratamento de dona Fifi, também precisava que alguém, com mais autoridade que eu, convencesse Antônia de que a vovó *precisava* de ajuda.

Ajuda essa que, por mais que eu quisesse ser tudo na vida da vovó, não achava que nem eu, nem Antônia, éramos capazes de fornecer.

— Desculpa — falei para Antônia, me referindo à retomada dos passos irritantes e aos temores que rondavam a minha cabeça.

— Tudo bem — ela respondeu, com uma expressão que indicava mais ou menos o contrário. — Só queria que ela acordasse logo, pra gente poder levar ela pra casa de uma vez.

— Mas a gente tem que esperar o médico dar alta, não? — perguntei como quem não queria nada, sem querer sobrepor o meu achismo ao dela.

— Ele vai dar — ela afirmou, sem nem titubear. — Aposto que é só a vovó acordar pro médico aparecer aqui e liberar a gente. Pode confiar no que eu digo, tenho conhecimento na área.

— Não sei, não... — discordei com o máximo de suavidade possível enquanto sentia as palmas das minhas mãos começarem a suar.

Ela tinha razão na parte de sua experiência ser muito maior do que a minha. Antônia estudava o assunto, trabalhava com idosos e havia acompanhado a doença da avó desde o início. Muito provavelmente o médico conduziria a situação do jeito que ela havia descrito: liberando vovó assim que a visse acordada.

Logo, ficava sob minha responsabilidade mudar o curso natural das coisas, começando pela pressa de Antônia para ir embora.

— Queria ter uma conversinha com o doutor — declarei, passando por cima do olhar de estranhamento dela enquanto seguia com minha caminhada. — Preciso saber o que fazer se uma situação dessas se repetir. Tenho várias outras dúvidas também. Acho que vai ser uma conversa meio longa.

— Quais são as suas dúvidas? — perguntou ela, se ajeitando na cadeira, parando com aquele fingimento de menina que senta com a perna cruzada e assumindo sua postura normal.

— Minha principal dúvida é se a gente consegue dar conta disso sozinho — declarei logo depois de respirar fundo para reunir coragem. — Porque, sinceramente, eu acho que não.

Mais difícil do que receber um choque de realidade era a responsabilidade de dar choques desse tipo em alguém.

Ainda mais se esse alguém fosse Antônia, que nasceu com a teimosia de uma senhora de oitenta anos e precisaria de um choque de alta voltagem para começar a ver a situação sob o meu ponto de vista.

— É claro que a gente consegue — Ela descartou minha hipótese com um aceno, como se a questão levantada fosse um mosquito. — Sei como pode ser assustador presenciar uma crise dessas, mas pode deixar que...

— Não é só o fato de ser assustador — interrompi o discurso dela, assim como o meu caminhar. — É também não estar preparado para lidar com a piora dela. Eu sei que você tem experiência no assunto, estudou e o escambau, mas é diferente quando é uma pessoa que você ama. Tem um monte de sentimentos no meio e tudo fica bagunçado. É difícil ver a situação por uma perspectiva prática.

Antônia olhou para mim com os olhos arregalados, dignos de quem não fazia ideia de onde eu tirava aquelas coisas.

Aí estava o motivo de eu precisar que alguém com mais autoridade a convencesse a buscar ajuda. Ela estudava demais para acreditar nas pesquisas de um moleque que só tinha a internet a seu favor.

— Você acha que ela tá piorando? — Antônia perguntou.

E, ainda que a cama em que vovó dormia estivesse entre a gente, eu conseguia ouvir o tremor na sua voz como se estivéssemos lado a lado.

— Antônia, eu não tenho que achar nada. Ela simplesmente está — falei, bem quieto no meu canto, temendo que minha voz tremesse também. — É a tendência natural da coisa.

— Mas ela toma os remédios direitinho — ela pontuou, se levantando da cadeira e começando a caminhar. — Eu faço questão de me certificar disso, todo santo dia.

— Isso é bom — eu disse, saindo do seu caminho para que ela pudesse se movimentar à vontade. — Mas o remédio não cura, ele só retarda os sintomas, né? E não na velocidade que a gente gostaria.

— Verdade — ela concordou enquanto fazia um coque no cabelo. — Tá a léguas de distância da velocidade desejada.

— Pelo menos concordamos em algo. — Sentei-me na cadeira que ela tinha acabado de desocupar.

— Não é a melhor coisa do mundo para se concordar — ela rebateu ao estabelecer um ritmo de três passos para um lado e três passos para o outro em sua caminhada.

— Mas também não é a pior — ponderei. — Acho que, com ajuda capacitada, vamos dar conta.

— Talvez... — ela concordou, parecendo tão receosa quanto eu estava no início da conversa.

Eu, por outro lado, espreguicei-me na cadeira sentindo algo mais ou menos parecido com alívio. Só não sabia que viria acompanhado por um tremor desagradável na perna esquerda. Talvez a tremedeira fosse consequência de finalmente ter conversado com Antônia, depois de tanto tempo sendo afligido pelas mudanças constantes no estado de saúde da avó dela.

Ou talvez fosse apenas meu celular vibrando no meu bolso.

Quando coloquei a mão no local onde acontecia o tremor, percebi que se tratava do segundo caso. Tirei o aparelho do bolso e o que vi na tela me provocou outro tremor, dessa vez interno, daqueles que prenunciava que vinha merda grande por aí.

Merda essa feita por mim, inclusive.

Tratava-se de uma ligação de Monique. E antes que a situação ficasse mais complicada do que, com certeza, já estava, resolvi atender a ligação.

— Vem cá, além de tudo, agora você vai me deixar plantada nos jantares que a gente marca? — ela berrou do outro lado da linha.

Aposto que Antônia conseguiu ouvir lá do outro lado da maca.

— Monique, eu tive um contratempo... — Comecei a tentar explicar.

— Tenho certeza de que sim! — ela respondeu, ainda que com certa agressividade. — Mas o que poderia ser tão grande para você me largar esperando num restaurante por quase uma hora sem nem ligar ou mandar mensagem? Um tsunami? Foi algum terremoto que cortou todos os sinais de telefone e eu não fiquei sabendo?

A espreguiçada relaxante que eu tinha dado segundos atrás perdeu todo seu efeito.

Monique tinha razão, ligar ou mandar uma mensagem explicando o ocorrido não teria me custado nada.

Acontecia que o resto do mundo, que não fazia parte daquela enfermaria com cheiro de éter, tinha sumido da minha cabeça. Vacilo meu. De uns tempos para cá eu andava me sentindo um péssimo namorado. E, julgando pelo ataque muito bem fundamentado de Monique, sozinha, me esperando num restaurante chique, onde um suco custava o preço de uma refeição inteira em qualquer outro lugar, não era só uma sensação.

— Dona Fifi teve uma crise — contei. — Tive que vir com ela de ambulância até o hospital.

— Depois a gente se fala — ela disse, sem gritar, do outro lado da linha, antes de desligar.

Passei alguns segundos com o celular colado na orelha sem emitir nenhum som, na esperança de que Monique retomasse a ligação e voltasse a falar. Coisa que não aconteceu, até porque não existia aquilo de retomar uma ligação que já havia sido finalizada. A engenharia de telecomunicações não tinha evoluído a esse ponto.

Antônia, que observava, e seguramente *ouvia* a cena sem nenhuma dificuldade, abanou as mãos na frente do meu rosto na intenção de chamar minha atenção.

— Alô, Terra para Gregório! Hora do choque de realidade: vai atrás dela!

Levantei-me da cadeira num misto de ânsia e reticência. Ao mesmo tempo que sabia que eu deveria ir atrás de Monique e colocar tudo em pratos limpos, me preocupava deixar dona Fifi desacordada naquele leito de hospital ainda sem receber as instruções médicas que eu tanto ansiava.

— Pode deixar que vou ter uma longa conversa com o médico sobre o que podemos fazer para tornar o avanço da doença da vovó o mais sustentável possível — Antônia disse enquanto me empurrava em direção à porta de saída. — Te conto tudo depois.

— Com riqueza de detalhes, por favor — pedi enquanto me despedia com um aceno de mão.

Segurei-me ao aceno tranquilo que ela me ofereceu de volta durante todo o percurso sofrido do Uber até o restaurante. A cada segundo que passava, aumentava a minha disposição de tomar um suco que teria dificuldade de pagar, só para poder falar com a minha namorada.

Isto é, se Monique ainda estivesse disposta a namorar comigo.

Antônia
Nota zero

— Você já considerou terapia? Ou um grupo de apoio? — o médico perguntou enquanto checava o prontuário de vovó preso numa prancheta ao pé da maca.

Pensei que eu seria a responsável pelas perguntas, pelo visto estava enganada. De novo.

Depois que Gregório verbalizou que tinha dúvidas sobre como lidar com a vovó, parei para refletir a respeito dos problemas que eu enfrentava sem perceber que alguns deles poderiam ter solução.

A partir do momento em que ele virou as costas para acertar os ponteiros com a namorada, comecei a elaborar um questionário que se retroalimentou até a hora em que o médico chegou à enfermaria. E como passei os últimos vinte minutos em que ele examinou vovó, ainda adormecida, fazendo perguntas sem parar, achei plausível responder a indagação dele com outra:

— Você acha que ela ia gostar? — perguntei, um pouco abismada com a sugestão, quem poderia imaginar uma coisa dessas? — De que adianta levá-la a uma terapia, ou até mesmo a um grupo de apoio, pra dividir experiências ainda por cima, se nem sabemos se ela de fato vai *lembrar* das experiências naquele dia específico?

O médico levantou o olhar do prontuário e tombou a cabeça para o lado ao ouvir o final do meu discurso. Parecia que eu tinha dado uma resposta errada numa prova importante. Coisa que me causou um baita desconforto. Bem similar ao que eu sentia quando as notas das provas na faculdade saíam. Aliás, em breve viria uma nova bateria delas. Não gostava nem de lembrar.

Portanto, olhei para o lado, deparei-me com a enfermaria vazia a não ser pelos pacientes que ocupavam uns poucos leitos. Já fazia um bom tempo que Gregório tinha saído para ir ao encontro da namorada, mas foi a primeira vez que senti falta dele.

Torcia para que os dois se resolvessem da melhor maneira possível.

Ao mesmo tempo, meio que necessitava de uma ajuda dos universitários, pois o doutor não só entortou a cabeça, como também enrugou um pouco o cenho ao focar em mim.

Pelo visto eu tinha dado a pior resposta possível, algo digno de nota zero. O que era bastante humilhante, pois além de estudar formal e informalmente sobre o assunto, acertar questões no tratamento de vovó era mais importante do que qualquer prova.

— A pergunta foi pra você — o médico disse após os segundos excruciantes de pausa.

— Pra *mim*? — Minha voz saiu num tom de taquara rachada muito desconcertante. — O senhor acha que eu preciso de algo assim?

— Acho que todo familiar que se encarrega de cuidar de um paciente nessas condições precisa — ele disse enquanto anotava algo, provavelmente inteligível, no prontuário.

— Minha preocupação é mais com ela, no momento — esclareci, se é que as múltiplas perguntas que disparei assim que ele se aproximou do leito de vovó não tinham deixado claro.

— A minha também — o médico concordou numa tranquilidade digna de quem não estava nem um pouquinho preocupado. — E para que ela seja cuidada da melhor forma possível, é de suma importância que *você* esteja em seu melhor estado.

— Mas eu estou! — rebati me levantando da cadeira.

Esperava que o movimento repentino sinalizasse para ele que eu estava em plena forma e que poderia cuidar de quem quer que fosse com muita responsabilidade e energia.

Contudo, só o que o médico fez foi desviar o olhar de mim para o prontuário. O modo que a testa dele se franziu denotava que eu tinha dado a resposta errada de novo, rumo à reprovação.

E na prova da vida, ao contrário da minha faculdade, não existia recuperação.

— Acho difícil — ele falou, mais para o prontuário do que para mim.

— É uma situação delicada. Uma crise dessas é algo que assusta, principalmente quando tem consequências físicas tão aparentes. Foi por pouco que o corte na testa não foi suturado, sabia? Não é nenhuma fraqueza se abalar ao presenciar algo dessa magnitude.

— Não foi eu que presenciei — me defendi. — Foi outra pessoa, um amigo meu, que me ajuda a tomar conta dela durante a tarde.

— E como ele reagiu ao acontecimento? — o médico quis saber.

Quis voltar a sentar na cadeira e me afundar nela, ainda que fosse de plástico.

A reação de Gregório não me trazia boas lembranças. Aliás, muito pelo contrário, fazia meus olhos arderem tanto que pinicavam.

Tadinho, ele ficou abalado à beça.

Não era para menos, cuidar de vovó demandava uma responsabilidade danada. E, desde que Gregório se voluntariou para cuidar dela, segurava o rojão durante a maior parte do dia.

Assim, me dei conta de para quem o conselho do médico era destinado. Até ajeitei minha postura, mostrando ao doutor o quão comprometida estava com o bem-estar da minha avó e daqueles que me ajudavam com os cuidados dela.

— Tem razão, doutor — concordei de bom grado, ainda que ele não tivesse dito nada que exigisse concordância. — Vou falar com ele sobre a terapia e o grupo de apoio. Um suporte depois dessa experiência traumática vai cair muito bem.

— Formidável — o médico aprovou minha proatividade. Na minha cabeça, eu já maquinava jeitos de aliviar a barra para Gregório, combinando-as com as pequenas alterações que precisaria fazer na rotina de vovó, orientadas pelo médico. — Certamente seu amigo também fará bom proveito de uma ajuda profissional. O que vocês precisam ter em mente é que a sua avó tem uma doença duradoura. Têm que estar preparados para lidar com a situação por anos. Não adianta encarar a coisa como um sacrifício momentâneo, porque nada vai melhorar, você sabe, né? Tem muita água pra rolar ainda, por isso aconselho você a...

Antes de o doutor concluir o resumo da ópera, vovó mexeu a mão. O movimento roubou toda minha atenção. Senti um alívio tremendo, como se tivesse sido salva pelo gongo. Já estava cansada de saber dos desdobramentos do Alzheimer; o movimento desajeitado da mão dela tinha muito mais relevância do que qualquer instrução que o médico tivesse para passar.

Dei um passo em direção ao leito para impedir que minha avó desconectasse a entrada do soro presa em sua mão. O médico, que se atentou para o desenrolar um segundo mais tarde do que deveria, se aproximou da minha avó e assumiu as rédeas da situação.

Por um lado, foi bom que ele tivesse presenciado a forma como eu atendia as necessidades de vovó com rapidez e precisão, provando que eu tinha aptidão de sobra para me encarregar dos cuidados à minha velhinha.

Por outro, meu coração martelava no peito.

Uma fina camada de suor encobriu minha testa. O doutor ainda não tinha me especificado os remédios que vovó havia tomado. E se eu não tivesse intervindo na hora certa e uma medicação vital fosse interrompida por um simples descuido? Era possível que vovó corresse risco de morte.

Minhas mãos começaram a tremer, ficou evidente quando levantei uma delas para enxugar o suor da testa.

— Antônia o que aconteceu? Você está igual uma vela! — vovó perguntou, claramente desorientada.

Com a quantidade de melanina que minha pele carregava, era impossível que eu me parecesse uma vela. A não ser que ela estivesse falando daquelas velas coloridas, muitas vezes aromáticas, ótimas para um banho de banheira relaxante. O que eu não achava que era o caso. Primeiro porque não tínhamos uma banheira em casa, e segundo porque não tinha ninguém relaxado ali.

— A senhora passou mal — contei, pegando sua mão livre para fazer um carinho.

— Mas eu me sinto ótima! — vovó rebateu com uma voz pastosa. — Uma dorzinha de cabeça de nada.

— A senhora vai ficar mais algumas horinhas em observação — o médico informou a vovó, mas com parte do olhar fixo em mim. — Eu e sua neta ainda temos muito o que conversar.

— É mesmo? — perguntou vovó num tom que eu não soube identificar se era sarcasmo ou ironia. — Mas agora quem precisa conversar com ela sou eu, se o senhor nos der licença.

O médico olhou para mim espantado, dava para notar que ele havia se impressionado com o jeitinho encantador de dona Fifi.

Tanto se impressionou que não ousou contestar, deu um passo para trás e deixou o prontuário no pé da cama dela.

— Tudo bem, volto mais tarde — falou enquanto ajeitava o jaleco para dar a entender que não tinha perdido a pose ao ser expulso de sua própria enfermaria. — Mas a senhora tem que me prometer que vai convencer sua neta a cuidar um pouquinho dela também — ele fez o favor de lançar a polêmica no ar antes de se retirar por completo.

Vovó se virou para mim e deu um jeito de espremer mais umas ruguinhas no seu rosto para demonstrar preocupação.

— Do que ele tá falando? — ela quis saber.

— De Gregório — respondi. — O doutor ficou preocupado com o possível trauma causado no garoto ao te ver mal.

— Mas Gregório não é minha neta — vovó rebateu, sem nem pestanejar. — Ele é meu *neto*.

— Ele deve ter se confundido — apaziguei. Não queria que o médico ficasse mal na fita por uma simples inversão de gêneros.

— Duvido muito — vovó discordou. — Um pedaço de mau caminho como aquele?

Olhei por cima do ombro para me certificar de que ninguém tinha escutado aquilo. *Minha avó bateu a cabeça e acordou tarada?* Uma risada se soltou sozinha enquanto eu me sentava na ponta da cama e apertava o pé dela.

— Então quer dizer que você achou o médico bonitão? — perguntei, apenas porque não conseguia acreditar naquilo.

— Eu não achei nada — respondeu ela, dando indícios de que estava perdendo a paciência por uma coisinha à toa, como costumava fazer quando estava mal. — Ele é bonitão, só não vê quem não quer. E a senhorita anda não querendo ver várias coisas ultimamente.

O que ela queria insinuar com aquilo? perguntei para os meus botões.

Será que eu realmente queria saber?

Provavelmente não.

Muito menos se perguntar ao que ela se referia fosse deixá-la mais agitada. Por isso, me levantei da cama e voltei a andar pelo espaço em volta da cama. Tomando um mega cuidado para não esbarrar em temas polêmicos.

Gregório
Juntos, porém separados

Atravessei o restaurante num misto de rapidez e discrição. Não queria que Monique me visse até que eu estivesse sentado à sua frente falando:

— Desculpa, desculpa, desculpa.

Ela me olhou com a boca franzida e os olhos brilhantes, de um jeito aquoso. A forma como me esquadrinhou de cima a baixo dava a entender que havia algo de muito, muito errado comigo.

E quem me dera que eu estivesse com um pedaço de comida nojento grudado no dente, mas sabia que não era o caso. Primeiro porque fazia um tempão que eu não comia nada, segundo porque a consciência de que havia pisado na bola ao esquecer de avisar sobre o meu atraso latejava dentro de mim.

Dos vacilos, o maior.

Monique não era do tipo de garota que deixava uma confusão para lá por conta do local onde se encontrava. Pouco importava se o restaurante tinha guardanapos de pano e jazz tocando de som ambiente, cabeças iriam rolar.

Com certeza a primeira seria a minha.

E as outras pertenceriam aos pobres infelizes que se arriscassem a passar no nosso caminho. Eu tinha pena dos garçons.

Ao mesmo tempo, queria preservar o pouco que restava da minha dignidade. Por isso, me mantive sentado na cadeira com a postura mais pretensamente relaxada possível, aguardando o momento em que ela daria início, ao que eu imaginava ser o maior sermão do ano.

Contudo, quando Monique desfez seu bico de extrema reprovação, o que saiu, num fio de voz, foi:

— Eu que peço desculpas. Nada a ver armar um barraco porque sua avó está no hospital.

Olhando por esse ângulo, eu tive que concordar. Bem nada a ver mesmo.

Existiam situações que fugiam dos planos. E a última coisa que passaria pela minha cabeça, enquanto ia na ambulância com vovó e sua testa toda ensanguentada, seria o ambiente ameno de iluminação milimetricamente controlada desse restaurante em que havia marcado de encontrar Monique.

Ainda assim, levando em consideração a expressão sofrida no rosto dela, achei melhor tentar aliviar a tensão.

— Não tinha como você saber.

Ela me olhou e assentiu rapidinho com a cabeça, o movimento fez uma lágrima escapar dos seus olhos. Aquela lágrima fujona me deixou mais assustado do que a perspectiva de qualquer esporro.

— Mas eu podia imaginar — disse ela, com uma voz que queria ficar firme, mas não conseguia. — Conheci a senhora faz pouco tempo, e deu pra ver que ela não tá em seu perfeito estado.

— Ela não tá mesmo — reforcei, ainda que não fosse nem um pouco necessário. — Aconteceu tipo uma crise, um surto, sei lá. Eu tava sozinho com ela, foi horrível, fiquei desnorteado. Por isso acabei esquecendo de todo o resto, inclusive dos nossos planos. Foi mal...

Ela fez que não com a cabeça, com a mesma discrição que tinha feito sim segundos antes. Apesar da leveza dos seus movimentos, eles foram suficientes para colaborar com o cair de mais uma lágrima.

Aproveitei o momento em que ela passou a mão pela bochecha para engolir em seco. Que diabos estava acontecendo? Existia algum planeta chorão regendo aquele dia?

Certamente não era prudente responsabilizar a astrologia pelo caos das últimas horas. Mas longe de mim querer assumir a culpa por tudo terminar em lágrimas.

Ou simplesmente terminar, de acordo com o que Monique disse em seguida:

— Você não tem que se desculpar — Outra lágrima rolou pelo seu rosto, estiquei a mão para tocá-la, mas ela se afastou com o pretexto de colocar uma mecha de cabelo atrás da orelha. — Nem sentir medo de mim, que é o que eu acho que você anda sentindo desde o vexame da padaria. Nada a ver o que eu fiz, tratar a velhinha daquele jeito. Não tô nem um pouco orgulhosa das minhas ações e acho que vou continuar não estando, enquanto não aprender a lidar com o que eu tô sentindo.

— E o que você tá sentindo? — perguntei enquanto segurava a borda da mesa, tão forte que as pontas dos meus dedos ficaram brancas por baixo das unhas que havia roído ao longo do caminho até o restaurante.

— Vergonha — ela complementou a palavra com uma careta de nojo. — Por ter descontado numa velhinha e na neta dela a frustração que me dá ao ver que nós dois estamos seguindo caminhos diferentes.

— Nós não estamos seguindo caminhos diferentes! — interrompi com um gesto brusco, que só serviu para fazer os talheres se esbarrarem, adicionando um barulho metálico a minha indignação. — Estamos aqui, no mesmo lugar, a *centímetros* de distância.

— Não mentalmente, Greg. — Ela finalmente decidiu encostar em mim, esticando a mão para tocar meu rosto e passar suas unhas bem-feitas pela minha barba. — E muito menos emocionalmente. Seu coração parece estar totalmente concentrado em salvar sua avó, enquanto o meu nem sequer se encontra nesse país. Ele tá lá nos Estados Unidos, junto com os meus pais, os intercâmbios de encher os olhos e as roupinhas baratas. Sei que meus interesses são muito superficiais comparados à causa nobre a que você anda se dedicando, mas nem sempre nossos sentimentos agem de acordo com a lógica, né? Às vezes eles simplesmente agem.

Dei de ombros sem dizer nada. Não tinha a menor intenção de concordar com ela. Ser trocado por um país inteiro ia além do que eu conseguia argumentar.

Ou talvez eu precisasse aceitar que não existia argumento. Ela parecia ter pensado sobre o assunto muito mais do que eu.

— Já decidiram o que vão querer? — um garçom corajoso interrompeu a conversa.

Será que não dava para perceber a tensão que nos envolvia? Ou será que o sentimento pegajoso só envolvia a mim?

Eu não fazia ideia do que queria. E não falo só do prato que deveria pedir.

— Duas águas, por enquanto — Monique pediu ao garçom, provavelmente apenas para espantá-lo. — Uma com gás e outra sem.

Esses detalhezinhos — eu detestava água com gás, enquanto ela achava que matava muito mais a sede do que água normal — eram o que mais pesava dentro de mim. Como deixar tudo aquilo para trás? Impossível ter energia para construir aquele império de conhecimento com outra pessoa.

Dava preguiça só de pensar.

Dava tristeza só de olhar para o rosto perfeitamente maquiado de Monique.

— Eu não estou acostumado a viver sem você — falei, tendo consciência do quão codependente e potencialmente humilhante tal frase soava.

No fundo, não importava. Se existia uma hora para ser sincero, a hora era agora.

Monique inclinou a cabeça para um lado ao mesmo tempo em que esticou a mão para segurar a minha. Prendi os dedos dela bem forte nos meus. Minha intenção era nunca mais soltar, mas acabei soltando logo depois de ela dizer:

— Você meio que está, sim. Eu passei boa parte desses últimos semestres visitando os meus pais. E, desde que você assumiu a responsabilidade de cuidar da dona Fifi, a gente mal se vê.

Antes que eu terminasse de abrir a boca para protestar, o garçom se aproximou da mesa com as nossas águas. Seguiram-se uns segundos silenciosos em que ele serviu o conteúdo em taças muito chiques para a simplicidade do líquido que iria habitá-las. Aproveitei para raciocinar sobre meios práticos de inserir Monique na minha rotina diária.

Talvez eu pudesse ver com Antônia se ela conseguiria ficar mais tempo com a avó.

Talvez Monique poderia vir comigo quando eu fosse cuidar de dona Fifi. Elas podiam até se tornar amigas, as três.

Ou talvez não.

Talvez eu nunca soubesse.

Ainda em silêncio, o garçom se afastou da mesa após pousar elegantemente as garrafas d'água pela metade em cima dos guardanapos de tecido bordados com monogramas. A essa altura eu já deveria estar acostumado com o nível de firulas que permeava os restaurantes que Monique escolhia. Mas a verdade era que eu não estava. E, se a conversa que acontecia aqui caminhasse para onde eu temia, eu jamais precisaria estar.

— Então você tá terminando comigo? — perguntei, só para confirmar meus temores.

— Não é bem assim — ela negou, um tanto quanto encabulada, aumentando minha confusão. — Estamos nessa juntos, do mesmo jeito que a gente começou.

— Juntos, porém separados — esclareci para que ficasse tudo em pratos limpos, tão limpos quanto a louça daquele estabelecimento.

— Isso — ela confirmou, parecendo incerta. — Quer dizer, não tão separados assim, vamos continuar nos vendo na faculdade, vou continuar te achando o cara mais legal da sala e precisando que você assine meu nome na pauta das aulas que eu faltar.

— Pode contar comigo — respondi, tirando forças não de sei de onde para soltar uma risada nasalada.

— E você também — ela respondeu com um sorriso. — Pro que precisar. Até mesmo se for pra tirar fotos-conceito pro seu perfil no Tinder ou sei lá.

Remexi na cadeira, desconfortável. Dois minutos após o término de um namoro era considerado apropriado para um papo daqueles? Aplicativos de paquera nem sequer passavam pela minha cabeça naquele momento. E agora que tinham passado, me faziam indagar se Monique já tinha tirado as fotos-conceito para montar o perfil dela.

Isso me consumiu de maneira mais branda do que eu esperava. Ainda assim, me lembrei de Antônia. Ela tinha conta em vários desses aplicativos. Será que conseguiria checar se Monique também estava cadastrada?

Não queria me tornar um ex-namorado stalker nem nada do tipo. Mas, embora minha mais-nova-ex-namorada tenha se oferecido para ajudar na elaboração de um perfil para mim, eu não tinha intenção de fazer um.

Na minha concepção pessoal, o amor funcionava de outras maneiras, que nada tinham a ver com os meios virtuais. Nada contra quem usava as tecnologias a favor de seu próprio bem-estar. Só não fazia meu feitio.

Por isso, precisava de Antônia. Para checar a situação de namoro virtual da Monique.

— Foi mal. Cedo demais — ela disse, se ajeitando na cadeira e parecendo tão desconfortável quanto eu. — Não que eu esteja caçando aplicativos de relacionamento nem nada. Falei na intenção de continuarmos agindo de forma amigável, mas acho que me precipitei.

— Não se preocupa, a gente vai continuar sendo amigos — assegurei. — Independentemente dos aplicativos de relacionamento.

— É até melhor sem eles, né? — ela perguntou, franzindo a ponte do nariz. — Não estou particularmente interessada em saber com quem você vai se envolver depois de mim. Como você pode ver, não lido muito bem com ciúme. Inclusive, tem como você se desculpar em meu nome com a sua avó? Toda vez que eu encosto a cabeça no travesseiro aquela cena horrorosa na padaria pipoca na minha mente. Tô bem arrependida de como agi.

— Vou passar o recado — prometi, depois de tomar um gole d'água na esperança de que o líquido ajudasse a aliviar o bolo que se formou na minha garganta. — Mas você pode ficar despreocupada; ela provavelmente nem se lembra do ocorrido. Conviver com alguém com Alzheimer até que tem suas vantagens — arrisquei um sorriso, me lembrando de vovó e de como ela tampouco deveria se lembrar do surto que havia acontecido mais cedo.

— Que piada de mau-gosto, Gregório — Monique recriminou, enquanto usava o guardanapo para limpar algo inexistente no canto da boca.

Olhar para a boca dela e entender que nunca mais a beijaria aumentava o aperto que eu sentia na garganta. Contudo, precisava admitir que não era o desespero sufocante que eu achava que seria.

Dei de ombros e não falei nada. Não queria chateá-la com minhas percepções que tinham muitas chances de estar erradas. Mas, observando os gestos cuidadosos dela com o guardanapo, cheguei à conclusão de que Monique ficaria bem sem as minhas piadinhas. Da mesma forma que eu iria sobreviver sem as ocasionais críticas dela ao meu senso de humor.

Apesar de agora tudo estar meio bosta, ouvir pela última vez o som de jazz que tomava conta do ambiente me deu a sensação de final de filme. Daqueles que o meu pai fazia no início da carreira, os que eu gostava tanto que ficava irritado quando chegavam ao fim.

Meu pai sempre dizia que não havia razão para se chatear com o fim de um filme, que aquilo era apenas uma oportunidade para começar um novo. Um filme ainda melhor.

E, embora meu relacionamento com Monique passasse bem longe de ser um filme, terminá-lo num restaurante com um som ambiente cinematográfico como aquele me dava esperança pelos filmes que ainda estavam por vir.

Antônia
Pés de galinha precoces

Para variar, eu estava atrasada. Não importava o quão cedo eu acordasse, sempre acontecia alguma coisa no meio do caminho, entre a cama e o portão, que me impedia de chegar no ponto de ônibus na hora.

Àquela altura eu tinha praticamente perdido a primeira aula. Já bolava a desculpa esfarrapada que daria ao professor enquanto abria a porta da frente. E só notei que alguém tentava fazer o mesmo pelo lado de fora quando era tarde demais.

— Ei! — o lado de fora gritou.

Interrompi a ação e fechei a porta no mesmo instante. Logo em seguida, tornei a abri-la numa velocidade mais próxima da normalidade. Quando a fresta ficou grande o suficiente para me permitir enxergar o outro lado, vi Gregório segurando a própria testa

— Machucou? — perguntei, para no instante seguinte perceber que havia sido uma pergunta idiota.

Claro que tinha machucado; ele não apertaria a mão contra o rosto por nada. Uma *porta de madeira maciça* tinha ido de encontro à cabeça dele. Eu tinha plena consciência da força distraída que havia aplicado sobre o objeto.

— Só um pouco — ele respondeu, esfregando a área com uma intensidade que não condizia com a sua afirmação. — Vai passar.

— Mas provavelmente vai ficar um galo — alertei, me entortando numa posição que me permitisse examinar se a área afetada apresentava algum sinal de afetação.

Gregório deu de ombros, como se não pudesse evitar as reações do seu corpo. O que, de fato, ele não podia. Mas algo na atitude imperturbável dele e o sorrisinho no canto de boca me deixou desconfiada.

Ele estava rindo da minha pose investigativa ou de algo fora daquele contexto? Para evitar possíveis viagens da minha imaginação, perguntei logo de uma vez:

— O que foi? — E me inclinei num ângulo um pouco mais bizarro para ver o lado afetado da testa.

— Tenho um negócio pra te contar — ele anunciou, ao puxar o cabelo por cima da área machucada, na intenção de impedir o meu exame.

— Como assim um negócio? — quis saber enquanto dava um tapa na mão dele para ver se ele parava de graça.

— Um negócio... — ele repetiu num tom misterioso, seguido de um pequeno alargamento do seu sorriso, que passou a ocupar metade dos seus lábios.

— Um negócio bom? — perguntei para incentivá-lo a contar logo, pois envolvido na narrativa ele me deixaria ver em paz o estrago que havia feito em sua testa.

— Nem bom nem ruim, apenas um negócio que aconteceu.

— Hum... — murmurei, mais interessada na brisa que batia e afastava o cabelo dele da área lesionada. — Meu Deus, Gregório! O galo tá feio! Horrível, pra falar a verdade — constatei ao ter uma visão completa da protuberância que brotava na testa do garoto. — Acho que, se piorar mais um pouquinho, a gente vai ter que ir pro hospital.

— Hospital de novo? — ele resmungou ao voltar a esfregar a área machucada.

Eu estava prestes a enxotar a mão dele novamente, mas algo no jeito pastoso que entoou as palavras me fez ficar alerta.

— Você tá com sono? — questionei. — Nem pensar em dormir, hein! Pode ser sinal de uma concussão.

— É claro que eu tô com sono! É cedo — ele respondeu, soando irritado com meu questionário, o que, diga-se de passagem, era totalmente compreensível, já que eu era quem tinha batido com a porta contra a testa dele.

— Não é desse tipo de sono que eu tô falando — expliquei. — Quero saber se você tá sentindo o sono que precede uma concussão.

— E como é que eu vou saber? — ele indagou, olhando para mim com os olhos inegavelmente sonolentos.

— Acho melhor a gente ir pro hospital — sentenciei ao levantar a mão para guiá-lo até a calçada com gentileza.

Gregório, por sua vez, deu um passo para trás de forma brusca, deixando-me sem reação.

— Chega de hospital, Antônia. Não quero voltar a pisar naquele lugar tão cedo. Além do mais, quem vai ficar com a sua avó? Já tinha combinado com a dona Vera que eu ia passar a manhã com a velhinha hoje. A coitada já fez planos de ir ao Centro comprar o material de crochê dela.

— Isso é uma emergência. — Apontei para o galo encoberto pelo cabelo na testa dele.

— *Isso* é algo que se resolve com uma compressa de gelo — ele me contradisse ao apontar para o mesmo lugar.

— Homem é um bicho muito cabeça dura, mesmo — reclamei ao segurá-lo pela alça da mochila. — Não dá pra aceitar que eu tenho mais experiência na área médica que você?

Puxei-o na direção na calçada, mas Gregório continuou exatamente onde estava. Não parecia estar fazendo muita força, nem para se mover, nem para continuar no lugar. A força parecia estar toda concentrada no olhar, e, posteriormente, no simples ato de cruzar os braços.

— Na verdade, Antônia, não dá, não. Porque você consegue ser mais cabeça-dura do que meia dúzia de homens juntos — ele falou, me fazendo largar a alça da sua mochila sob o peso da acusação. — Que tal me contar o que aconteceu no hospital ontem, antes de me levar de volta pra lá? Fiquei esperando você ligar.

Tentei não me ofender. A pancada deveria ter sido ainda mais forte do que eu havia calculado. Gregório estava claramente perturbado das ideias. Não tinha necessidade para tanta animosidade, eu só tinha evitado contar ontem para não atrapalhar o jantar dele com a namorada.

Seria indelicado me meter no encontro dos dois com notícias que tinham potencial para deixar o clima chato. Mas já que ele fazia tanta questão de saber, ajeitei minha postura e disparei, sem pena:

— O doutor sugeriu que você fizesse um acompanhamento psicológico pra lidar com o estado da minha avó.

Ele franziu o meio das sobrancelhas e tombou a cabeça para o lado. Fiquei na dúvida se o movimento foi por conta da pancada, ou pela informação que eu tinha acabado de dar.

Gregório também trocou o peso de uma perna para a outra, ação que me deixou na expectativa de saber logo de uma vez a opinião dele sobre o assunto.

Ajeitei o cabelo enquanto aguardava. Com as madeixas devidamente afofadas, comecei a ficar apreensiva sob o olhar especulativo dele.

— Antônia, me tira uma dúvida... — começou ele, estreitando ainda mais os olhos ao mirá-los fixamente sobre mim. — O médico sugeriu o acompanhamento pra mim ou pra *você*?

Cheguei a dar um passo para trás devida a falta de credibilidade depositada em mim. Desarrumei o cabelo, que mal tinha acabado de aprumar, e respirei bem fundo antes de responder.

— Bom, a sugestão foi destinada a quem cuida da vovó. E, levando em consideração que você é quem passa a maior parte do tempo com ela, tirei minhas próprias conclusões.

— Suas próprias conclusões... — ele ecoou, soando tão suspeito quanto o estreitar dos seus olhos.

— Uma simples questão de média matemática — informei, para o caso de ele não ter feito as contas.

— Sei... — Ele coçou a barba de forma contemplativa, persistindo no olhar estreitado.

Se seguisse daquele jeito, teria rugas prematuras em breve. Ainda que pés de galinhas destacando seus olhos não ficassem inteiramente desagradáveis na minha imaginação.

— Mas por mim, tudo bem — ele disse ao interromper o curso dos meus pensamentos de uma forma que, de primeira, não saquei do que se tratava. — Não me oponho a fazer terapia, participar de um grupo de apoio, ou qualquer outra coisa que me ajude a estar mais preparado para cuidar da vovó.

— Muito maduro da sua parte — elogiei ao sentir uma mistura de alívio e felicidade tomando conta do meu rosto. Julgando pela pausa dramática que seguiu a proposta, fiquei com a impressão de que teria que gastar mais do meu latim para mostrar a importância desse tipo de engajamento no tratamento da velhinha.

Que bom que não. Gregório sempre surpreendia.

E continuou surpreendendo quando se inclinou na minha direção e disse:

— Com uma condição: só vou se você for também.

Dei mais um passinho para trás, a fim de analisar o rosto dele de uma distância racional. Ele parecia estar falando sério. Ainda que a tal condição não fizesse o menor sentido.

— Você sabe que eu não tenho tempo — relembrei, antes de mais nada. — Caso contrário, faria com o maior prazer. Inclusive, tô atrasadona pra faculdade. Já perdi a primeira aula.

Aproveitei para dar outro passo em direção a calçada, deixando minha intenção de chegar a tempo da segunda aula clara em minhas ações.

— Isso é outra coisa que a gente precisa conversar — ele falou, passando totalmente por cima dos meus sinais, como se eu não tivesse, de um minuto para o outro, me deslocado quase meio metro. — Suas prioridades.

Foi a minha vez de estreitar os olhos para logo em seguida me preocupar com pés de galinha precoces.

— O que te leva a crer que eu preciso discutir minhas prioridades com você? — perguntei, cruzando os braços. Não queria soar rude nem nada, mas olhando pelo ponto de vista prático da coisa, nós não éramos nada além de amigos.

— Pelo que você acabou de dizer — começou ele, sem registrar o meu incômodo. — Eu passo mais horas com a sua avó do que você. E embora eu adore cada minuto que eu passo com a minha velhinha, ela pergunta por você várias vezes por dia.

— Eu ligo pra ela toda tarde a caminho do trabalho! — me defendi, mas o aperto que segurou meu coração não cedeu.

— Sei que sua intenção é boa, mas, sério, quando você vai aceitar que não dá pra dar conta de tudo ao mesmo tempo? — Apenas encarei Gregório com os olhos arregalados, me sentindo tão exposta quanto se alguém tivesse vazado um nude meu. — Eu fico cansado só de *ver* você correndo de um lado pro outro da cidade tentando equilibrar a faculdade, o trabalho, a sua avó, e nunca conseguindo.

Abaixei a cabeça e soltei um suspiro. Um suspiro que talvez eu estivesse prendendo há muito tempo, sem nem me dar conta. Ou talvez fosse apenas uma estratégia de defesa para me fortalecer para o que vinha a seguir. Mesmo que eu passasse longe de me sentir preparada.

— A vida não é igual aquele circo furreca em que a gente ia, onde o equilibrista ficava por minutos a fio girando meia dúzia de pratos no ar — Gregório disse numa voz suave, ao mesmo tempo que, com igual suavidade, pousou a mão no meu ombro. — Acho que você vai ter que escolher seus pratos preferidos, Antônia.

Olhei da mão dele no meu ombro para o seu rosto, que exibia nuances de derrota parecidos com o que o meu deveria apresentar. E ainda que nossos olhos estivessem presos um no outro durante o contato, nem uma partícula daquela paixonite boba que havia me atrapalhado nas semanas anteriores ousou gelar meu estômago.

Existiam coisas mais importantes do que um amorzinho de escola.

Minha situação na faculdade, por exemplo.

— Acho que eu podia diminuir a quantidade de aulas que ando fazendo — falei, sentindo meus olhos se afogarem em lágrimas ao assumir a derrota. — Diminuir de forma drástica, digo.

— É um começo... — ele ponderou, jogando a cabeça para o lado. Isso fez com que seu cabelo se afastasse da testa, revelando a protuberância que começava a adquirir uma coloração estranha.

Refreei-me de esticar a mão para tocar de leve a área machucada. Em vez disso, debochei:

— Um começo não, né? Um fim. O final do meu plano de me formar junto com a turma em que entrei.

Ele não pareceu entender o humor contido no meu trocadilho. Para ser franca, tampouco achei graça. Ainda assim, não custava nada ele rir, pelo menos por educação. A cada segundo que a conversa avançava, dava a impressão de que adquiria um nível de tensão cada vez maior. Como se estivéssemos indo em alta velocidade em direção ao fundo do poço.

Não que eu achasse que o poço de fato tivesse fundo.

— O que quero dizer com ser um começo é que não acho que só essa medida vai dar conta de tudo. Aliás, não acho que a gente pode dar conta de tudo. Passei a noite em claro pensando nisso. E, mesmo com a gente abrindo mão de aspectos importantes da nossa vida pra ter mais tempo hábil de cuidar da vovó com toda a excelência que ela merece, sem perder as estribeiras em meio os maus momentos que estão por vir, não tenho certeza de que temos todas as ferramentas necessárias.

— Claro que temos — rebati por puro instinto de preservação ao sentir um gelo na espinha pelo rumo obscuro que a conversa estava seguindo. — E, se porventura não tivermos alguma das ferramentas, podemos muito bem arranjar. Sei que você tá falando de forma metafórica, mas eu não tenho problema nenhum em empunhar um machado pra lutar pela qualidade de vida da minha avó.

— A questão é: você sabe empunhar um machado? Porque eu não sei. — Ele voltou a esfregar a área onde a porta tinha batido, com mais rapidez do que antes. — A gente só tem dezenove anos...

Engoli em seco, incapaz de emitir uma resposta à constatação dita pela voz estrangulada de Gregório. A gente só tinha dezenove anos mesmo, mas eu me sentia com muito mais. Talvez, não no aspecto de resolução de problemas — inclusive, não tinha ideia do que fazer com esse problema alto e loiro que estava machucado na minha frente —, mas certamente no cansaço.

Cada semana parecia durar oitenta e quatro anos. E cada minuto dessa longa extensão era preenchido por doses constantes de medo de que a sanidade da minha avó fosse pelos ares de forma irreversível e eu não pudesse fazer nada para ajudar.

Mas, pelo visto, os pensamentos noturnos de Gregório alcançaram uma solução jamais vista por mim. Por isso, me esforcei para colocar a cabeça para fora do pânico que me inundava toda vez que eu pensava no futuro da minha avó para voltar a prestar atenção no discurso bem articulado que meu melhor amigo apresentava.

— Tudo bem, somos adultos aos olhos da lei, mas sinto que tudo isso é muito maior do que a gente. Você tá preparada pra ser esquecida pra sempre? — Gregório perguntou de supetão, me fazendo afogar no pânico mais uma vez. — Eu não — ele assumiu, na maior tranquilidade, o que eu morria de medo de ser interpretado como um temor egoísta. — Sei que tem um monte de outras complicações, que são muito mais sérias, vindo por aí, mas nenhuma delas muda o fato de que eu não estou preparado para lidar com ela não se lembrando de mim como no dia em que eu trouxe a Catapora aqui.

— Nem eu — murmurei em concordância enquanto minha vontade era caminhar até o sofá da sala e me encolher num casulo.

— Por isso pensei, por mais infantil e digno de programa da Eliana que isso possa soar, que precisamos da supervisão de um adulto. Alguém que possa guiar a situação de forma mais objetiva, alguém que tenha conhecimento de causa, alguém como...

— A não ser que você esteja falando da dona Vera, pode ir parando por aí — interrompi sem dó nem piedade.

— Você sabe que eu não tô falando da dona Vera — ele rebateu, falando meio para dentro, provavelmente já ciente de que eu iria cortá-lo.

— Então nem precisa seguir com o assunto. Você já sabe que minha resposta é um grande e redondo não.

— Mas, Antônia...

Ele nem precisava mencionar o nome dela.

O sangue corria ligeiro nas minhas veias sem que ele sequer tivesse aberto a boca para articular aquelas palavras blasfêmicas.

E quando ele ousou falá-las, tudo em mim ficou vermelho.

Vermelho raiva. Vermelho não-acredito-que-você-não-acha-que-eu--sou-capaz-e-ela-é. Vermelho num tom que lembrava muito uma traição.

— Ela é sua mãe — disse Gregório, alheio ao filtro rubro que tomava conta da minha visão. — *Filha* da sua avó.

— Ela não se preocupou muito com o fato que tinha uma mãe e uma filha quando deu no pé atrás de macho — relembrei. — E tenho quase certeza de que ela não sairia lá do Pará, do seu apartamento lindamente decorado, só porque a minha avó tá doente. Sabe que eu tenho condições de dar um jeito, que não preciso dela pra nada.

— Mas é aí que tá, Antônia. — Gregório esfregou o galo de um jeito que eu não soube diferenciar se era dor ou impaciência. — De acordo com essa conversa que a gente *acabou* de ter, ficou bem claro que a gente *não tem* condições.

— A gente vai dar um jeito — insisti, retomando minha sequência de passos em direção à rua. — *Outro* jeito. Um que não envolva a humilhação de trazer pro meu convívio alguém que claramente não quer estar comigo. Agora, se me der licença, preciso ir pra aula. Ainda que eu não vá continuar os estudos dessa matéria ao longo do semestre, preciso no mínimo informar ao professor e à secretaria sobre a minha decisão. A gente conversa mais tarde — falei, quando enfim alcancei a calçada após passos incertos feitos no estilo *moonwalk*. — Numa hora que você não venha com ideias de jerico pra cima de mim. Entendo que você esteja tão desesperado por uma solução quanto eu, mas minha esperança não tá podendo com alarmes falsos.

Acenei um tchauzinho, que tinha a intenção de ser o mais amigável possível, e caí fora. Só no ônibus lembrei que tinha a intenção de fazer uma compressa de gelo para Gregório colocar na testa. E apenas muitas horas depois me passou pela cabeça que, no início da conversa, ele havia dito que tinha alguma coisa para me contar e acabou não contando.

Bem, ficaria para a próxima.

Gregório
Uma gaveta de outra galáxia

Apesar de Antônia ter ficado possessa pela minha sugestão de recorrer à mãe dela para nos ajudar com a doença da dona Fifi, logo no dia seguinte ela apareceu na minha caixa de mensagens me enchendo de perguntas e sugestões sobre como formar um grupo de apoio para os cuidadores de pacientes com Alzheimer das redondezas.

Talvez ela estivesse amadurecendo. Fiquei bastante surpreso, mas fingi que não. Respondi com a mesma empolgação que percebi nas mensagens dela. Juntos, pesquisamos se já existia algum grupo naquele estilo pelas redondezas que se reunisse nos horários em que tínhamos livres. Como não encontramos nenhum em que pudéssemos nos encaixar, decidimos que seria melhor se formássemos nossos próprios grupos. Dois no total, um organizado por mim e outro por ela. Assim poderíamos nos alternar nos cuidados da velhinha, enquanto o outro chorava as pitangas sobre a dificuldade de manter tudo caminhando em ordem com meia dúzia de pessoas que passavam por perrengues parecidos.

O desafio foi definir uma data e horário para as duas sessões acontecerem. Antônia aproveitou as manhãs livres que conseguiu por conta do cancelamento de algumas matérias para trocar seu turno de trabalho com a outra secretária, que tomava conta do consultório médico.

Já eu, usei as mudanças de horário como justificativa para cancelar de uma vez por todas minhas reuniões semanais com o Max. Era verdade o que diziam: havia males que vinham para o bem.

Ou males que serviam de desculpa para alcançar um bem.

Já fazia mais de um mês que nossas reuniões não serviam para absolutamente nada. Preenchíamos o tempo com o Max enchendo o saco para eu me lembrar da ideia que tinha esquecido, ou contando vantagem sobre as meninas que ele andava pegando.

Coisa que, a partir do momento em que ele descobriu que Monique havia terminado comigo — ou que nós havíamos terminado, como Monique preferia dizer —, se tornou uma insistência irritante para que eu integrasse o seu esquema de pegação.

Recusei com a mesma insistência com que fui convidado. O que gerou certa insatisfação em Max e acabou acarretando em sua ida para o treino de *crossfit* cada vez mais cedo.

Ele dizia que os amigos que fez por lá não ficavam de babaquice, coisa que eu duvidava. Ao mesmo tempo, não negava minha própria babaquice. Só não sabia como explicar. Simplesmente achava que ainda não era a hora de voltar ao mundo dos relacionamentos. E não tinha a menor previsão de quando essa hora chegaria.

O tempo tinha se tornado um conceito complicado. Sendo que a maior parte dele eu passava fazendo companhia à vovó, ou combinando com Antônia como a nova dinâmica funcionaria. Era muita responsabilidade, além de organizarmos a reuniões do grupo de apoio, também as mediávamos sessões — o que envolvia muita pesquisa e frio na barriga na hora de encarar os outros cuidadores. Inspirar pessoas a continuarem seguindo naquela rotina de cuidar de alguém que se perdia pouco a pouco, por mais gratificante que fosse, não era mole.

Tinha horas que parecia que estávamos tentando resolver o cubo mágico mais embaralhado do mundo. Mas na semana em que as primeiras reuniões dos grupos de apoio começaram a acontecer tudo pareceu se encaixar. A cada semana aparecia mais um ou dois integrantes dispostos a fazer parte do grupo, e morar num bairro cheio de velhinhas faladeiras ajudou bastante na missão de encontrar mais pessoas na mesma situação que a nossa. Pelo menos nisso tínhamos sorte.

Terça-feira era o dia das minhas reuniões, que consistiam basicamente em pessoas apavoradas por não terem a mínima ideia do que faziam na tentativa de cuidar dos seus entes queridos. Enquanto eu desabafava e tirava o peso do mundo dos meus ombros, Antônia passava as tardes e as noites inteiras com a vovó, aproveitando para estreitar laços por meio de recapitulação dos últimos acontecimentos nas novelas, que faziam questão de me contar com riqueza de detalhes assim que eu chegava em casa.

E embora eu sempre estivesse mais interessado em me jogar no sofá entre as duas e apenas ouvir o som de suas vozes, me esforçava para prestar atenção nos dramalhões novelísticos que me eram reportados. Até porque desconfiava que seria cobrado sobre as informações passadas em algum momento ao longo da trama.

Mas, no geral, acabava sendo legal. Nessa última terça, Antônia falou que Maricota, a personagem preferida dela, tinha voltado a acreditar no amor. Pelo visto, ainda havia esperança. Eu só não sabia se o mesmo valia para mim.

Mas não importava, porque no dia seguinte foi a vez de Antônia dar vazão às suas angústias na companhia do seu grupo de cuidadores que provavelmente estavam tão angustiados quanto ela.

Na semana anterior, ela tinha se consultado com um psiquiatra, que lhe receitou um remédio para ansiedade. Antônia jurava que não precisava, que tomaria só para cumprir com sua parte no trato, mas eu tinha plena convicção de que a partir dali as coisas iriam melhorar para ela.

E, consequentemente, para mim também.

Ela me mandou mensagem avisando que as pessoas estavam começando a chegar ao local da reunião quando um bater de porta desesperado interrompeu minha elaboração de uma mensagem otimista em resposta.

— Quem é? — perguntei, meio ressabiado, tanto pelo vigor que a porta estava sendo esmurrada, quanto pela surpresa de uma visita inesperada.

— A gente! — um coro de vozes respondeu do outro lado.

Se eu não me enganava, soava como um coro de vozes senis.

Um frio gelou minha espinha só de pensar num exército de velhinhos aglomerados do outro lado da porta, loucos para entrar e ficar sob minha responsabilidade.

Por mais que as aparências dos velhinhos fossem dóceis, a imagem que se formou na minha cabeça tinha nuances de filme de terror.

Talvez Antônia tivesse razão. Ainda que o grupo de apoio ajudasse bastante a aliviar o peso dos ombros, um acompanhamento psicológico poderia cair bem para nós dois. Não só para ela. De uns tempos para cá, o medo de provocar mais uma visita ao hospital andava me paralisando nos momentos mais improváveis, como se eu estivesse brincando de "Estátua!" em tempo integral.

Inclusive naquele momento.

Vovó teve que gritar para eu cair em mim. As batidas na porta continuavam com força total, fazendo muito mais barulho do que quando me deixei escorregar para o fantasioso mundo dos meus temores.

— Que quizumba é essa? — vovó berrou da sala, fazendo barulhos característicos de quem se levanta do sofá.

Mais do que depressa avancei na minha caminhada. Abri a porta e vi que do lado de fora havia a mais ampla variedade de velhinhas, mas nenhuma delas tinha o aspecto de filme de terror que eu havia criado na minha cabeça. Todas tinham fios brancos na cabeça e bandejas embaladas com plástico filme nas mãos.

— Onde é a festa? — vovó quis saber, aparecendo atrás de mim.

— Oras, aqui! — dona Gertrudes rebateu, lançando um olhar geral para todas as senhoras que se acumulavam atrás dela. — Marcamos de jogar um carteado aqui na semana passada, lembra?

Seguiu-se um minuto de silêncio em que ficou claro que vovó não se lembrava.

Meu interior se enrijeceu, preparando-se para uma possível explosão de raiva ou de choro da minha velhinha esquecida. Contudo, dona Vera deu um passo à frente. Como ela vinha aqui todo dia pela manhã, imaginei que as feições dela estavam mais frescas na memória de vovó.

— Não faz mal — ela disse, estendendo a mão para afagar o braço de vovó. — Trouxemos tudo, é só tirar os arranjos de flores da mesa para dar espaço para o banquete e para as cartas.

E, sem mais delongas, dona Vera entrou sala adentro com seu Tupperware de tampa combinando, seguida de uma fila de senhorinhas, cada uma com seu vasilhame. Vovó se adiantou para alcançar a mesa antes delas, retirando um dos vasos ornados com plantas artificiais para dar espaço.

Caminhei a passos largos para ajudar a retirar os outros, embora não estivesse entendendo direito o que acontecia ali.

— Prontinho — dona Gertrudes anunciou quando todas as vasilhas foram devidamente alocadas e abertas. — Agora é só dar início ao carteado.

— Por qual jogo a gente vai começar? — uma das senhorinhas perguntou, já tomando seu assento.

Antes que elas embarcassem de vez nessa discussão, resolvi limpar a garganta. Daquele jeito bem alto e escandaloso, que pretendia chamar a atenção de quem estava em volta.

Funcionou. Várias cabeças brancas se viraram em minha direção. Limpei a garganta de novo, dessa vez para espantar o constrangimento de ser o centro das atenções numa reunião para a qual não havia sido convidado.

— Qual é minha função? — perguntei. — Ninguém me avisou que teríamos visita hoje.

— Ontem coloquei um papelzinho colado na geladeira para lembrar vocês! — dona Vera se defendeu.

— E você não tem função nenhuma aqui — dona Gertrudes complementou. — Somos perfeitamente capazes de cuidar da sua avó. Ou por um acaso você tá duvidando da gente? Francamente, os jovens de hoje em dia perderam todo o respeito pelos mais velhos...

— De jeito algum! — rebati, sendo inundado pelo mais puro pânico de me tornar o alvo da revolta das velhinhas. — Tenho total confiança na competência das senhoras. É só que eu tinha me planejado para passar o resto do dia tomando conta da dona Fifi...

— Eu deixei avisado na geladeira — dona Vera reforçou, como se minha ignorância sobre o carteado fosse um insulto à suas estratégias de comunicação. — Quer que eu te mostre?

— Aproveite esse tempo pra dar uma volta — sugeriu uma das velhinhas. — É sempre bom respirar novos ares.

Para mim todo ar era o mesmo, principalmente quando meus planos de passar o dia vendo televisão com a minha velhinha iam por água abaixo. O ar tinha cheiro de descontentamento. E eu provavelmente tinha ares de um senhor sexagenário que só sabia ficar em casa assistindo novela.

— Por que você não vai à praia? — vovó perguntou num rompante de animação, alheia ao meu estado de espírito. — Leva a Antônia com você! Aquela menina passa tanto tempo correndo de um lado para o outro que, mesmo com tanta melanina, a pele dela consegue ficar desbotada.

Eu concordava com a opinião de vovó sobre a pele de Antônia e gostava da ideia de ter um lugar aonde ir, mas tinha um porém:

— Vó, já é fim de tarde. Até a Antônia sair da reunião e a gente chegar à praia, o sol já vai estar se pondo.

— E daí? — dona Fifi rebateu, num tom de quem não tinha nada com aquilo. — Desde quando precisa estar dia pra ir à praia? Vendo assim nem parece que levei vocês dois várias e várias vezes pra aproveitar uma praia de noite.

— Nisso a senhora tem razão — concordei, lembrando dos dias quentes de verão em que eu e Antônia pulávamos ondas alheios a escuridão que nos envolvia.

Ainda não era verão, ponderei comigo mesmo, mas estava suficientemente quente para fazer uma graça daquelas.

Isto é, se Antônia concordasse em ir comigo.

— Vem — vovó me segurou pela mão, caminhando com seu arrastar de pés de sempre, enquanto me levava na direção dos quartos. — Vamos escolher um biquíni pra você levar pra ela.

— Não demora, hein? Queremos começar a jogar o quanto antes! — dona Gertrudes instruiu.

— Aproveitem pra passar na cozinha e dar uma olhada no meu bilhete! — dona Vera gritou, quase que em desespero.

Por falar em desespero, algo parecido com isso se infiltrou dentro de mim quando vovó invadiu o quarto de Antônia, comigo a reboque, e com a mão livre abriu a gaveta de calcinhas da garota. Tive que usar todo meu autocontrole para não engasgar. Ver todas as roupas íntimas de Antônia de uma vez me pegou de surpresa.

Quando deixei Catapora esparramada no sofá ao sair de casa para cuidar da vovó, nem nos meus sonhos mais malucos imaginaria que, em poucos minutos, me depararia com as calcinhas de Antônia dobradas em quadradinhos.

Muito menos me passou pela cabeça que meus olhos ficariam grudados num quadradinho particularmente pequeno com estampa de galáxia. Tratava-se de uma calcinha de tecido semitransparente que, embora fosse minúsculo, conseguiu estremecer meu mundo inteiro. Imaginar como alguém com tantas curvas como Antônia se acomodaria dentro de algo tão pequeno foi como levar uma rasteira do meu próprio inconsciente.

— Pega um biquíni logo de uma vez. — Vovó me apressou. — Daqui a pouco as velhas corocas vão começar a reclamar. — E deu uma risadinha travessa que a fez soar bem mais jovem do que as tais velhas corocas prestes a reclamar.

Concentrei-me em olhar a parte dedicada aos biquínis, e logo de cara um branco com desenhos de plantas me chamou a atenção. Não sei se pela proximidade da calcinha de galáxia ou porque de fato era bonito, e provavelmente ficaria ainda mais belo em contraste com a pele negra de

Antônia. Estiquei a mão para pegá-lo, tomando cuidado para não encostar no que não me dizia respeito.

— Esse é o preferido dela — vovó assegurou, dando uns tapinhas em minha mão. — Agora vá buscá-la e façam o favor de se divertirem. Vocês desperdiçam muito tempo da juventude de vocês cuidando de mim. Não posso me dar ao luxo de me sentir culpada, porque sei que preciso da ajuda, mas posso muito bem encorajar que vocês dois aproveitem toda e qualquer oportunidade que tiverem de escapar.

Ensaiei fazer um longo discurso sobre a satisfação que eu tinha em passar boa parte do meu dia ao lado dela. Contudo, exatamente como ela havia previsto, as velhas corocas lá na sala começaram a reclamar da demora.

Então, eu simplesmente coloquei o biquíni de Antônia no bolso da bermuda e decidi tentar seguir as instruções da vovó.

23
Antônia
Indiferença ao pôr do sol

Mal saí do café onde aconteceu a primeira reunião do meu grupo de apoio, e dei de cara com Gregório encostado contra o carro. Acenei com uma surpresa desconfiada enquanto me perguntava o que o garoto fazia ali.

Era para ele estar cuidando de vovó. Será que tinha acontecido alguma coisa? Ou ele tinha encontrado alguém para tomar conta dela enquanto saía com a namorada? Havia um cinema bacana ali pelas redondezas, tinha um filme bem romântico em cartaz. Fazia sentido ele levar Monique para ver. Mas não havia sinal dela por ali.

Enquanto eu me perdia em possibilidades, Gregório acenou de volta, abrindo um sorriso enorme para mim. Tão grande que achei seguro me aproximar.

— Topa uma praia noturna? — ele propôs assim que parei na frente dele.

— E cadê a vovó? — perguntei, pois não seria uma praia noturna de verdade sem ela berrando a cada cinco minutos para Gregório e eu não irmos para o fundo.

— Ficou em casa, num torneio de carteado. Acredite se quiser — ele explicou. — Mas não se preocupe, todas as competidoras se comprometeram a cuidar da nossa velhinha, inclusive dona Vera, que tá lá também. Você sabe que ela tem todos os nossos contatos.

Balancei a cabeça em afirmação e olhei para ele. O carro estava todo empoeirado, mas Gregório não parecia se importar. Encostava-se nele por completo, com a mão segurando o retrovisor com uma força que esbranquiçavam seus dedos e deixava em evidência o estado de calamidade das suas unhas, roídas até o sabugo.

— Então... Vamos? — ele tornou a perguntar, trocando o apoio de um pé para o outro à espera da minha resposta.

— Não tenho roupa de banho aqui — argumentei.

— Eu trouxe — ele disse ao apalpar os bolsos.

— O quê?

— Seu biquíni. — Ele tirou uma bola de tecido do bolso lateral da bermuda e estendeu para mim.

Peguei, desfiz a bolinha e, numa enxurrada de confusão, me deparei com o biquíni que eu mais gostava se desembolando nas minhas mãos.

— Vovó mandou que eu escolhesse um... — Gregório contou, encolhendo os ombros como se o fato de ele ter escolhido justamente meu biquíni favorito não fosse nada de mais.

Como se pouco importasse que provavelmente ele tivera que vasculhar minha gaveta de calcinhas, cheia de calçolas beges, para encontrar o biquíni. Talvez o compromisso dele com Monique o impedisse de reparar no estado de conservação duvidoso em que algumas peças dentro da gaveta se encontravam.

Mas, mesmo contra minha própria vontade, me incomodava saber que as peças que cobririam meu corpo tivessem passado sabe-se lá quanto tempo tão perto do dele. Num ato de completo desespero, comecei a sacudir o biquíni no ar. Acho que parte de mim suspeitava que o movimento repetitivo arejaria a peça do calor e do perfume de Gregório. No entanto, a maior parte de mim achava tudo aquilo bastante ridículo, por isso dei um passo para trás e justifiquei:

— Melhor eu voltar ao banheiro do café e trocar logo de roupa. — Sem esperar pela resposta dele, virei de costas e saí andando.

Levou uns três passos para eu reparar que, na pressa de justificar uma fuga estratégica, acabei concordando com a proposta.

Pelo visto iríamos à praia.

***

— Quem vai na água primeiro? — perguntei assim que nossos pés tocaram a areia.

— Pode ser você, eu fico aqui olhando as coisas. — Gregório me concedeu a honra. — Mas não quer ver o pôr do sol primeiro? Prometo que não vou bater palma.

Tive que rir, mesmo que parte de mim estivesse nervosa só de *pensar* que em breve o veria sem camisa.

O riso tinha mais a ver com o fato de ele ainda se lembrar dos meus fricotes do que com a exposição corporal que estava por vir.

Quem diria que Gregório não se esqueceria das costumeiras crises de vergonha alheia que eu tinha ao observar o público emocionado aplaudindo o pôr do sol no Arpoador? Eu jamais imaginaria. No entanto, fui assaltada por uma sequência de lembranças das longas discussões que tínhamos sobre como era irracional eu me sentir afetada por ações de pessoas que eu nem sequer conhecia.

Em especial, quando as pessoas estavam felizes celebrando o momento.

Por mais que ele se repetisse todo santo dia.

Gregório costumava argumentar que cada pôr do sol era único. O que eu até passei a concordar, mas ter a justificativa dele em mente não aliviava a sensação involuntária que tomava conta de mim quando ouvia alguém ovacionar um astro que se situava a anos luz de distância dos aplausos.

— Tudo bem. — Sentei-me ao seu lado. — Já que você me deu sua palavra... — completei, me sentindo meio idiota pela promessa dele significar tanto para mim.

— Pode contar comigo, Antônia — ele disse, já virado na direção do sol, pronto para curtir o espetáculo único.

Aproveitei a oportunidade para observar o espetáculo de garoto que ele tinha se tornado. E no segundo seguinte desviei o olhar para o astro-rei, encarando-o tão diretamente que corria o risco de queimar as retinas no processo. Se bem que, caso minha visão fosse danificada, não seria uma tragédia descabida. Era nisso que dava ficar cobiçando o namorado alheio.

Só que eu não conseguia me segurar. Por isso, após a terceira vez que precisei encarar o sol para fugir da visão dos ombros largos de Gregório, da cor encantadora que seu cabelo ficava sob os raios solares e do cheiro de sabonete que a brisa praiana carregava até o meu nariz, me coloquei de pé num pulo e declarei:

— Pensando melhor, acho que não vou resistir à água. Tá um azul tão clarinho, né? — Fui tirando a blusa enquanto pensava em mais argumentos para justificar minha indiferença ao pôr do sol. — Espero que não esteja muito gelada. Mas se estiver vou entrar mesmo assim. Estou precisando! — tagarelei enquanto fazia meu melhor para tirar o short sem deixar o biquíni descer junto. — Quer dizer... Ouvi falar que é bom para bom para revigorar os ânimos. E eu não me encontro em posição de desperdiçar nenhuma sabedoria popular. Na verdade, acho que ninguém...

— O quê? — Gregório parou de olhar para mim e passou a encarar os pés, que se enterravam na areia.

Contudo, o *jeito* que ele olhava para mim no segundo anterior era muito esquisito. Parecia que, apesar dos meus esforços, ao tirar o short da maneira mais decente possível, a calcinha do meu biquíni também tinha ido parar na areia.

Cheguei a olhar para baixo para checar. Tinha esquecido completamente que, embora eu adorasse ir à praia, era uma experiência repleta de aberturas para se tornar constrangedora.

— Nada... — desconversei ao dar um passo em direção a água. — Deixa pra lá. Melhor eu ir logo. Vai que a água esfria ainda mais? Quando eu voltar te conto como tá — disse, adicionando mais dois passos de distância do calor que os olhos dele atearam em mim.

— Conta, sim — ele incentivou enquanto aumentava mais e mais o buraco que fazia com os pés na areia.

Antes que eu cedesse ao ímpeto de me jogar lá dentro, virei de costas e corri até a água. Mergulhei de cabeça numa onda gelada, torcendo para que a baixa temperatura do mar apagasse o fogo que insistia em queimar dentro de mim toda vez que meus olhos recaiam sobre Gregório.

Gregório
Tentação à beira-mar

Será que eu conseguiria cavar um buraco grande o suficiente para me engolir por inteiro? Pois só uma atitude verdadeiramente drástica, como me enterrar vivo, para me fazer desgrudar os olhos de Antônia. A partir do momento em que ela começou a tirar a blusa eu me tornei o maior idiota do mundo, praticamente devorando a garota com os olhos.

Não havia espetáculo solar que superasse Antônia dando uma reboladinha para conseguir tirar o short. Foi nessa hora que comecei a cavar o buraco. E só aumentei a intensidade da escavação a medida em que o short veio parar ao meu lado na areia e ela virou de costas para ir em direção à água.

Puta que pariu.

Antônia tinha uma bunda que benza Deus.

Uma mínima parte de mim tinha consciência do tamanho da grosseria que era pensar assim. Eu não tinha nada que secar minha amiga só porque ela estava de biquíni.

Mas eu estava tomado, quase que por completo, pela visão de Antônia andando de encontro ao mar. O balanço dos quadris combinava com o dos seus cachos. Ela deu uma ligeira recuada, ficando na ponta dos pés quando a água a tocou pela primeira vez. Devia estar gelada, mas ela não pareceu se importar, pois, no instante seguinte avançou um passo, depois outro, depois outro.

O vento bagunçava seu cabelo de um jeito que me dava vontade de ir lá arrumar.

Uma felicidade esquisita tomou conta de mim quando percebi que estar solteiro me permitia ao menos *pensar* esse tipo de coisa.

Não era errado admitir a fascinação que Antônia causava em mim. E ao observá-la mergulhando de cabeça numa onda que quebrava sem nem um instante de hesitação, tive que dar o braço a torcer e concordar com o imbecil do Max: ela era *muito* gostosa.

Quase gostosa demais para que eu pudesse dar conta.

Não que eu *fosse* dar conta de algo. Aliás, só de pensar nisso já servia como indício de que eu deveria intensificar a escavação do buraco de modo que ele pudesse me levar até a China.

A dinâmica da minha relação com Antônia era delicada demais para sustentar a complicação de um envolvimento romântico. Além do mais, sendo linda do jeito que ela era, devia ter uma chuva de caras interessados.

O destino, agindo como a entidade oportunista que era, escolheu justo esse momento para apitar uma infinidade de mensagens no celular da garota. Pesquei o aparelho na sua bolsa e olhei a tela só para checar se era algo relacionado à vovó, mas voltei a focar na escavação do meu buraco assim que identifiquei que era um nome desconhecido que pipocava na tela dela, um nome masculino.

Torci para que esse choque de realidade me ajudasse a limitar meus pensamentos à arquitetura da escavação do buraco, que estava prestes a se transformar num poço. Mas não foi bem assim que aconteceu, pois não demorou nem cinco minutos para Antônia voltar da água e informar:

— Sua vez — com gotículas vindas do mar escorregando por suas melhores curvas.

Não perdi tempo em me levantar e caminhar para a água. Pelo tanto que minha cabeça já tinha viajado, seria até perigoso ficar sentado na areia trocando ideia com ela. Contudo, mal consegui dar dois passos antes de Antônia gritar:

— Vai entrar na água de camisa? — ela quis saber.

Só então percebi o tamanho da minha burrice. Na ânsia de escapar da tentação, até esqueci que continuava completamente vestido. Com um puxão rápido tirei a blusa e joguei na direção dos nossos pertences amontoados. Antônia se esticou e interceptou a peça de roupa antes que a rajada de vento, que resolveu soprar justo naquela hora, levasse minha blusa para longe. Agradeci com um aceno de cabeça, pois não confiava no que podia sair pela minha boca. O melhor que eu podia fazer era afogar todos os meus sentidos na água salgada do mar.

Contudo, assim que levantei do meu primeiro mergulho, vi Antônia lá na areia enterrando a cabeça na minha blusa. A cena me pareceu tão surreal que até esfreguei os olhos para me certificar se era não era o sal bagunçando minha vista. E bastou afastar o excesso de água dos cílios e das sobrancelhas para perceber que ela apenas dobrava a peça de roupa, para logo depois guardar dentro da bolsa.

Fiquei nadando de um lado para o outro na praia até o sol se pôr e eu sentir que minha cabeça tinha voltado para o lugar, coisa que levou um tempão para acontecer.

***

Quando desabei na areia ao lado de Antônia, meus músculos repuxavam e minha respiração estava ofegante. Ela desgrudou os olhos do celular e olhou para mim quando aterrissei ao seu lado.

— Você demorou — ela comentou. — Eu tava prestes a chamar os salva-vidas pra te arrancarem do mar.

— Você tá falando igualzinho a sua avó — ri ao sacudir os cabelos para me livrar do excesso de água.

Antônia começou a estapear meu ombro no meio do processo, como uma mocinha indefesa dotada de uma força digna de boxeadora.

— Para, para, para — pedi segurando os pulsos dela, só então notei que ela ria tanto quanto eu.

Até um pouco mais, talvez, levando em consideração que os dois pingos que salpicavam sua bochecha poderiam ser lágrimas. Mas também corria o risco de ser apenas respingos que voaram do meu cabelo.

O que, de uma forma para lá de estranha, ainda tinha seu encanto, e só aumentou a medida em que nossos olhares foram ficando cada vez mais presos um no outro.

Por um milissegundo arrisquei achar que ela se enveredava pelo mesmo tipo de loucura que eu. Porém, no milissegundo seguinte, o celular dela voltou a apitar, como um caminhão de bombeiro, e ela afastou a imensidão de seus olhos da pequenez dos meus.

Enquanto respondia quem quer que estivesse bombardeando seu telefone, eu tentava encarar as ondas quebrando no mar. Contudo, a melodia da risada dela ao digitar me fazia mudar o foco da contemplação.

— Pelo visto é coisa boa — comentei feito um mexeriqueiro, bem daquele tipo que vovó odiava.

— É — Antônia caiu na minha, abrindo o jogo junto com o maior sorrisão. — Vou sair com um carinha amanhã. Dá uma olhada e me diz se não é uma graça.

Sem ter a menor ideia da bomba de efeito moral que jogava para cima de mim, Antônia virou a tela na minha direção. Nela, com o brilho no máximo, via-se a foto de um cara pintoso à beça: forte, negro, sorridente; que me fez instantaneamente duvidar do milissegundo de sintonia que tivéramos minutos atrás.

— O nome dele é Jairo, ele é da faculdade. Está alguns semestres na minha frente. Você acredita que, além de obviamente lindo, ele também é megainteligente?

— Não — respondi com sinceridade, me sentindo meio bosta por ter quase certeza de que eu reprovaria em mais da metade das matérias que cursava esse semestre.

— Mas ele é! — ela confirmou, cheia de empolgação. — Tipo, muito! Tanto que todos os professores puxam o saco dele. E é honesto também — ela acrescentou mais um item na enorme lista de qualidades do pretendente. — Acredita que ele se recusou a passar as respostas das provas para mim? Disse que seria mais proveitoso se estudássemos juntos e eu de fato aprendesse a matéria.

Era *claro* que eu acreditava. Aliás, eu até *concordava* com o sujeito. Sem sombra de dúvidas seria mais proveitoso se ele estudasse com Antônia. Quem não gostaria de estudar com uma garota dessas? Até eu, que não sacava nada dessas paradas de enfermagem, queria tentar a sorte. No entanto, contive minha rabugice e comentei:

— Bacana da parte dele.

— Muito, né? — ela rebateu, toda entusiasmada, alheia ao fato de que eu voltava a querer me jogar no buraco que havia feito, onde agora suas pernas repousavam. — Quem sabe um dia desses não tá eu, o Jairo, você e a Monique fazendo programa de casal por aí? — Antônia seguiu, sem freio em sua imaginação.

— É, quem sabe... — respondi em tom de quem não podia controlar o destino, desperdiçando um ótimo gancho para esclarecer que eu e Monique tínhamos terminado.

Durante as últimas semanas, fiquei procurando entre nossas esparsas conversas por um momento exatamente como esse. Mas agora que o momento chegara só o que eu conseguia fazer era dar de ombros e me perguntar: que diferença faria?

O que interessava a Antônia se eu namorava ou deixara de namorar havia três semanas? Ela tinha um encontro na noite seguinte com um cara que, além de pintoso, era inteligente e honesto.

E eu deveria ficar feliz pela minha amiga. Mas para ser bem sincero, eu meio que não estava. Só tinha vontade de cavar ainda mais fundo.

Antônia
Intuição feminina

Gregório me emprestou a camisa dele. Eu insisti que ficaria enorme, mas ele argumentou:

— Enorme é bom. Enorme é ótimo — de um jeito esquisitíssimo ao jogar a camisa de malha em cima de mim.

— Vai molhar — avisei. — A estampa diferentona corre o risco de ficar deformada em mim.

— Não tem problema — ele respondeu logo em seguida, batendo um chinelo no outro para se livrar do excesso de areia. — Já tá bem escuro pra alguém ficar reparando nos detalhes da estampa desgastada do protocolo de Kyoto mesmo.

Eu não havia reparado naquele detalhe. Até porque, tinha outras coisas na cabeça. Os braços desnudos de Gregório, por exemplo. Ou o bem-estar de vovó, o que era bem mais cabível. Aliás, resolvi me enveredar pelo segundo pensamento antes que começasse a babar pelo primeiro.

— Alguma notícia de dona Fifi? — perguntei ao passar a enormidade da blusa de Gregório pela cabeça.

— Dona Vera ligou enquanto você estava nadando — contou. — Ela desconfia que a vovó esteja saturada da gente, porque hoje ela está um brinco, se comportando como uma verdadeira senhorinha do carteado. Disse dona Vera que ela é responsável por embaralhar as cartas. Tanto as que estão no baralho quanto as que estão na mesa.

Cobri meu rosto com as mãos só de imaginar a confusão que vovó deveria estar aprontando na jogatina das outras velhinhas. Porém, não pude curtir a intensidade da minha preocupação porque Gregório me fez tirar as mãos do rosto, segurando-me pelos pulsos, quebrando a barreira que eu havia criado entre mim e o mundo real antes de dar continuidade ao informativo:

— Dona Vera me assegurou que tá tudo sob controle, que a gente não precisa se preocupar.

Mas era aí que ele se enganava, eu *estava* preocupada. Tanto pela possibilidade de vovó estar estragando o torneio de cartas das outras velhinhas, quanto pelo calor que irradiava dentro de mim. Tal inconveniência começara pelos pulsos, onde Gregório ainda me tocava, e aumentava ao encarar seu olhar.

— É melhor a gente ir — falei, sensata, antes que meus pensamentos fizessem uma besteira e ousassem se transformar em algum tipo de ação.

— Mas dona Vera me *garantiu* que elas estão se divertindo — ele argumentou. — Que, apesar do embaralhamento da vovó, o torneio vai de vento em popa. Insistiu que podíamos voltar a hora que bem entendêssemos, que qualquer coisa ela dormiria lá.

— Ainda assim, acho melhor a gente voltar — sentenciei, soltando os pulsos das mãos dele. — A gente pode ir com calma, mas vamos voltando.

— Com calma suficiente pra tomarmos uma água de coco? — Gregório quis saber ao dar início à caminhada.

— Com certeza — confirmei, deixando escapar um sorriso.

Sempre haveria tempo suficiente para uma água de coco. Até mesmo quando não havia, nós fazíamos um esforço para que houvesse. A água de coco pós-praia conseguia ser quase tão importante quanto a praia em si. Caminhamos até o quiosque mais próximo e comprei uma para mim e outra para Gregório. Brindamos um coco no outro e demos a primeira golada.

Estava geladinho e doce na medida certa, foi impossível não virar para Gregório e acenar com a cabeça num gesto de aprovação. Ele respondeu com um aceno muito similar, porém, pontuado com uma lambida no lábio inferior para capturar uma gota fujona.

Apertei o passo.

— O carro tá pra lá, esqueceu? — Ele me indicou a direção oposta.

— Ah, é. — Dei meia volta, me sentindo ainda mais sem noção do que no segundo anterior.

Aliás, noção andava se tornando um conceito abstrato no meio da confusão de sensações que rodopiava dentro de mim. Talvez tivesse sido o agito do mar que havia trazido à tona sentimentos enterrados.

Mas, independentemente do que tivesse acontecido, eu gostaria de ter minha calmaria de volta. Por isso, concentrei-me em contabilizar as menos de vinte e quatro horas que faltavam para o meu encontro com Jairo.

— A gente pode continuar caminhando pelo calçadão — Gregório sugeriu antes de dar mais um gole no coco.

Não cheguei a responder, mas segui seus passos, ainda que os considerasse lentos demais para o meu gosto. Tive que me lembrar de que eu mesma tinha proposto que voltássemos sem pressa. Precisava manter em mente que faltavam apenas vinte e duas horas e quarenta e cinco minutos para eu ter a oportunidade de tascar um beijo nos lábios bem-desenhados do Jairo.

Paciência era a chave da questão. Contudo, tive a impressão até de *ouvir* a tal chave tintilar, caindo com tudo no chão, quando um berro chamando por Gregório e por mim interrompeu nosso caminho.

— Aqui, aqui! — a voz continuou a berrar até mudarmos o rumo da caminhada. Coisa que aconteceu meio às pressas e simultaneamente, visto que nós dois nos esbarramos durante o processo. Meio que forte. Ou, pelo menos, forte o suficiente para que Gregório me segurasse pelos ombros para que eu não corresse o risco de bambear.

Mas ele poderia ter ficado despreocupado, eu não bambearia por conta de uma simples topada.

No entanto, logo em seguida, bambeei tal qual uma vara verde ao enfim identificar de onde vinha a voz que continuava a berrar:

— Ah, Gregório, se a gente tivesse apostado...

— Monique... — ele resmungou, tirando a mão do meu ombro na mesma hora.

Gelei de cima a baixo. Monique acenava freneticamente nos chamando para o quiosque chique onde ela se encontrava, deixando bem claro que não aceitaria um não como resposta.

— Que mundo pequeno! — ela comentou quando nossos passos arrastados nos levaram até a mesa onde ela tomava um drinque cheio de plantas numa taça bojuda. — Eu estava mesmo querendo falar com você.

— *Comigo?* — perguntei, incrédula, resistindo ao impulso de olhar para trás na esperança de ela estar falando com outra pessoa. Mesmo sabendo que a maioria dos transeuntes do calçadão eram turistas que não falavam a nossa língua, ou a galera que praticava esportes à beira-mar.

— Você mesma — ela confirmou após tomar um golão do drinque lotado de plantas.

— Monique... — Gregório repetiu, dessa vez num tom cheio de cautela que só serviu para me afligir.

— Relaxa, Greg, estou em missão de paz — ela retrucou, leve como uma brisa de verão.

Ainda assim, meu coração pesou com o desejo de que Gregório não tivesse me amparado durante o esbarrão. Preferia ter corrido o risco de me esborrachar no chão de pedra portuguesa do calçadão do que ter que encarar Monique logo após ser praticamente abraçada pelo namorado dela.

Ela poderia ficar com ciúme. Poderia armar o maior barraco a qualquer momento. E, ainda que tivesse afirmado vir em missão de paz, a primeira impressão que eu tinha dela dizia o exato oposto.

E, para ser bem sincera, tendo em vista o esbarrão e o fato de eu estar vestida com a blusa de Gregório, eu não acharia tão absurdo se ela soltasse os cachorros bem aqui, no meio do calçadão.

Contudo, quando Monique abriu a boca para dar continuidade a sua missão, o que saiu foi:

— *Queriatepedirdesculpa.* — Tudo embolado.

Não entendi nada. E, pelo visto, nem Gregório, porque logo em seguida perguntamos:

— O quê?! — Em uníssono, causando um arregalar de olhos em Monique.

Não soube dizer se seus globos oculares quase saltavam das órbitas porque não foi compreendida, ou por como soou esquisita minha voz e a de Gregório na mesmíssima frequência.

Caso tivesse sido a segunda opção, eu seria obrigada a concordar com ela. Foi simplesmente bizarro; parecíamos dois gêmeos siameses. Ou pelo menos era assim que eu esperava que Monique interpretasse, a fim de evitar o barraco no calçadão que eu tanto temia.

— Queria... te pedir... desculpa — ela falou pausadamente, quase parando, como se a culpa de não termos entendido a mensagem antes pertencesse inteiramente a Gregório e a mim — ... por como eu tratei você e a sua avó na padaria. Não foi legal da minha parte.

Ou talvez ela estivesse insegura sobre o que tinha para falar. Assumir os erros não era mamão com açúcar; eu sabia disso porque tinham alguns que eu evitava até de *pensar*.

— Ah, deixa pra lá — afastei o assunto com a mão assim como pretendia fazer com os pensamentos.

— De jeito nenhum! — Monique quase voltou a berrar. — O jeito grosseiro com que eu falei com sua avó é um dos motivos pelo qual um calafrio me percorre inteirinha quando eu tô quase pegando no sono. Preciso aliviar minha consciência. — Ela tomou outro longo gole do drinque de plantas. — Não que meu alívio pessoal seja o foco do meu pedido de desculpas, de maneira nenhuma. Eu me sinto mal *de verdade* pelo monte de baboseira que eu disse. A ponto de querer voltar no tempo e desdizer. Não sou tão egoísta quanto posso parecer. Pergunta pro Gregório o quanto que eu já fiz por ele! Tenho certeza de que ele pode testemunhar a meu favor. Se bem que, levando em consideração a nossa atual situação, eu não deveria ter tanta certeza assim.

Antes que eu pudesse me recuperar do furacão de palavras dela e perguntar "que situação atual?", o garoto que estava sentado à mesa com ela, que eu nem sequer tinha percebido, se intrometeu:

— Eu posso testemunhar a seu favor, Mô. Só mesmo uma pessoa iluminada como você para me ajudar a desenferrujar meu inglês.

Eu olhei do menino para o Gregório e do Gregório para o menino. Será que só eu fiquei incomodada com aquilo?

— Você é um anjo — Monique respondeu ao rapaz ao se esticar para dar palmadinhas na mão dele.

Agora eu estava incomodada o suficiente pelo grupo inteiro. Enquanto isso, Gregório examinava o relógio franzindo os olhos por conta da baixa iluminação no calçadão, como se não fosse nem com ele.

Talvez o garoto que acompanhava Monique naquele quiosque chique no último fosse apenas alguém da família dela, ainda que os seus traços — a pele clara e os olhos amendoados — não se assemelhassem em nada com a carinha de boneca Barbie dela. Mas família ia além de feições parecidas. Ele poderia ser um irmão adotivo, um primo distante, ou até mesmo um tio mais novo.

Mas será que um tio mais novo entrelaçaria os dedos nos dela da forma que aquele garoto fazia?

— Claro que atesto o seu altruísmo, Monique — Gregório disse enfim. — E também posso garantir que se a Antônia disse pra deixar pra lá, que sabe que não foi por mal, é porque ela simplesmente não gosta de ficar remoendo as mágoas do passado.

— Gregório... — foi a minha vez de resmungar.

Ele estava sendo sarcástico por conta da nossa briga na formatura? Ou será que tinha a ver com aquele lance maluco que ele inventou de entrar em contato com a minha mãe? De qualquer maneira, nada a ver ele insinuar algo do gênero na frente da namorada e do membro não--identificado da família dela.

— Fico mais tranquila. Ficaria mais ainda se você pudesse transmitir meu arrependimento pra sua avó. Poderia fazer isso por mim? — Monique perguntou, soltando a mão do parente não-identificado e retorcendo os próprios dedos a ponto de ficar fisicamente preocupante.

— Claro que sim, sem dúvidas — tranquilizei-a, começando a ficar agoniada com o contorcionismo dos seus dedos. — Só não garanto que ela vá se lembrar do ocorrido. Ou de você. Ou de mim.

Nosso grupo foi tomado por uma risada tensa, do tipo não-sei-direito--se-é-permitido-rir-desse-tipo-de-piada. Mas pelo menos Monique parecia aliviada, a ponto de se virar para o rapaz com quem dividia a mesa e falar:

— Aliás, até esqueci de apresentar vocês. Antônia, esse é o Tarso. Tarso, Antônia. O Gregório você já conhece, né?

— Já, sim — Gregório respondeu pelo outro rapaz, estendendo a mão para o tal de Tarso. — E aí, cara, como vai?

— Estamos bem. — Tarso retribuiu o aperto de mão finalizado com um soquinho, digno de brothers. — E vocês?

— Bem, bem — Gregório respondeu retrocedendo um passo, ignorando totalmente a presença do plural na resposta do garoto. — Mas é melhor a gente ir andando. Antônia tá meio que com pressa de chegar em casa. — Ele deu outro passo para trás, me lançando um olhar para que eu fizesse o mesmo.

Contudo, finquei meus pés onde estavam. Havia algo muito estranho acontecendo ali. Parecia que eu tinha perdido uma peça fundamental do quebra-cabeça que regia aquela conversa.

— Pensei que tivéssemos combinado de irmos com calma — fiz questão de relembrar, caso tivesse esquecido do nosso combinado.

— Eu sei, mas já são... — Ele voltou a examinar o relógio.

E, no meio-tempo que levou para interpretar as horas, Monique virou para mim e disse:

— Ele deve estar te querendo toda pra ele, boba — disse em tom de confidência, com direito a uma risadinha e tudo. — Vai por mim, eu conheço a peça. Quer dizer, você também deve conhecer, né?

Eu deveria, pensei com meus botões, mas sinceramente sentia que estava ao lado de alguém que nunca havia visto na vida. Olhei para Gregório só para me certificar de que eu não estava viajando na maionese, tirando conclusões precipitadas ao pegar o bonde andando. Mas o pânico nos olhos dele serviram para me confirmar que eu estava indo pelo caminho certo. Foi então que dei o meu primeiro passo para trás, meio bambo, dizendo:

— É melhor a gente ir mesmo. Já tá quase na hora da minha avó dormir. — O que não era mentira, ainda que dona Vera tivesse se comprometido a assumir a responsabilidade de colocar vovó na cama.

— Até a próxima! — Monique acenou, sorridente e o tal Tarso a acompanhou, tão feliz quanto. — Eu sabia que vocês acabariam ficando juntos. Gregório me jurou que não, que não tinha nada a ver e blá-blá-blá, mas você sabe como é intuição feminina, né? Nunca falha.

Se eu fosse falar a verdade, diria que não tinha a mínima ideia sobre como a intuição feminina funcionava, tendo em vista que a minha tinha me deixado na mão de forma tão humilhante. Mas me contentei em acenar de volta e me distanciar dali o mais rápido possível. Sem me preocupar com Gregório que vinha nos meus calcanhares falando para eu diminuir o passo porque ele podia explicar o que verdadeiramente tinha acontecido.

Mas eu já não precisava mais de explicação, Monique deixara tudo bem claro: ela e Gregório haviam terminado e ele não tinha tido a decência de me contar.

Pensei que, depois de tudo o que passamos junto, tínhamos no mínimo voltado a ser amigos, mas pelo visto ele só era o cara que me ajudava a cuidar da minha avó.

26
Gregório
Estátua!

— É sério isso, Antônia? Você vai ficar me ignorando?

Ela continuou a ignorar. O rosto virado na direção da janela do carro, vendo a cidade passar.

— Não sabia que um negócio desses te deixaria tão chateada... — arrisquei novamente, muito incerto do que mais eu poderia dizer para reparar meu erro.

Acho que nada.

O único movimento de Antônia vinha dos seus cachos ao vento. Não me surpreenderia se eu saísse do carro, fizesse a volta até a janela dela e desse de cara com Antônia congelada, feito uma estátua, igual costumávamos brincar quando servíamos de animadores para as crianças mais novas do bairro.

Era horrível saber que eu era o responsável pela transformação dela em estátua quando nem sequer estávamos brincando. Para piorar, nem tínhamos música tocando para animar a não-brincadeira. Ao pensar nisso, percebi que, dos problemas atuais, esse era o único que eu tinha capacidade de resolver. Por isso, me estiquei e liguei o rádio caquético do meu Uno sem hesitar.

Um barulho horrível de estática preencheu o ar, e eu me apressei para encontrar uma estação que tocasse algo decente. Acabei parando numa em que uma cantora de MPB cantava cheia de emoção sobre como, cada vez que ela fugia, se aproximava mais.

Eu não era muito de ouvir rádio, mas achei a música apropriada para a nossa situação. Antônia, em contrapartida, deve ter achado irritante, porque se descongelou da sua posição estática exclusivamente para desligar o som.

— Ei, eu tava gostando! — reclamei.

— Não quero ninguém gritando na minha cabeça, será que é pedir muito?

Certamente não era, mas a perspectiva de voltar ao silêncio incômodo me apavorava. Além disso:

— A mulher não tá gritando, só externando seus sentimentos, de forma bastante sentimental, como deve ser — defendi.

Em resposta, Antônia bufou e cruzou os braços, como quem diz quem-é-você-para-falar-de-externar-sentimentos. Mas a questão era que ela não havia *falado* nada. E eu queria muito saber o que se passava pela cabeça dela.

Antônia estava brava por eu ter terminado com a Monique, por acaso? Ou sua insatisfação vinha do fato de eu não ter contado?

Aquele seria um momento perfeito para divagar sobre como era difícil entender as mulheres. Mas talvez a dificuldade existisse por conta da minha burrice, que não só me impedia de entender o que acontecia bem ali ao meu lado, como também me incentivava a fazer coisas completamente irracionais.

Não contar para a minha melhor amiga que eu estava solteiro, por exemplo, fazendo com que ela ouvisse a notícia pela boca da minha ex-namorada.

E o pior era que, na minha deturpada concepção, ainda que Antônia tivesse descoberto do jeito mais constrangedor possível, eu morria de curiosidade para saber o que ela achava sobre o assunto. Não que ela tivesse que achar alguma coisa. Mas levando em consideração o quanto sua postura tinha mudado desde que ouvira a notícia, ela devia achar *alguma* coisa.

E eu meio que precisava saber o *quê*.

Mas não tinha muito interesse em desvendar os mistérios do porquê da minha necessidade. Aquele assunto tinha tudo para dar um nó na minha cabeça. Por isso, mesmo estando perto do nosso destino, estiquei o braço e tornei a ligar o rádio. Continuava tocando a mesma música de antes, mas agora a cantora repetia, com a voz ainda mais emocionada, que não queria reviver nenhum passado, nem revirar sentimentos revirados.

Eu discordava da cantora nesse ponto. Torcia para que Antônia voltasse a reclamar, que revirasse tudo que acontecia dentro dela. Só assim eu conseguiria trilhar um caminho entre as palavras para descobrir como ela se sentia.

Mas Antônia, sempre contrariando as expectativas, permaneceu calada até eu terminar de subir a ladeira e estacionar na frente da casa dela.

Desliguei o rádio e destravei as portas, ciente de que esse era o último passo para ela poder sair do carro, deixando-me na mais completa confusão. Contudo, Antônia não se mexeu. Quando muito, apertou os braços em volta do corpo e continuou contemplando a paisagem estática da janela.

Não fez nenhum movimento para sair do carro.

Então, percebi que, se eu quisesse chegar em algum lugar, e eu queria muito, teria que trilhar meu próprio caminho entre as palavras.

Pena que escolhi o pior caminho possível.

— Antônia, não sei nem o que te dizer — falei, feito um paspalhão.

— Então não fala nada, Gregório — ela ralhou, sem desviar o olhar da janela. — Quer dizer, você já não falou mesmo.

— Foi mal. — Bagunçei meus cabelos ao me dar contar de como as palavras saiam trêmulas da minha boca. — Mas, assim, eu pensei comigo mesmo, que diferença faria na nossa amizade você saber que eu e a Monique tínhamos terminado?

— Eu não sei... — ela respondeu, passando as mãos no rosto, como se quisesse limpá-lo de algo pegajoso. — Eu não sei que diferença faria, tá legal?

Eu também não sabia. E não estava nada legal. A atmosfera no carro se adensou de uma forma diferente, que eu não conseguia identificar. Mas algo no jeito em que ela declarou sua ignorância, ou na força com que ela esfregava as têmporas, me levou a fazer outra pergunta:

— Mas então você acha que *faria* alguma diferença? — perguntei, com a dúvida ecoando não só em mim como também no espaço entre nós.

Ecoou a tal ponto que Antônia deixou de examinar a paisagem e se virou para mim.

— Eu já disse que não sei — ela reforçou, mas seus olhos estavam arregalados de medo.

Mas medo de quê? De mim? Eu jamais faria algo de mal para ela. Muito pelo contrário, tudo que eu quis por muito tempo era ter feito tudo por ela. Só nunca tive a oportunidade.

E talvez nunca teria. Mas só por desencargo de consciência, achei melhor me certificar:

— Mas você quer saber? – Senti meu corpo, sem a minha permissão, se inclinar na direção dela.

Minha maior surpresa foi perceber que o dela fazia o mesmo. Minha vontade era esticar as mãos e checar se aquilo era real, se ela estava mesmo ao meu alcance. Finalmente. Mas antes que eu me enchesse de falsas esperanças, como tantas vezes fiz durante a adolescência, achei melhor perguntar. Com palavras e tudo o mais.

— Responde, Antônia, você quer saber se faria alguma diferença?

Ela desviou os olhos e deu de ombros. Fiquei totalmente à deriva. Isso queria dizer que ela não se importava? Que tanto fazia? Que ela não queria estar participando dessa conversa?

Ela poderia ir embora quando bem entendesse. As portas estavam destravadas, bastava ela puxar a maçaneta e sair. Mas só o que ela fez foi repetir o dar de ombros, dessa vez o reforçando com um balançar de cabeça.

— Isso é um sim ou um não? – me vi obrigado a perguntar.

— Isso é um talvez – ela explicou.

Mas na verdade, aquilo não deixou nada claro para mim. Meu coração parecia um motor de moto com 1000 cilindradas. Me esforcei ao máximo para traduzir os sentimentos embolados dentro de mim em palavras. Gostaria muito que ela pudesse fazer o mesmo. Sendo assim, incentivei:

— E o que significa *talvez* na sua concepção?

Achei prudente me afastar um pouco para não correr o risco de segurar nos ombros dela, impedindo que os mexesse de novo, e absorver um pouco da tentação do seu calor. A vontade era tão forte que chegava a me incomodar. Eu me sentia meio fraco, temia me acovardar.

— Significa que talvez eu quisesse. Mas o seu silêncio estragou tudo.

Acho que doeria menos se ela tivesse me dado um soco. Para completar o golpe, Antônia se ajeitou no banco do passageiro, afastando-se por completo de mim.

Assumindo a derrota, saí do carro. Dei a volta até a porta dela me arrependendo de ter desperdiçado a chance que tive mais cedo na praia de contar tudo a ela. E todas as outras chances que eu poderia ter criado durante as últimas semanas.

Eu era mesmo um bosta.

Em minha defesa, como eu poderia imaginar que algo assim poderia acontecer? Quer dizer, *o que estava acontecendo*, afinal? Tudo aquilo queria dizer que Antônia *gostava* de mim? De um jeito que nunca ousei cogitar?

— Eu estraguei tudo mesmo? — perguntei assim que abri a porta para ela, estendendo uma mão para ajudá-la a sair. A outra se mantinha escondida atrás das costas, com os dedos cruzados num gesto ridículo, digno de um rapazote de doze anos que torcia para que a garota que ele gostava desse apenas uma chancezinha para ele.

Aliás, foi justo com doze anos que eu tinha começado a torcer para que Antônia desse uma chancezinha para mim.

Pena que isso nunca aconteceu. E parecia que não aconteceria tão cedo.

— Acho que sim. — Ela olhou desconfiada para a minha mão estendida antes de aceitar.

Mas quando a pegou, uma sensação gostosa à beça me percorreu por inteiro. E só aumentou quando ela entrelaçou os dedos nos meus em busca de um apoio mais consistente para sair do carro. Ter meus dedos bem presos aos dela me fez deixar boa parte das dúvidas de lado.

Acho que o nome daquilo era esperança, porque antes que eu pudesse me policiar ouvi minha própria voz indagar:

— *Acha* ou tem certeza? — E voltei a me aproximar para bater à porta atrás dela.

— E eu lá tenho cara de alguém que tem certeza de alguma coisa nessa vida? — Antônia me encarou com seu olhar mais desafiador.

Eu tinha plena consciência de que meus pensamentos caíram num limbo de breguice, mas eu nem me importava; só queria me *afogar* no seu olhar. Do jeito mais cafona possível. Por essas e outras, me arrisquei a afastar um cacho do seu rosto. Meu objetivo era que não houvesse absolutamente nada entre mim e ela quando eu falasse:

— Eu não sei do que você tem cara, Antônia. Eu não tô sabendo de muita coisa no momento. Só de uma.

— E eu posso saber qual é? — ela perguntou, ainda me encarando, talvez um pouco mais de perto do que segundos atrás.

Quer dizer, definitivamente mais perto, levando em consideração que nossas respirações se misturavam e eu conseguia sentir o calor do corpo dela tocando o meu.

Eu podia contar para ela sobre o tamanho do meu sentimento, coisa e tal. Ela queria ouvir, *me pediu* para saber. Mesmo contando apenas com poucos centímetros de distância, ela não titubeou, parecia pronta para tomar ciência de que talvez eu nunca a tivesse esquecido.

Que o amor platônico que nutri por ela durante boa parte da nossa adolescência apenas passara um tempo adormecido. Mas que agora havia acordado. Com força total. Uma força tamanha que era difícil de controlar.

Que fazia eu desprender minha mão da dela e subir pelo seu braço.

Que fazia eu me entortar todo para que meus olhos ficassem na altura dos dela.

— Antônia, eu vou te beijar.

E percebendo sua boca abrir lentamente e seus olhos aumentarem de tamanho, resolvi acrescentar:

— Posso? Por favor, não dê de ombros.

Atendendo ao meu pedido, ela não deu de ombros. Em vez disso, segurou nos meus. E justo quando eu estava prestes a perguntar que diabos aquilo significava, ela fez que sim com a cabeça.

E tudo que eu queria contar a ela, eu disse com a boca.

Mas sem usar palavras.

Antônia
Tiro, porrada e bomba

Não importava quantas milhões de vezes eu tivesse fantasiado com aquilo, beijar Gregório de verdade foi diferente. Mais forte. A barba por fazer arranhava meu rosto de um jeito que talvez deixasse marcas.

Eu enterrava as unhas nas costas dele de um jeito que *com certeza* deixaria marcas.

Ele ainda trazia o sal do mar consigo, eu conseguia sentir no gosto da sua pele. E imaginava que a minha estivesse igual.

Estar nos braços de Gregório não se equiparava ao que eu tinha pensado. Era muito mais intenso. Mesmo quando ele afrouxou um pouco o abraço e se afastou alguns milímetros para sussurrar meu nome, continuei sentindo a eletricidade reverberando entre a gente.

— Antônia, Antônia, Antônia... — ele disse com seu hálito batendo na minha boca como uma carícia convidativa.

Por causa disso aceitei o convite e acabei com aquela palhaçada de distância entre nós, voltando a colar minha boca na dele. Inclusive, tomei a liberdade de morder seu lábio inferior. Ação que ele respondeu com um sorriso, me imprensando contra a porta do carro.

Ter o corpo dele completamente apoiado contra o meu era mais gostoso do que qualquer água de coco pós-praia. A maçaneta enterrada na minha lombar quase não incomodava. Era algo que eu estava disposta a suportar. O mesmo não poderia ser dito sobre minhas mãos, que não aguentavam ficar paradas por mais que alguns segundos e logo já se arrastavam para outro lugar.

Elas tinham pressa. Precisavam recuperar o tempo perdido, explorar os diversos pedaços de Gregório a que só estavam tendo acesso agora.

Eram tantos que apenas duas mãos não davam conta. Tinham que se revezar na tarefa de percorrer o pescoço, os ombros, as costas e os braços.

Tudo o que eu podia dizer em minha defesa era que as mãos de Gregório agiam da mesma forma.

Exceto na hora em que ele segurou meu rosto e se afastou um pouquinho para falar:

— Você deveria ter sido a primeira a saber. — E, pelo tom de arrependimento dele, entendi que ele se referia ao término com Monique. — Você sempre deve ser a primeira a saber.

O brilho de sinceridade em seus olhos e o caos criado pelas minhas mãos no seu cabelo fizeram com que eu me reaproximasse rapidamente para roubar mais um beijo dele antes de decretar:

— Ainda mais quando sabemos o tamanho do estrago que um segredo entre nós dois pode causar.

— Verdade — ele concordou enquanto se abaixava para encostar a testa no meu ombro. — Desculpa, Antônia. — Ele completou o pedido passando os braços pela minha cintura num abraço tão apertado quanto aconchegante.

Era praticamente impossível não retomar a produção de caos no cabelo dele ao passear os dedos pelos fios que passei tanto tempo desejando tocar.

— Só não me apronta outra dessas — pedi encarecidamente enquanto pressionava a boca contra a testa dele.

Pelo visto, assim como minhas mãos, minha boca não conseguia mais ficar longe de Gregório.

— Pode deixar — ele confirmou contra meu pescoço. Os pelinhos da sua barba fizeram cócegas a ponto do meu sorriso satisfeito pela resposta dele se transformar numa risadinha idiota de jovem apaixonada.

— Esse é o melhor som do mundo — Gregório declarou, levantando a cabeça do meu ombro e olhando bem dentro dos meus olhos. — Sério.

— Não dá pra ficar séria agora — devolvi enquanto aceitava o descontrole do meu sorriso.

Às vezes, tudo o que a gente precisa é se permitir ser feliz.

Era assim que eu me sentia.

Minha felicidade só aumentou quando Gregório também abriu o maior sorrisão. E disse uma seleção de palavras que eu, particularmente, amava ouvir:

— Você tem razão. Não que a razão importe agora.

— Nem um pouco — concordei, fazendo o caminho de volta à boca dele.

Porém, milímetros antes de nossas bocas se tocarem, um barulho seco irrompeu pela noite.

Pá-pá-pá.

Na mesma hora, Gregório se afastou e olhou em volta. No breu do bairro onde a gente morava, não dava para distinguir nada além de nós mesmos. Ainda assim, morando no Rio de Janeiro, era fácil reconhecer aquele som.

No primeiro *"pá"*, minha ficha já tinha caído. E acho que a de Gregório também. Ele nem precisou abrir a boca para eu saber que havíamos chegado à mesma conclusão:

— Tiro.

E como se quem quer que fosse que estivesse atirando tivesse ouvido minha teoria, uma nova onda de *pá-pá-pá-pá* soou no ar. Gregório fez a gente se abaixar antes de falar:

— É melhor a gente entrar em casa. Sei que o tiroteio parece longe, mas sempre existe o risco de bala perdida.

Balancei a cabeça em concordância. Gregório estava coberto de razão: não importava a distância a qual os tiros estavam sendo disparados, a gente não deveria se arriscar.

Afinal, se alguma coisa acontecesse com a gente, quem cuidaria de vovó?

— Então, vamos — sussurrei ao segurar a mão dele para nos levantarmos.

Contudo, ele me puxou para baixo e sussurrou no meu ouvido de volta. Mas, se a gente pensasse bem, não havia nenhum perigo de os atiradores ouvirem o que estávamos falando.

Era mais fácil sermos atingidos por uma bala perdida do que sermos ouvidos por alguém. Mesmo que falássemos no nosso tom de voz normal.

— Eu vou pra minha casa — ele falou, para minha surpresa. — Preciso colocar comida pra Catapora e ver se ela não se assustou tanto quanto nós.

— Faz sentido — tive que responder, embora minha boca formigasse pela falta dos beijos dele de tal forma que chegava a ser preocupante. Eu nem tinha me separado dele e já sofria uma crise de abstinência? Que maluquice! Precisava ir com mais calma. — Catapora merece o melhor cuidado do mundo.

— Mas amanhã a gente se vê. — Gregório substituiu o nosso segurar de mão por um carinho. — *Né?* — ele perguntou após alguns segundos de silêncio da minha parte, colocando uma ênfase tão grande numa simples sílaba que foi impossível não responder com um sorriso e um movimento afirmativo com a cabeça.

E, com isso, me levantei para ir embora, aproveitando os minutos sem balas cortando o ar. Contudo, fui puxada novamente para baixo, voltando meio desajeitada ao nosso esconderijo atrás do carro e sendo surpreendida com o mais saboroso dos beijos.

Só mesmo uma nova rajada de tiros para me fazer desgrudar a boca da dele. E ainda assim, foi com certa relutância. Pelo bater descompassado do meu coração, dava para perceber que nem mesmo um perigo maior, como uma bomba atômica, o risco de um coração partido ou qualquer coisa trágica desse calibre me faria voltar aos eixos. Eu precisava urgentemente baixar a bola. Por isso, com um selinho final, corri para casa para reorganizar meus pensamentos.

Quem diria que a realidade conseguiria ultrapassar as expectativas da imaginação?

Gregório
As complicações de algo mágico

Já acordei com um sorrisão no rosto. Apertei Catapora nos braços até quase fazer purê da gata. Desnorteada, a bichana tentou me arranhar, mas me desviei como um verdadeiro ninja, provando a mim mesmo que meus reflexos estavam nos trinques.

Assim como todo o resto da minha vida.

Eu ainda nem tinha aberto a janela, mas já desconfiava que lá fora o dia estaria ensolarado. Com os passarinhos cantando e pessoas fazendo passos exagerados, dignos de um número musical da Broadway pela rua.

Aliás, existia um limite onde o otimismo começava a soar exagerado?

Acho que não queria saber a resposta. Tinha várias coisas mais interessantes para fazer. Revisitar as memórias da noite de ontem, por exemplo.

A hora em que Antônia me beijou.

Ou quando ela sorriu a dois centímetros de mim.

Ou qualquer outro momento que passamos juntos. *Nos agarrando.*

Com direito a diversas conotações lascivas da palavra agarrar. Até mesmo marcas das unhas dela eu tinha nas minhas costas. Que, inclusive, fiz questão de me levantar e ir até o espelho conferir se apareciam tanto à luz do dia quanto o impacto que eu havia sentido ao recebê-las sob a luz do luar.

Lá estavam elas: vermelhas e em formato de meia-lua, que, por coincidência, era o mesmo tipo de lua que iluminava o céu na noite anterior. Tudo parecia se encaixar. Até os céus davam a entender que conspiravam para a nossa união.

Bem que desconfiei que, se um dia eu alcançasse a façanha de ficar com Antônia, tudo seria diferente. Pois bem, estava sendo. Além de pular da cama cedo, comecei a arrumar a casa por livre e espontânea vontade. Não que antes eu vivesse num chiqueiro nem nada do tipo, mas como na maioria do tempo meu pai viajava e eu ficava sozinho com Catapora, não fazia muito sentido manter a casa um brinco.

A menos quando Monique inventava de aparecer e eu queria evitar um esculacho. Mas meu antigo namoro com ela me parecia tão distante agora que nem fazia sentido considerar essa modalidade de arrumação como exemplo.

Eu não estava aspirando o pó debaixo do sofá e dos outros móveis para evitar um esculacho. Colocava o bem-estar da minha coluna em risco apenas pela remota possibilidade de Antônia resolver aparecer por aqui.

Queria recebê-la de braços abertos. E, de preferência, sem uma quantidade absurda de pelos da Catapora espalhados pelos cômodos, para que Antônia não entrasse numa crise de espirro nos primeiros trinta segundos após sua chegada.

Contudo, concluí uma faxina completa sem que Antônia desse qualquer sinal de vida. Nada de aparição na porta da minha casa, nem de mensagem no celular. Até aí, tudo bem. Tomei um banho caprichado, certifiquei-me de que Catapora estava alimentada e fui até a casa dela.

Encontrei vovó e dona Vera jogando conversa fora na cozinha e, segundo elas, Antônia não se encontrava por ali porque estava se embelezando. Dediquei alguns segundinhos, enquanto me servia de uma xícara de café, para ser bem bobão e me maravilhar com a nossa sintonia: eu tinha acabado de sair do banho e ela tinha acabado de entrar.

Parecia que tínhamos ensaiado. E, enquanto ela não terminava de se aprontar, aproveitei para tomar o café da tarde e colocar o papo em dia com as senhoras. Dona Vera me contou todos os detalhes de como a noite de jogatina do dia anterior tinha sido o maior sucesso. Também aproveitou para informar que o comitê das senhoras de terceira idade do bairro estava considerando fazer daquilo um encontro semanal, para que assim, eu e Antônia tivéssemos uma noite do final de semana para dar uns bordejos.

Desnecessário dizer que essas foram palavras dela, não minhas.

— Vocês estão na flor da idade, uns verdadeiros brotinhos — dona Vera continuou, justificando a decisão do comitê. — Têm que sair pra bater perna, ver gente, essas coisas de *jovens*. Podem contar com a gente pra ficar de olho na velhinha. Dona Fifi já quebrou muito galho pra gente, agora é a nossa vez.

Antes que eu pudesse elaborar meus agradecimentos, além do "muito obrigado" que eu murmurava no final de cada frase, fui interrompido pela voz de Antônia passando pela sala:

— Vó, dona Vera, já vou! Comportem-se, hein! Qualquer coisa é só me ligar, vou ficar com o celular ao lado o tempo todo.

Dei um apertãozinho na mão de dona Vera tanto para indicar minha gratidão pela oferta do comitê, quanto um rápido pedido de licença. Não tinha certeza se ela havia entendido as nuances do aperto. Mesmo assim, coloquei-me em pé num pulo e fui até a sala, onde Antônia quase alcançava a porta.

— Posso te dar uma carona? — ofereci, mesmo que não soubesse para onde ela estava indo.

— Nossa, Greg, que susto! — Ela deu um passo para trás e levou as mãos ao coração.

Exatamente onde eu gostaria de estar. Embora ela me olhasse como se tivesse visto um fantasma.

— Foi mal. — Me senti na obrigação de me desculpar. — Não foi minha intenção. É só que... — Dei de ombros e me enrolei na explicação ao tirar alguns instantes para admirá-la. — Meu Deus, você tá linda.

O que eu queria dizer era que ela estava *mais linda* que o normal. Que, por si só, já era linda o bastante. Só então levei a sério a explicação de dona Vera e vovó sobre Antônia estar se embelezando. Ela parecia uma boneca, com roupas descoladas que se colavam perfeitamente ao seu corpo.

Não resisti chegar mais perto dela.

— Obrigada — ela agradeceu com uma risadinha sem graça, arrastando a ponta do tênis plataforma branquíssimo no chão. — É... Eu tô meio atrasada. Não fica chateado, mas eu preciso ir.

O que chateação tinha a ver com a história?, pensei com os meus botões ao me adiantar até a porta e abri-la para ela. Será que não estava estampado na minha cara que eu estava com o melhor dos humores?

O mesmo estado de espírito não deveria estar estampado na cara dela também?

— Tá tranquilo — respondi antes de apoiar minha mão no topo da cabeça dela, dando vazão à necessidade de fazer um carinho. — Deixa só eu correr até em casa pra pegar o carro que te levo.

— Não precisa. — Ela entortou a cabeça para que minha mão escorregasse de onde estava. — Vou de Uber.

— Pra quê?! — Comecei a ficar meio desconfiado. — Tô me oferecendo pra te levar onde quer que você queira ir.

Antônia franziu a testa, coçou o nariz e, após alguns segundos, que mais pareceram eternidade, ela perguntou:

— Mas você não acha que vai ser esquisito? Digo, depois de ontem.

— Não teve nada de esquisito ontem — afirmei, cada vez mais intrigado com a expressão no rosto dela. — Pode ter sido surreal, inesperado ou qualquer coisa nessa linha. Mas *estranho*, desse jeito ruim que você tá falando, não foi. Pelo menos não pra mim — me vi na obrigação de acrescentar, sendo lançado num espiral estranho, com direito a toda a conotação ruim contida na voz dela.

Seria possível que algo tão poderoso tivesse tomado conta apenas de mim quando nós estávamos tão apertados nos braços um do outro que parecíamos um só? Será que a sensação de estar com a pessoa que sempre deveria ter estado não passava de uma peça pregada pela minha imaginação?

Se era assim, o que explica Antônia cravar as unhas nas minhas costas como se quisesse tirar um pedaço de mim? Por um acaso aquilo fazia parte do arsenal de sedução dela?

Minha preocupação só crescia e chegou a um verdadeiro ponto de ebulição quando ela falou:

— Você se esqueceu do que eu te falei ontem na praia? — Ela levantou a cabeça para me encarar, mas, curiosamente, seus olhos não conseguiam fixar nos meus. — Do encontro que marquei com um cara da faculdade? É hoje. Mais precisamente, daqui a pouco.

Fazia muito tempo que eu não jogava boliche, mas senti o exato peso de uma bola daquelas despencando no meu estômago. Pelo silêncio que ficou depois de ela soltar a bomba, quase consegui ouvir o barulho da bola batendo no fundo do meu ser.

— Mas você vai mesmo? — perguntei, numa voz digna de quem carregava uma bola de boliche na barriga.

— Claro — Antônia teve a frieza de confirmar enquanto passava pela porta. — Por que não iria?

— Por causa de ontem à noite! — Pontuei o óbvio, embora para ela claramente não fosse tão óbvio assim. — Pensei que o que aconteceu entre nós tivesse mudado as coisas.

Segui porta afora junto dela, na intenção de ir para casa e não voltar mais. E pensar que eu tinha passado horas limpando tudo na esperança de ela aparecer por lá... Doce ilusão. Ela não só ficaria sem dar as caras, como também se bandearia para outros lados. Acompanhada de *outro* cara.

A incômoda sensação de ter entendido tudo errado se apoderava de mim. Parecia que eu tinha tirado nota zero numa prova de interpretação de texto. Pior, na interpretação dos sentimentos de uma das pessoas que eu mais gostava. Será que tinha como eu me sentir mais burro?

Talvez tivesse. Porque ainda que ela desse a entender que estava sendo bem franca, a cada passo que ela se distanciava, crescia em mim a desconfiança de que havia algo mais. Algo além daquele encontro. Algo que eu precisava descobrir. E, para tal, acelerei o passo e disse:

— Digo, pelo menos mudou as coisas pra mim. — A informação saiu em tom de confissão, e, já que tomei esse caminho, aproveitei para completar: — *Tudo* mudou depois de ontem.

— Não tudo, Gregório. Não mudou o fato de que você *acabou* de terminar seu namoro — Antônia pontuou enquanto caminhava a passos largos em direção ao portão da frente. — E tampouco fez com que eu esquecesse a educação que minha avó me deu. E, com base nela, não achei que seria legal cancelar o encontro com o Jairo.

— O que aconteceu ontem não teve nada a ver com educação — argumentei, caminhando logo atrás dela, ao perceber que o x da questão continuava sendo o término do meu namoro com Monique.

Ela disse que tinha me desculpado, e podia até ser que tivesse mesmo, mas minha ex-namorada continuava na cabeça dela. Eu não conseguia entender o porquê, já que Monique não figurava na lista de prioridades dos meus pensamentos fazia um bom tempo. Antônia e vovó tinham tomado conta de tudo.

Só o que faltava era Antônia entender isso.

— Não teve mesmo — ela concordou comigo pela primeira vez no dia. — O que aconteceu ontem foi pura ação hormonal.

— Tem certeza? — perguntei, segurando-a suavemente pelo braço para impedi-la de andar. — Porque pra mim foi, sei lá... — Uma parte de mim, que não estava empenhada em encontrar um sinal de esperança no olhar assustado que Antônia me dirigia, não sabia se ficava mais constrangida por não encontrar a palavra certa, ou por encontrar uma palavra tão idiota quanto: — Mágico.

— *Mágico?* — ela repetiu como se fosse um palavrão, muito embora eu tivesse falado com a melhor das intenções, ainda que soubesse da cafonice daquilo.

— É... — Tive que usar toda minha força de vontade para não dar com a cabeça na mureta que separava o quintal da rua e concluir minha linha de raciocínio. — Pouco importa os bons costumes, ou o tempo que terminei meu namoro.

Ela ficou imóvel e olhou para mim, desconfiada. Por um momento achei que fosse rir da minha escolha de palavras, mas o que me disse foi:

— Tem pouco tempo que você saiu de uma relação bastante longa, Greg. Esse tipo de término leva um tempo pra se solidificar e assentar dentro da pessoa. Eu tô falando por experiência própria, sendo realista.

— É meio arbitrário você querer comparar a sua experiência com a minha. — Arrisquei-me a segurar no cotovelo dela. — Cada relacionamento tem seu próprio tempo. Acho que o que eu tive com a Monique não levou tanto tempo pra ser superado, porque durou exatamente o que tinha que durar.

Antônia desviou o olhar do meu, chutou uma pedrinha com a ponta da sua plataforma e desistiu de mexer no próprio cabelo quando a mão já se encontrava no meio do caminho.

— Isso não muda a necessidade de você precisar de um tempo sozinho pra se reconfigurar antes de se lançar em algo... mágico, como você mesmo falou.

— Você não acha que cabe a mim decidir de quanto tempo eu preciso? — perguntei, dando um apertãozinho de leve no braço dela a fim de chamar seus olhos de volta para mim.

E, quando eles atenderam ao meu chamado, pude perceber o tamanho da incerteza que habitava ali. Ou seria insegurança? Quis chegar um pouquinho mais perto para checar. Mas antes que eu fizesse qualquer movimento, ela apoiou a mão no meu ombro para perguntar:

— E não passou pela sua cabeça que eu também precise de tempo? Estou com a sensação de que tudo virou de cabeça pra baixo de uma hora pra outra. A gente não pode pensar só com os nossos hormônios. Tem a vovó no meio de tudo isso. Se algo termina mal entre a gente, como é que ela fica? Ela se tornou tão dependente de você quanto eu.

Foi impossível reprimir um sorrisinho ao registrar que ela se considerava dependente de mim. Ao mesmo tempo, tinha certeza de que não era a intenção dela revelar algo assim no meio de tantas angústias. E, para não chamar a atenção para algo que causaria ainda mais conflito, preferi me limitar a responder suas perguntas:

— Na verdade, não passou — falei, sobre a necessidade de tempo dela.

— Depois de ontem, tudo ficou embaralhado. Nós claramente estamos enxergando o ocorrido sob pontos de vistas diferentes, mas eu posso te garantir que, pelo menos da minha parte, não são só os hormônios falando.

— Não? — ela perguntou, parecendo tão ressabiada quanto esperançosa.

— Pode apostar — assegurei, aproveitando a oportunidade para chegar um pouco mais perto e deslizar a mão devagarzinho pelo seu braço até encontrar a mão dela. — Antônia, eu...

— Eu não posso cancelar o encontro agora, já tô atrasada à beça. — Ela apertava a minha mão com muita força ao mesmo tempo em que dava continuidade à atrocidade que maltratava meu coração. — O cara já deve estar lá me esperando, seria muita sacanagem.

E a sacanagem que aquilo era comigo?, pensei enquanto desentrelaçava minha mão da dela. Será que eu tinha direito de ficar puto com a situação? Ela de fato havia relatado sobre o encontro antes de tudo entre a gente acontecer. E será que ter direito ou não era um fator impeditivo para sentir certos sentimentos?

Provavelmente não.

Embora tampouco achasse que sentir certos sentimentos justificassem certas atitudes. Por isso, reuni o restinho de dignidade que ainda tinha e propus:

— Se você tá tão atrasada e se importa tanto com a moral e os bons costumes, deixa eu te levar lá. — Uma pequena parte de mim tinha total consciência do tamanho do papel de trouxa que eu desempenhava ali.

Ela pareceu balançada com a minha oferta. Tanto que segurou firme na alça da sua bolsinha transpassada, como quem segurava num corrimão ao descer uma escada íngreme.

— Tudo bem — respondeu, olhando ao longe, na direção onde meu carro estava estacionado. — Obrigada, não precisava.

O agradecimento só serviu para reforçar o valor descabido que ela andava dando ao raio da educação. Isso me fez caminhar até o veículo num ritmo rápido e raivoso.

Não ofereci a carona para que ela ficasse agradecida. Fiz a oferta porque, por mais que ela tivesse acabado de me dispensar categoricamente, eu queria passar cada segundo do meu dia ao seu lado.

Com ou sem beijo. Do jeito mais brega possível. Tentando convencê--la, de qualquer maneira que estivesse ao meu alcance, que para mim não era um problema me comprometer com ela, ainda que eu tivesse acabado de sair de um compromisso longo — muito pelo contrário, Antônia era a solução, só bastava ela querer.

O problema de verdade era que ela não sabia o que queria.

Ou precisava de tempo para decidir o que queria.

O trajeto até o bar onde Antônia tinha marcado com o tal de Jairo foi silencioso, pontuado apenas pelas instruções do celular sobre a rota. Igual ao dia anterior, Antônia assistiu em silêncio ao passar das ruas pela janela. Comecei a desconfiar que meu carrinho caindo aos pedaços despertava um certo mau-humor nela.

Além de despertar em mim a distintíssima sensação de que havia metido os pés pelas mãos.

Eu realmente estava levando a garota que eu gostava para um encontro com outro cara, tal como um chofer não-remunerado?, me perguntei enquanto virava a curva final.

Estacionei com uma freada brusca e emputecida, considerando se valia à pena escorregar ainda mais fundo no poço da humilhação.

Antônia agradeceu mais uma vez, antes de abrir a porta. Quando já tinha colocado o primeiro pé na calçada, decidi que, se eu tinha vindo até aqui, não me custava tanto terminar de fazer o meu papel de trouxa e tentar colocar todos meus sentimentos em palavras:

— Antônia, eu sou apaixonado por você por mais tempo do que tenho coragem de admitir. Não é difícil pra mim cair de cabeça em algo com você, porque me preparei pra isso a minha vida inteira. Mas entendo, ou pelo menos faço um esforço pra entender, que as coisas não funcionam do mesmo jeito pra você.

— Funcionar, funcionam. — Ela cobriu minha mão com a sua, gesto que me deixou ainda mais confuso, principalmente ao perceber que a palma da mão dela conseguia estar ainda mais suada que a minha. — O que aconteceu ontem foi, não sei... Tão intenso que chegou a me assustar. Não pode ser normal, pode? Os hormônios devem ter tido uma participação nisso, *sim*. Eu preciso pelo menos tentar colocar minha cabeça no lugar. Igual você disse mais cedo: cada um tem seu tempo.

— É — concordei, bem amargurado por ter elaborado um argumento perfeito para a fuga dela. — Não esquece de me avisar quando der sua hora.

— Pode deixar — ela respondeu ao bagunçar o meu cabelo antes de sair do carro supertranquila, pronta para aproveitar uma noite de bebedeira e flerte com outro cara, enquanto eu dirigia para casa num estado de espírito que parecia o oposto ao que eu tinha quando acordei.

Antônia
O desânimo mais animado

— Qual é seu filme favorito? — Jairo perguntou.

Em qualquer outra ocasião, eu teria me esforçado para elaborar uma resposta que agradasse os ouvidos dele. E que, ao mesmo tempo, mostrasse que eu tinha conhecimento de causa para participar de qualquer eventual debate que surgisse.

No geral, eu apostava em *O Poderoso Chefão*, *Forrest Gump* ou *O Brilho Eterno de uma Mente sem Lembranças*, se notasse que a pessoa do outro lado da mesa tivesse um espírito mais sensível. Contudo, dessa vez, com a cabeça conturbada demais para perceber os nuances na personalidade de Jairo, fui logo dizendo a verdade:

— *As Patricinhas de Beverly Hills*.

— Aquele filme de Sessão da Tarde?! — ele questionou, sem parecer acreditar na minha resposta.

— Existe um motivo pra ele estar sempre passando na televisão — rebati.

— Posso saber qual? — Ele soava como se estivesse curioso de verdade. O que, francamente, achei fofo.

Fofo a ponto de me fazer reconsiderar aquela história de rebater, com uma pontinha de irritação, cada pergunta que ele fazia.

— Porque ele é ótimo. E o romance é uma gracinha — respondi, usando o pouco entusiasmo que ainda habitava o meu coração.

E, só de dar um mínimo espaço para o coração, um lampejo de Gregório e eu assistindo ao filme no chão da sala, quando éramos bem novinhos e vovó fazia pastel e refresco de caju para o lanche, tomou conta de mim.

Tive que tomar um longo gole de chope para fazer o bolo que se formou na minha garganta descer.

— Confesso que nunca vi — disse Jairo, circulando a borda do copo com o dedo indicador, deixando em evidência sua mão enorme. — Vou colocar na minha lista.

— Faz muito bem. — Coloquei meu copo de volta na mesa com um estampido exagerado, e, para não ficar um clima de fim de papo, resolvi perguntar: — E você? Tem um filme favorito?

— Claro. *A Vida é Bela*, já viu?

— É aquele que o cara morre no final? — perguntei, só para me certificar.

— Esse mesmo. Mas cuidado com os *spoilers*, as pessoas podem ficar bravas quando alguém conta o final de um filme, mesmo quando o filme em questão foi feito há décadas.

— Ah.

Olhei em volta para checar se alguém tinha ar de ofendido pelas redondezas, mas a verdade era que todo mundo parecia concentrado nas conversas que levavam em suas próprias mesas. Ao contrário de mim, que, além de olhar em volta em toda ocasião que podia, estava com a mente embaralhada. Igualzinho o torneio de carteado do comitê das senhoras do bairro. Ou pior.

A desconfiança de que havia feito a jogada errada crescia a cada pergunta que Jairo me fazia.

Pior do que ele fazendo pergunta atrás de pergunta, só eu, deixando o assunto morrer a cada uma delas. Não era à toa que o nosso encontro tinha se transformado num tremendo *quiz*.

E, a cada vez que o assunto morria, não conseguia evitar questionar a legitimidade da minha jogada. Se eu tivesse aceitado a proposta de Gregório para início de conversa, não precisaria responder pergunta nenhuma. Ele sabia todas as minhas respostas.

Até mesmo as que eu não tinha coragem de dar.

— Série? — Jairo perguntou, após alguns segundos esquisitos de silêncio.

— Hmm. — Nada me vinha a mente além do rostinho barbado de Gregório. — *Vickings*.

— Por essa eu não esperava. — Jairo riu.

— Nem eu — respondi, ainda que nunca tivesse visto a tal série, só falei por ser a primeira coisa que me veio à mente ao pensar sobre rostinhos barbados. — Eu simplesmente amo.

— Devo colocar na minha lista? — ele quis saber.

— Só se você quiser — disse, com um dar de ombros, mais preocupada com o rostinho barbado do que com a possibilidade de Jairo embarcar numa indicação que eu não tinha certeza se valia a pena.

— Antônia, eu *quero* — Jairo colocou a mão por cima da minha, o que me causou um arrepio na espinha.

Mas não de um jeito bom. De um jeito meio alarmante, diga-se de passagem.

Não era hora de pensar no rostinho barbado de Gregório. A merda que fiz com ele mais cedo já estava feita. Fazia *horas*.

Quer dizer, quanto tempo tinha passado desde o ocorrido? Os segundos caminhavam tão devagar naquele bar que ficava difícil de calcular. Assim como os segundos que a mão de Jairo permaneceu cobrindo a minha.

Ele tampouco estava falando do raio da série. Pelo menos nesse aspecto eu poderia ficar tranquila, caso fosse possível.

Retirei, cheia de cuidado, a mão debaixo da dele e chequei as horas no celular. No total, fazia apenas cinquenta minutos que estávamos ali. Era minha vez de tirar uma pergunta da cartola. Tudo que eu menos queria era que ficasse um clima chato. Não era minha intenção soar grosseira, não foi à toa que bati tanto na tecla da educação com Gregório.

— Comida favorita? — arrisquei.

Jairo adquiriu um ar sonhador, olhando ao longe e deixando um leve sorriso tomar conta dos seus lábios. Não parecia ofendido por eu ter fugido do lance das mãos.

Talvez eu estivesse me preocupando demais.

Mas como não ficar preocupada ao lembrar do olhar desapontado de Gregório quando saí do carro?

— Você vai me achar muito óbvio se eu falar feijoada? — Jairo interrompeu meu dilema moral.

— Vou te achar sincero — respondi, percebendo a necessidade de fazer o mesmo. — Aliás, ouvi falar que tem uma feijoada muito boa ali na Lapa todo primeiro sábado do mês.

— No próximo a gente pode ir lá conferir se é boa, mesmo — o coitado sugeriu.

Mantive um sorriso congelado no rosto enquanto respirava fundo antes de me lançar num acesso de sinceridade:

— Na verdade, acho que é mais um ambiente pra ir com os amigos. — O que mais me preocupava era ferir, de alguma forma, os sentimentos dele.

Tudo bem que aquela era a primeira vez que saíamos, que muito provavelmente não havia sentimentos profundos envolvidos, mas sentimentos rasos também machucavam.

Ego, orgulho, essas coisas.

A maioria deles, aliás, tendiam a ser supersensíveis.

Desconfiei de que havia machucado todos os sentimentos rasos de Gregório. E possivelmente alguns profundos também. Situação que precisava consertar com urgência. Mas agora não era a hora.

— Como assim? — Jairo perguntou, franzindo o cenho numa pequena, porém charmosa, mostra de preocupação.

— Quer dizer... — Retorci uma mão na outra com a plena certeza de que estava me embananando. — Ninguém vai te condenar, ou, sei lá, te barrar na porta se você preferir ir com alguém que, hipoteticamente, você marcou de encontrar através de um aplicativo de relacionamento. Mas é um lugar animadaço e descontraído. E se, hipoteticamente, a pessoa com quem você queira ir fosse eu, acho que é meu papel esclarecer que não estou animadaça, muito menos descontraída.

— Não tem hipótese, Antônia. A pessoa é você — ele informou, num tom mega sério, antes de tomar um golão de chope. — Mas se você não tá animada, ou descontraída, não tem problema. Eu tenho amigos e um aplicativo de relacionamento vinte e quatro horas à disposição.

— Incrível como os aplicativos de relacionamento trabalham incessantemente pra suprir nossas necessidades — comentei, desesperada para dar uma levantada no astral.

— Mas pelo visto você não tá precisando do serviço árduo deles — Jairo rebateu, fazendo questão de deixar o astral mais ou menos na altura de nossos sapatos.

— É... Não. — Fui obrigada a admitir, sem encará-lo, pois minha imaginação insistia em projetar outro par de olhos, tristinhos e avermelhados.

— Tranquilo — ele deu seu veredito antes de tomar um gole tão longo do seu chope, que drenou todo o conteúdo do copo.

Respirei aliviada ao mesmo tempo em que notei a tela do celular dele brilhando. Jairo se inclinou para espiar o que acontecia nela. O que quer que fosse, inaugurou a volta do sorriso em seus lábios. Meu eu alívio só aumentou.

— Por falar em amigos... — Ele esticou a mão para destravar a tela e a secou num guardanapo antes de pegar o aparelho.

Aproveitei a deixa para checar meu próprio celular, sendo que não havia nenhuma mensagem interessante. Só toneladas de gente combinando o que faria mais tarde no grupo da faculdade.

Fui à janela que me interessava e vi que Gregório estava online. Minha mão coçava para mandar alguma coisa, mas não sabia o que dizer. Afinal, o que *se dizia* numa situação dessas?

Desculpa? Não sei o que dizer? Eu te amo?

Antes que eu chegasse a alguma conclusão, Jairo largou o celular e falou:

— Meus parceiros da faculdade começaram a beber num barzinho perto daqui. Depois vão pra um pagode, que também não é longe. Tudo bem se eu preferir ir lá com eles?

— Não, claro, tudo ótimo. — Bebi o que restava do meu chope para encobrir um sorriso. — Vamos pedir a conta.

— Você quer vir com a gente ou tá meio, ahm, desanimada? — ele perguntou, levantando as sobrancelhas, como se já soubesse a resposta.

— Desanimada — falei, sem nem me preocupar em conter um sorriso. — Completamente.

— Se um dia o desânimo passar, é só ligar. — Jairo se prontificou ao entregar o cartão de crédito ao garçom, que não perdeu tempo em nos trazer a conta.

— Pode deixar. — Assenti para a oferta enquanto pegava o meu cartão. — Mas tenho pra mim que esse desânimo é daqueles que são difíceis de passar.

— Sei. — Jairo apertou a mão do garçom em agradecimento pelo bom atendimento. — É um desânimo desses que eu tô procurando.

— Acho que todo mundo procura — opinei com um dar de ombros enquanto ele se levantava.

— E pelo visto você teve a sorte de encontrar. Agora vê se não deixa escapar. Se cuida. — Ele se despediu de mim com um beijo na bochecha e, antes de se afastar de vez, parou para perguntar: — Você tem como voltar pra casa?

Fiz que sim com a cabeça de forma frenética, sem querer tomar mais o tempo dele. Daria meu jeito. Meu celular tinha muito mais aplicativos de locomoção do que de relacionamentos.

Dei um tchauzinho com a mão e observei enquanto ele caminhava tranquilamente para fora do bar, me deixando a sós com meu celular. A pressão de ter tanto para falar e não saber por onde começar era enorme. Considerei até pedir outro chope.

Mas, antes de chamar um dos garçons, percebi que, independentemente do que fosse falar, também deveria prestar atenção no *jeito* em que falaria. E não havia jeito melhor do que o cara-a-cara. Assim, sem a ajuda de nenhum adicional alcóolico, decidi o conteúdo da mensagem que queria mandar:

"Tá aí?", mesmo sabendo que ele continuava online.

"Tô", ele respondeu.

"Você pode/quer vir me buscar?", arrisquei, sentindo o coração acelerar até as últimas consequências ao acrescentar as opções separadas por uma simples barra.

"Já?", ele perguntou logo em seguida. Deveria ter se atentado ao fato de que fazia pouco mais de uma hora que ele tinha me deixado aqui, nesse mesmo local.

"É", reafirmei com o mínimo de letras possível, o tremor das minhas mãos só aumentava.

"Tá", ele concordou. Ou pelo menos *achei* que ele tivesse concordado, mantendo o tratamento monossilábico.

Achei melhor não incomodar mais. Os minutos de espera foram torturantes, e em cada um deles me perguntei se Gregório de fato viria. Em alguns me perguntei se não deveria pedir o chope para acompanhar o chá de cadeira que provavelmente tomaria.

Mas, para falar a verdade, achava até bem-merecido.

Porém, pela eventualidade de ele aparecer, preferi conservar cada gota de sobriedade que ainda havia dentro de mim. Não que eu tivesse abusado do álcool durante os exatos cinquenta e sete minutos que passara na companhia de Jairo. Foram apenas dois copinhos. Mas a conversa que eu queria ter com Gregório exigia toda a seriedade do mundo.

Queria contar que os sentimentos que ele tinha por mim eram recíprocos. Queria gritar que amava aquele garoto. E que se ele realmente estava disposto a embarcar num relacionamento logo após terminar outro com uma garota que aparentava ser *perfeita*, por mim tudo bem também.

Eu confiaria na palavra dele. E me colocaria à disposição para me jogar naquilo de cabeça. Mal importava o que aquilo fosse. Desde que eu estivesse naquilo com ele.

Acho que pensei com tanta força em Gregório que acabei conjurando uma mensagem dele no meu telefone. Perdi a noção de quantos minutos se passaram, mas ao ler o conteúdo da mensagem fiquei com a impressão de que eles tinham voado.

"Vem", Gregório tinha me mandado.

E eu fui.

Bati a porta do carro e coloquei o cinto de segurança enquanto tentava manter o semblante sério, para combinar com o teor da conversa que precisávamos ter. Contudo, era difícil para caramba não ficar toda sorridente ao ver o rostinho bonito dele. Ainda mais sabendo o que ele sentia por mim.

O tempo que perdi filosofando sobre meus estados de humor foi o suficiente para Gregório quebrar o silêncio na minha frente.

— Você quer que eu te leve pra casa ou pra algum outro lugar?

— Algum outro lugar. — Aproveitei a chance, muito embora desconfiasse que ele mesmo não interpretaria a sua segunda opção de destino assim.

— Qual? — ele perguntou, voltando ao regime monossilábico ao perceber o meu sorriso.

— Algum lugar *mágico* — respondi, deixando meu sorriso alargar o quanto quisesse —, como você mesmo falou.

Gregório fechou ainda mais a cara e virou de frente para o volante.

— Olha, se você quer me zoar ou algo do tipo, não precisa, porque eu mesmo já tô me sentindo bem bobo pelas minhas escolhas de vocabulário.

— Não quero te zoar. — Virei-me na direção do banco do motorista para que ele pudesse enxergar a sinceridade em meu rosto, caso escolhesse parar de prestar atenção na paisagem à nossa frente e me encarar. — Eu amei sua escolha de palavras. E, a cada minuto que passei dentro daquele bar, percebia que amava mais.

— Não brinca... — Gregório resmungou, ainda com o olhar fixo no horizonte, sem arriscar a olhar nem de relance para mim.

— Longe de mim brincar com uma coisa dessas — falei, arriscando, bem devagarzinho, tocar na sua mão. — Nunca falei tão sério na vida — complementei, dando uma ligeira apertadinha em seus dedos ao notar que não se incomodara com o toque.

— Na moral, *do que você tá falando*, Antônia? — Gregório enfim virou de frente para mim, parecendo parte irritado e parte temeroso.

— Da gente. — Arrisquei entrelaçar nossos dedos na mesma velocidade em que usei para fazer nossas mãos se encontrarem. — Isto é, se você ainda quiser. Mais cedo você disse, e eu repeti, que cada um tem seu tempo. Deu a minha hora justo quando coloquei os pés naquele bar.

— Indiquei o fatídico estabelecimento com a cabeça, ele seguiu com o olhar naquela direção, observou o local com ares de quem imaginava a cena. — E, se da sua parte não tiver passado da hora, gostaria de saber se ainda dá tempo.

— Jura? — ele perguntou, agora apertando minha mão muito mais forte do que eu apertava a dele.

— Juro — prometi, aumentando a intensidade do meu aperto só para que ele soubesse que os meus sentimentos eram tão fortes quanto os dele.

— Nós temos todo o tempo do mundo. — Ele desfez o aperto das nossas mãos e levou a minha até a boca dele, onde deixou um beijo rápido bem no centro da palma. Depois, me puxou pelo braço para que eu chegasse mais perto e ele pudesse fazer o mesmo com a minha boca.

Exceto pelo fato de que esse beijo não foi nada rápido.

Gregório
Tsunami de emoções

— Já é Natal? — perguntou vovó, caminhando a passos lentos ao meu lado.

— Ainda não — respondi, atendo-me ao básico, pois vi num canal de YouTube que não havia necessidade de pressionar o idoso a ter informações de tempo e espaço.

Por exemplo, que diferença fazia se estávamos em novembro ou em fevereiro? Não mudava nada na vida de vovó. Ela contava comigo e com Antônia para garantir que as questões ligadas ao tempo funcionassem para ela, mesmo que não tivesse noção do quanto e de como ele estava passando.

— Falta um pouquinho — Antônia complementou, corroborando com a estratégia do vídeo que tínhamos visto juntos na noite anterior.

— Então o que a gente tá fazendo na Lagoa? — vovó questionou parando para olhar em volta. — Bem que eu estava sentido falta de alguma coisa. A árvore não tá aqui.

— A gente resolveu dar um passeio diferente. — Antônia entrelaçou seu braço com o dela para incentivá-la a andar.

— Porque hoje a senhora acordou bem — complementei ao mesmo tempo em que peguei o braço desocupado de dona Fifi e linquei com o meu.

— Acordei, é? — vovó perguntou, desconfiada.

Com certeza não se lembrava do lindo café da manhã que havia feito para nós, regado a suco de laranja e histórias hilárias de quando Antônia e eu éramos menores.

— Melhor que bem, maravilhosa — Antônia completou ao usar o braço livre para agarrar vovó. — Mas isso você é sempre!

— Isso é verdade — a velhinha teve a cara-de-pau de concordar. — Não dá pra negar.

Soltando um gritinho de pura felicidade, Antônia se aproximou ainda mais de vovó e deixou um beijo demorado em sua cabeça, enquanto, por cima do cocuruto dela, dirigia-me o olhar mais sorridente que já vi.

Vovó que me desculpasse: eu a amava com todas as forças do meu ser, mas naquele momento eu só queria cobrir seus olhos e tascar um beijaço em Antônia.

Bastou uma semana para eu ficar mal-acostumado. Agora eu queria beijá-la na hora que bem entendesse. Mas o nosso combinado era não ficar de agarramento na frente de vovó. Poderia confundir a cabeça da velhinha. Corríamos o risco de ela estar nos vendo ainda como crianças, ou qualquer outra cilada imprevisível que a mente criava para ela.

Por isso, me limitei a cair dentro do abraço. Aproveitando o ensejo para apertar a nuca de Antônia, que me olhou com a mesma vontade de beijar que me queimava por dentro. Incrível como meros sete dias foram mais do que suficientes para desencadear o conhecimento de uma gama imensa de olhares.

Eu ficava todo bobo quando desvendava um novo. Ainda mais quando vinham acompanhado de *gestos*. Mal via a hora de arriscar um novo gesto pelo corpo de Antônia, mas me limitei a intensificar o abraço em torno de nós três, para evitar que vovó desconfiasse de alguma coisa.

Ela podia estar mal da cabeça, mas não da intuição.

— Agora chega. — Dona Fifi se sacudiu a fim de se liberar do abraço. — Se vocês quiserem continuar fazendo purê um do outro, tudo bem, mas não me envolvam nessa.

— Como assim, vó? — Antônia quis saber ao mesmo tempo em que me lançava um olhar cauteloso. — A gente só quer demonstrar o carinho que sentimos pela senhora.

— Ah tá bom... — ela comentou, toda trabalhada no deboche, ao retomar seus passinhos de tartaruga.

— O que a senhora tá querendo dizer com isso? — Antônia alcançou a velhota em questão de segundos. — Tá insinuando alguma coisa?

— Tô *afirmando* que não sou palhaça — vovó ralhou. — Sou velha demais pra insinuações. Isso é coisa de adolescente.

— Nós não somos mais adolescentes — informei à vovó, na intenção de esclarecer que, se ela queria ofender a gente, o tiro tinha saído pela culatra. — Nos tornamos maiores de idade no ano passado!

— Então por que estão agindo como crianças? — a velhota teve a pachorra de falar conosco em tom de esporro em plena Lagoa Rodrigo de Freitas.

Os transeuntes olharam para nós horrorizados. Eu compartilhava do horror. Do que aquela senhora estava falando, afinal? Era possível que uma nova crise tivesse iniciado sem que percebêssemos?

— O que tá acontecendo? — Antônia questionou, claramente sentindo o mesmo pânico que eu.

— Isso que eu quero saber — vovó rebateu, tão dura quanto nas vezes que trazíamos boletins com notas baixas da escola. — Mas vocês não me contam!

— Vó, eu não tô entendendo nada! — Antônia parou de caminhar e parecia à beira das lágrimas.

Tive que fazer das tripas coração para não contornar a velhinha, alcançar a menina que eu gostava e amassá-la num abraço.

— O namorico de vocês, pombas! — vovó finalmente desembuchou, deixando meu próprio bucho com a sensação de que um balde de gelo tivesse sido despejado nele.

— Co-como você descobriu? — Antônia pulou a etapa de negarmos até a morte, como previamente tínhamos combinado, e foi direto ao que interessava.

Eu que não iria criar encrenca por conta daquilo. Até porque a curiosidade me comia vivo para entender como tal revelação havia chegado à velhinha mais esquecida desse Brasil. E como, em meio a um passeio pela Lagoa em um dia bom, ela conseguira manter em mente essa informação.

— Oras, apenas *olhando* pra vocês! Ou você acha que esse brilho permanente no olhar da minha neta surgiu do nada? — ela perguntou para mim.

— Eu espero que não. — Tive que ser sincero na resposta, pois o orgulho que tomava conta de mim ao notar que minha simples presença, e talvez a abundância dos meus beijos e abraços, contribuíam para a felicidade de Antônia. E, por conta disso, minha boca não conseguia ficar calada.

E tampouco séria.

Abri um sorriso enorme para a garota que gostava e ela me respondeu com um brilho intensificado no olhar, além de um ligeiro dar de ombros.

— Além do mais, dona Gertrudes, lá da esquina, viu vocês se agarrando no carro dia desses. Velha fofoqueira... Mas serviu para confirmar minhas suspeitas.

— Vó! — Antônia guinchou, em puro estado de choque.

— Neta! — dona Fifi revidou na mesma moeda. — O que eu quero saber é por que vocês ficam de sem-vergonhice dentro daquele carro sujo com uma casa segura e aconchegante a pouco passos de distância. Que coisa mais desconfortável!

— A senhora tá cansada de saber que meu carro é velho, mas é limpinho — defendi a honra do meu Uno verde-metalizado antes de mais nada.

— E a gente não estava de *sem-vergonhice* dentro do carro — Antônia retificou. — Foram só uns beijinhos!

E, embora não houvesse nada de diminutivo nos beijos que andávamos trocando dentro do carro, resolvi deixar passar. O objetivo era não alarmar vovó. E, se fossemos analisar friamente o que acontecia naquele Uno, de fato não passava de beijos e abraços.

Além de, é claro, um calor tão infernal que fazia a necessidade de nos manter vestidos virar quase uma maldição.

— Bom, beijinhos são bem-vindos dentro da nossa casa — vovó comunicou, deixando-me tão aliviado pela permissão, quanto por ela não ter feito um escândalo ao saber da notícia. — E aqui ao ar livre também.

— Como assim ao ar livre? — Antônia voltou a adquirir seu ar desconfiado.

— Francamente, Toninha, você achou mesmo que mentiriam descaradamente pra mim e não sofreriam nenhuma punição? Até parece que nem me conhecem!

— Não é nenhum sacrifício beijar a sua neta — informei, achando até um pouco engraçada, para não dizer tentadora, a ideia de punição.

— E eu não sei?! — Vovó levou as mãos à cintura, tão bem-humorada quanto eu. — Pensa que eu não vi todos os anos que você sofreu por ela? Até nos anos que não te vi, imaginei que ainda tinha sofrimento. Tava mais do que na hora de vocês se acertarem.

Tinha passado da hora, se alguém quisesse saber minha opinião. Mas era difícil botar qualquer opinião para fora quando se estava tão encabulado por ter meus anos de sofrimento notados e noticiados em praça pública.

Por sorte, vovó não parecia levar em consideração a opinião de ninguém, pois continuou seu monólogo como se o rápido, porém potente, silêncio constrangedor nunca tivesse se instalado:

— Mas vai ser incômodo pra Antônia, agora que ela deu pra ficar toda reservada e cheia de não-me-toques. Beijar você na minha frente vai ser tipo uma invasão de privacidade.

— Vai mesmo — Antônia não perdeu tempo em confirmar, cruzando os braços em volta de si enquanto lançava um olhar de *socorro* para mim.

Contudo, a única forma que eu tinha de salvá-la era cumprindo com a exigência de vovó.

— Tá vendo? — a senhorinha mais indiscreta do país perguntou para mim. — O cidadão da terceira idade só tem acesso a demonstrações de afeto pela TV nesse país!

— Nós acabamos de quase fazer purê de você com um abraço! — Antônia relembrou, ainda soando contrariada.

— Mas eu quero saber de *romance*! — Vovó pegou o meu braço e o dela e fez com que nos aproximássemos. — Ainda mais quando envolvem as pessoas de quem mais gosto. Façam esse favor pra velha de vocês.

— Como eu disse — Afastei alguns cachos do ombro de Antônia —, não vai ser nenhum sacrifício pra mim.

— Ótimo — vovó incentivou, colocando a mão da neta no meu ombro.

— Pois bem — Antônia se pronunciou olhando para o chão, na intenção de encobrir um sorriso que eu não tive dificuldade alguma de detectar. — Não dá pra negar que eu estava contando os minutos para poder fazer isso... — Ela ficou na ponta dos pés e colou seus lábios nos meus.

Enquanto eu ajeitava os braços para poder abraçá-la, ouvia as palminhas comemorativas de vovó ao fundo. Velhota assanhada, estava adorando cada segundo. E eu também, claro.

Novamente, Antônia tinha gosto de água de coco, e o roçar ocasional de uma mecha do seu cabelo em meu braço fazia com que eu sentisse o melhor tipo de cócegas que deveria existir.

Não importava o cenário, eu poderia continuar beijando-a para todo o sempre.

Porém, o para sempre dessa vez terminou cedo, junto com a interrupção abrupta das palmas de vovó. Senti necessidade de interromper o beijo bem a tempo de ouvi-la perguntar:

— Vocês sentiram isso?

— O quê? — perguntei de volta, porque naquele exato momento eu sentia uma infinidade de coisas, com a mão de Antônia ainda enterrada no meu cabelo.

— Um tremor — vovó complementou, toda temerosa.

Tão temerosa que comecei a me perguntar se o *tum-tum-tum* insistente que ecoava nos meus ouvidos não vinha apenas do meu coração.

— Não acho que seja o mesmo tipo de tremor — Antônia comentou, o que achei pertinente, pois, a julgar pela expressão assustada de vovó, ela não parecia estar sendo alvo de um tremor cardíaco.

A menos que o tremor no coração dela fosse mais para o lado de um infarto do miocárdio. E só de pensar nessa possibilidade, me adiantei para o lado da velhinha e a segurei pelos ombros.

— Vó, tenta explicar esse tremor pra gente — pedi, querendo desesperadamente ter um estetoscópio comigo, para poder examiná-la ali mesmo, com toda a minha falta de habilidade para a função.

— Quantos tipos de tremor pode haver? — vovó ralhou enquanto se soltava de mim. — É um tremor físico, que vem da terra, parece ser enviado pela própria Mãe Natureza.

— Tipo um terremoto? — Antônia arriscou ao se aproximar.

— Quase, mas nem tanto, acho que tá mais pra um... — Vovó se virou para olhar à sua volta: as pessoas passeando, os prédios que nos cercavam e a Lagoa plácida a nossa frente. — Tsunami.

— *Tsunami?!* — Antônia e eu exclamamos com a mesma dose de pavor.

Não por temer um horrível desastre natural, mas por desconfiar do que vinha pela frente, que seria tão desastroso quanto.

— Vocês não estão sentindo? — ela questionou, tão apavorada quanto a gente, mas por motivos bastante diferentes.

— Vó, a gente tá diante de uma *lagoa*, não do mar. Não existem tsunamis em lagoas — Antônia tentou explicar, e eu tinha para mim que toda aquela autoridade em sua fala não passava de uma estratégia para não desmoronar.

— Quem te garante? — vovó questionou, mandando para o espaço qualquer noção de realidade.

— A *Geografia* — Antônia afirmou, sem deixar a peteca cair.

— Quem liga pra Geografia quando estivermos todos embaixo d'água? — Vovó não largava o osso. E quanto mais insistia naquela maluquice, mais sua respiração ficava ofegante.

— A gente *não vai* morrer, vó — garanti, embora a firmeza que usei nas palavras só evidenciavam meu desespero.

— Claro que vamos, *todo mundo* vai! — Ela veio para cima de mim com esse argumento indiscutível. — A diferença é que a nossa hora é agora, vítimas de um desastre natural.

— Não tem desastre nenhum! — Antônia praticamente berrou, revelando que seu pânico era tão grande quanto o meu.

Ou, quem sabe, até um pouco maior.

Vovó não deu indícios de que tinha escutado o grito da neta. Sua principal atividade se limitava a olhar para os lados com o semblante assustado, dando a entender que o desastre natural nos atingiria a qualquer momento, vindo de qualquer direção. E tal desprendimento da realidade fazia com que os olhos de Antônia se enchessem de lágrimas.

E a combinação dessas duas reações me causava um aperto danado no coração.

— Tem sim senhora. Na Indonésia tiveram vários, matando milhares de pessoas! — vovó rebateu, demostrando que pelo menos parte da sua memória seguia firme. — Agora é a vez do outro lado do mundo, ou seja, nós.

Mesmo lacrimejando, Antônia estava com cara de quem ia soltar um megapalavrão. Mas, antes que ela gritasse sua indignação contra essa doença escrota que transformava a avó dela num ser pouco racional, resolvi tomar a dianteira, arriscando uma nova abordagem.

— Enquanto a onda gigante não vem, acho melhor a gente correr.

Ambas olharam para mim como se não tivessem entendido bulhufas. Vovó, provavelmente achou um absurdo que eu sugerisse a uma idosa que corresse. E Antônia devia estar imaginando de onde eu tinha tirado aquilo.

Com certeza ela não lembrava dos detalhes do vídeo que assistimos. Tinha uma parte que aconselhava que embarcássemos na onda do doente. Eu não sabia se funcionava em casos extremos como o nosso. Mas só havia um jeito de descobrir:

— Vem, eu te ajudo. — Segurei no braço de vovó e comecei a caminhada. — O carro tá estacionado logo ali. Se conseguirmos chegar até ele a tempo, meto o pé na tábua e vamos correndo pra casa. Como nossa ladeira é bem alta, temos bastante chance de ficarmos seguros.

— Faz sentido... — vovó comentou ao se esforçar para acompanhar meus passos.

Eu a segurava firme e mordia a língua para me forçar a ficar quieto. Minha vontade era gritar que, na verdade, não fazia sentido nenhum, que aquele tal de Alzheimer todo dia arrumava um jeito diferente de destruir minha avó. E que por mim ele podia muito bem ir tomar no rabo e deixar a cabeça dessa velhinha em paz.

Via o mesmo discurso sufocado refletido no rosto contraído de Antônia, que caminhava a passos bambos logo atrás da gente.

— Cuidado, cuidado! — vovó começou a gritar para os passantes. — O tsunami vem aí, corram para lugares altos!

As pessoas a encaravam como se ela fosse *louca*. O que, doía reconhecer, ela parecia mesmo. Pelo menos naquele momento. Não acontecia o tempo todo. Era isso que aquele povo com olhares julgadores precisava saber.

Mas como aquela gente aleatória, que nada tinha a ver com a nossa vida, poderia ter o mínimo entendimento sobre algo que eu, que me encontrava envolvido até as orelhas, tampouco entendia?

Era pedir demais para pobres cidadãos.

Era pedir demais para jovens recém-saídos da adolescência.

— Salve-se quem puder! Fujam para as colinas! — vovó continuava a gritar e Antônia não parava de tropeçar caminhando atrás de mim.

Deveria ser difícil para caramba enxergar as calçadas desiguais do Rio de Janeiro com os olhos lavados em lágrimas. Eu não a culpava. Só queria que entendesse, de uma vez por todas, que precisávamos de ajuda.

O percurso até o carro foi um dos mais dolorosos que já fiz. Minha mão tremia tanto que não consegui girar a chave na ignição quando finalmente chegamos ao Uno. No banco de trás, a voz de vovó não parava de crescer para que eu metesse o pé na tábua logo.

— Não podemos morrer na praia! — Era o que ela falava, o que tinha tudo e nada a ver com o que estávamos passando.

Mas, mortes e praias à parte, eu precisava desafogar pelo menos um pouco do que apertava meu peito antes de pegar na direção.

— E isso porque acordamos achando que esse seria um dia bom... — comentei baixinho com Antônia enquanto me inclinava para perto dela na intenção de ajudá-la a colocar o cinto. Quatro mãos trêmulas não davam conta de fazer o trabalho de uma firme.

— Nem me fala. — Ela fechou os olhos com força, fazendo duas lágrimas grossas escorrerem pelo rosto.

— Não dá mais pra ficar calado, Antônia. Eu tô com a sensação de que a gente fez tudo o que estava ao nosso alcance. Achei que o grupo de apoio nos prepararia pra lidar com situações como essa, mas continuo sem ter certeza se estou preparado.

— Preparados ou não, o que vamos fazer? Desistir?

Apesar de ela me perguntar num sussurro, consegui identificar um tantinho de raiva ali. E tive quase certeza de que o tal tantinho só faria crescer após ela ouvir a minha opinião sobre o assunto:

— Claro que não, por nada no mundo. — Antes de mais nada, fiz questão de esclarecer que desistir de vovó jamais seria uma opção. — Mas a gente precisa de ajuda e você sabe muito bem onde podemos conseguir.

— Não *ouse* dizer o que você tá pensando — ela ordenou, de um jeito tão enfático que eu nem soube como coubera num sussurro. — Não estrague o dia mais do que ele já tá estragado.

— Tudo bem — concordei, girando a chave na ignição. — Pé na tábua.

— Finalmente — vovó resmungou lá do banco de trás, se mexendo de um jeito tão abrupto que fez o carro inteiro dar um solavanco.

Botei o carro em movimento e me perdi em pensamentos. Antônia podia me impedir de falar sobre o assunto, mas não de pensar nele.

E eu fui pensando durante todo o caminho.

Antônia
Ideia vulcânica

— Prontinho! — anunciei dando um clique magistral no teclado do laptop.

— Vê se o boleto já chegou no e-mail — Gregório instruiu. — E já paga logo.

— Você quem manda — comentei, abrindo o aplicativo do e-mail e caçando com olhos de lince o tal boleto, para evitar que ele visse a quantidade de babaquice que impregnava minha caixa de entrada. Mas, a julgar pela vibração do seu tórax, encostado à minhas costas, ele já tinha visto.

— Não sabia que ainda existiam correntes de e-mail — ele debochou, fazendo com que eu sacudisse com a intensidade da sua risada.

Se um dia pensei que ficar aconchegada por cima do meu namorado no sofá fosse o auge do romantismo, Gregório e sua risada exagerada vieram para destruir essa ilusão. Afinal, quem era ele para caçoar das correntes de e-mail que eu cultivava e repassava para doze pessoas com tanto carinho?

Duas semanas de namoro não lhe davam o direito de fazer pouco caso dos meus hábitos. Até porque, se ele fosse por esse caminho, precisaria ter em mente que eu o conhecia *muito bem* e tinha ciência de diversos de seus pontos fracos. Inclusive do seu amor irracional por minigames idiotas dos anos 1990.

Totalmente inúteis. Ao contrário das minhas amadas correntes de e-mail.

— Agora elas são consideradas *vintage* — expliquei ao leigo. — E não se esqueça que mantenho contato com diversas pessoas da terceira idade, por conta do trabalho, elas apreciam esse tipo de informação.

— Pelo visto você também — ele me alfinetou com palavras e uma cutucada na cintura.

— E se eu gostar? Qual é o problema? — Ajeitei-me no colo dele para poder olhar bem na sua cara.

Consegui ver, com precisão de detalhes, um sorriso branquinho se formando em seu rosto.

— Problema nenhum, só solução. — E começou a usar a mão que me cutucou para fazer carinho na minha barriga. — São essas coisas nada a ver que me fazem gostar mais e mais de você.

— Mais e mais? — perguntei, subitamente tão risonha quanto ele.

— Mais e demais — ele complementou. — E vou gostar mais ainda quando você agendar a data do passaporte.

— Assim que o site me liberar — falei, já copiando o código do boleto para pagar no aplicativo do banco, louca para ganhar um pouquinho mais da afeição dele.

— E imagina só quando o passaporte chegar? Vou *amar*.

— Então quer dizer que só vou ser digna do seu amor quando for portadora de um documento internacional? — questionei, voltando a encará-lo.

— Você sabe que eu já te amava desde muito antes da gente começar a namorar. — Gregório aproveitou a oportunidade para deixar um beijo estalado na ponta do meu nariz. — Mas pensa como vai ser legal espalhar nosso amor andando de bicicleta de casal pelas ruas de Amsterdã.

— Vai ser legal e potencialmente perigoso — concordei, sem perder a chance de me contorcer para fazer um cafuné em seu cabelo. — Imagina a gente caminhando e tomando cuidado para não sermos furtados nas ruelas de Barcelona?

— Eu quero mais que imaginar — Gregório revelou. — Eu quero *ir*. Com você.

— Greg, você sabe que a gente não... — Desnecessário explicar que tínhamos uma idosa num estágio avançado de Alzheimer para cuidar, não dava para ir agora. Por ora, precisávamos nos contentar em ter dado o primeiro passo. Até porque, andar de bicicleta de casal pelas ruas de Amsterdã não era barato, especialmente se planejávamos ser furtados nas ruelas de Barcelona em seguida. Levava tempo para juntar essa quantidade de dinheiro.

Ele sabia de tudo isso tão bem quanto eu. Ainda estávamos superando o episódio do tsunami. Foram necessárias diversas conversas sérias para chegarmos mais um menos num denominador comum sobre a situação.

Coisa que não foi exatamente ruim, visto que, no meio de uma dessas conversas chegamos à conclusão de que deveríamos assumir que aquele emaranhado de sentimentos e carícias que andávamos vivendo era um namoro. Gregório trouxe o assunto à tona, no meio de um discurso embolado, que encarei como um pedido e resolvemos cunhar o termo logo de uma vez.

E, por incrível que pudesse parecer, em apenas duas semanas, catorze míseros dias, uma infinidade de outros termos começaram a surgir. Um mais brega do que o outro, me davam uma baita vontade de rir. Mas substituíam que era uma beleza o termo que eu realmente queria chamá-lo. Embora achasse que duas semanas de relacionamento era um período curto demais para começar a chamar alguém de amor.

— Eu sei que agora a gente não pode, meu pompom cor-de-rosa. — Minha sanfoninha mal afinada deu um belo exemplo desse tipo de nomenclatura. — Mas um dia a gente vai poder, por isso, estou me organizando.

— Organizando como, posso saber? — Fui acometida por uma curiosidade tão intensa que me vi deixando o laptop na mesinha de centro e me virando para ficar cara a cara com Gregório.

— Fazendo planos, ué. — Ele deu de ombros e se esticou, alcançando o laptop de volta. — Itinerários, pesquisas sobre os melhores hostels, cotação de preços de passagem... Se quiser, posso te mostrar.

— Você ainda pergunta? — Antes mesmo de Gregório terminar a frase, eu já estava novamente colada nele, observando cada clique que ele dava na tela do computador, entrando no próprio e-mail, que, diga-se de passagem, não possuía nenhum conteúdo vergonhoso.

Tudo era extremamente organizado. Organizado demais para o meu gosto. E logo abaixo da pasta "Contas pagas" vinha uma intitulada "Itinerário Antônia". Eu tinha um itinerário com o meu nome e nem sabia! E melhor: ele passava por Portugal, Espanha, Holanda e Inglaterra!

Achei chique demais da conta. Tão chique que nem tão cedo conseguiria pagar. Talvez, pudéssemos fazer aquela viagem dali a alguns anos, depois de eu ter terminado a faculdade e a condição de vovó tiver se estabilizado. Poderia começar a juntar uns trocadinhos. Nunca sobrava muito do meu salário, mas nada me impedia de iniciar um novo regime econômico.

Nada de brigadeiros com sabores exóticos no intervalo da faculdade, nem de cafezinhos deliciosos com preços para lá de salgados antes do trabalho.

Refletindo sobre formas de conseguir juntar dinheiro, parei para pensar em como Gregório faria. Fazia um tempão que ele não falava do trabalho.

— E com que dinheiro você planeja fazer tamanha estripulia? — perguntei, embora tivesse consciência de que poderia soar um tanto rude.

Contudo, Gregório não pareceu se abalar. Apenas se espreguiçou de uma maneira bastante exagerada a fim de passar o braço por cima do meu ombro. Eu, por minha vez, me aconcheguei ainda mais nele, atenta à resposta:

— Essa é uma das vantagens de ter os dois pais ausentes, meu anjinho querubim. Ambos te recompensam financeiramente, sem fazer a menor ideia de que o outro também anda recompensando.

— Que horror — falei, não só pela esperteza do meu pudim de coco com leite condensado em extorquir os pais, mas também pelo fato de só ter me dado conta naquele momento de que Gregório conseguia ser ainda mais abandonado do que eu. — Não aceitaria dinheiro da minha mãe nem por um decreto. Posso trabalhar e não preciso passar por essa humilhação. Pensei que fosse isso que você fizesse também.

— Não vejo nada de errado em aceitar o dinheiro dos coroas — Gregório comentou ao começar a enrolar um cacho do meu cabelo em volta do dedo. — Primeiro porque não faz falta a eles, e segundo porque mandam com carinho. Você acredita que minha mãe coloca até um coraçãozinho, daqueles feitos com "s" e "2", na identificação da transferência bancária?

Tive que rir enquanto sacudia a cabeça em ritmo afirmativo. Isso era mesmo a cara dela.

— Além disso, vira e mexe meu pai resolve aparecer em casa, por isso ajuda a pagar as contas. Tem um monte de negócio que tá lá pro conforto dele, não o meu. Eu não ligo pra TV a cabo, nem pra vasta variedade de streamings que temos disponível. Isso é coisa do cineasta. E sobre o meu trabalho, preciso colocar a cabeça para funcionar e recuperar minha ideia, só assim vou conseguir dar continuidade a ele.

— Que ideia?! — perguntei, mais curiosa sobre isso do que sobre os planos da viagem.

Incrível como, mesmo passando tanto tempo na companhia de uma pessoa, ainda existem aspectos a serem descobertos, novos assuntos a serem tratados. Será que ia ser assim para sempre? Acontecia com todo mundo, quando se estava com a pessoa certa? Ou aquilo não passava de um atestado de que meu ouricinho do mar era uma eterna caixinha de surpresas?

Independentemente da resposta, eu continuava mais interessada no que ele tinha a dizer. Era toda ouvidos. E também alguns dedos, que se enfiavam por baixo da camisa dele como quem não queria nada.

— A ideia que esqueci — ele explicou sem realmente explicar coisa nenhuma. Foram os meus dedos, arranhando sua cintura, que o incentivaram a continuar. — Quer dizer, eu e Max ainda ganhamos uns trocados pelo aplicativo que desenvolvemos, mas a ideia era continuarmos produzindo com frequência, manter o nome no mercado, triplicar a renda e todos esses negócios que empreendedores fazem.

— Entendi. — Dei razão ao jogar minhas pernas por cima das dele. — A impressão que eu tinha era que você trabalhava num daqueles galpões reformados, com mesa de sinuca decorativa e cápsulas de dormir que a gente vê na TV.

— Que nada. — Gregório começou a fazer um carinho gostoso na minha perna. — A gente estava mais pro lado home office da coisa. No quartinho apertado da casa do Max, regados a papo sobre academia e tudo o mais.

— Cruzes — falei, realmente sentida por Gregório depender de um ambiente tão insalubre para que sua carreira deslanchasse. — Não há ideia que sobreviva àquele cheiro de suor entranhado no estofamento descascado das cadeiras da casa do Max.

— É, mas eu acho que o problema não foi o ambiente — Gregório tentou argumentar, o que só comprovava que ele era um ótimo amigo, ainda que o amigo em questão nem sequer merecesse. — Eu nem tava lá quando tive a ideia. Aconteceu ali na padaria da esquina. Já voltei diversas vezes pra tentar reencontrar a bendita ideia, mas sem sucesso. Acho que o lance com as ideias é que quando elas surgem não podemos dar mole, temos que agarrá-las de jeito, independentemente de onde estamos. Deveria ter levado o celular, ou pedido um papel de pão e um lápis lá mesmo, ou, sei lá, ter simplesmente largado os pães de lado e corrido pra casa. Porque desde então venho tentando relembrar a ideia e nada me vem à mente.

Nessa hora, não resisti e passei a mão pela cabeça dele, deixando meus dedos se embrenharem à vontade pelo seu cabelo claro. Ele ficava tão bonitinho com aquela expressão desamparada! Dava vontade de beijar até morrer. Mas, antes de partir para o beijo, percebi que ele tinha mais a falar.

— E, por mais que eu não me incomode de receber dinheiro dos meus pais, também quero me sustentar. Afinal de contas, o que você, que banca sua própria faculdade, vai pensar de mim se eu continuar desse jeito?

— Vou pensar que você é um garoto inteligente, empreendedor e *gostoso* — deixei escapar, falhando na tentativa de me portar como uma namorada atenciosa e respeitosa. E, levando em consideração que já tinha fugido um pouco do assunto, aproveitei a deixa para massagear seus ombros de um jeito que fosse ao mesmo tempo tentador e relaxante. — Que tem tudo para dar certo no mundo dos aplicativos, só falta recuperar a tal ideia. E eu me proponho a te ajudar.

— Agradeço, meu guarda-chuvinha de drinque. — Ele apertou minha nuca com a mesma intensidade que eu aplicava em seus ombros. — Mas a última coisa que quero é que você continue me vendo como um *garoto*. Fora isso, acho que nem eu mesmo consigo me ajudar a trazer a ideia perdida de volta. Tá na hora de aceitar que ela se foi pra sempre e seguir em frente.

— Pra qualquer caminho que você decidir seguir, pode contar comigo. — Achei melhor reafirmar antes de seguir adiante, para a parte importante: reacomodei o computador na mesinha de centro, liberando assim o acesso ao colo de Gregório, que ocupei com minha própria pessoa logo em seguida. — E pode ficar tranquilo que tenho bastante ciência de que você é um homem. — Aproveitei o ensejo para subir e descer minhas mãos dos seus ombros até os braços, sentindo cada músculo, querendo me envolver neles. — *Meu homem* — complementei, usando um ligeiro cravar de unhas no seu braço como recurso de ênfase e temendo ter soado um tanto psicopata. — Quer dizer, sei que ninguém é propriedade de ninguém. Tenho noção de que você não *me pertence*. Mas sinto que carrego um pedaço de você dentro de mim. Bem perto do coração.

Em resposta, Gregório enterrou a cabeça no meu pescoço. Deixando uma série de beijinhos por toda a sua extensão, me fazendo sentir cócegas e esquentar mais ou menos na temperatura de um vulcão.

— Também levo vários pedacinhos seus comigo. — Ele embarcou na minha viagem, falando contra o meu pescoço. — Alguns dos seus cachos, um pouco da finura da sua cintura e boa parte da luz do seu sorriso.

Foi só ele mencionar meu sorriso que uma súbita vontade de rir brotou em mim. E foi só o riso dar indícios de se formar que Gregório levantou a cabeça para assistir à gargalhada começar.

— Brega além da conta? — ele indagou, inclinando a cabeça ligeiramente para o lado.

Segurei seu rostinho bonito com ambas as mãos e o puxei para perto até sua boca encontrar a minha. Quem se importava se tivéssemos passado da mão na breguice? Éramos só nós dois, sendo felizes juntos, sem nos importarmos em ser o casal mais descolado do mundo.

Gregório não conseguiu me beijar por muito tempo, porque minha gargalhada passou para ele. Ele ficava uma gracinha quando ria daquele jeito. Aliás, eram diversas as expressões que me faziam cair de amores por ele. A sorridente era apenas uma em seu vasto arsenal, que atingia algo profundo dentro de mim em questão de segundos.

Não demorou muito até eu recuperar o fôlego e voltar a beijá-lo. Sem gracinhas dessa vez. Com minha mão passeando pela barba dele enquanto Gregório me segurava pela cintura. A temperatura do vulcão dentro de mim só parecia aumentar, por isso, enfiei as mãos por baixo da sua camisa. Na intenção de ajudá-lo a tirar, caso estivesse sofrendo da mesma onda de calor que eu...

— O que é isso, meu rolinho primavera? — ele perguntou entre o fim de um beijo e o início de outro.

— Acho que tive uma ideia — respondi, subindo a camisa pela barriga dele, esperando minha caixinha de fósforo levantar os braços.

— É o que eu tô pensando? — Ele se afastou um pouco e continuou com os braços exatamente onde estavam, dificultando o meu trabalho.

Minha cabeça vulcânica calculava o quanto de força seria necessária para rasgar aquela camisa idiota e puída enquanto eu provocativamente perguntava, correndo o dedo pelo seu abdômen nu e parando apenas ao encontrar o cós da bermuda:

— O que *você* tá pensando?

— Exatamente o mesmo que você — ele confirmou com um sorriso meio encabulado, muito embora o que observei por baixo da sua bermuda não contivesse nenhum centímetro de embaraço. — Só que eu, ao contrário de você, penso que a gente não pode dar continuidade a essa ideia aqui.

— Co-como assim? — perguntei, chocada, sentindo que um iceberg havia sido despejado no meu vulcão. De uma hora para outra, fiquei bastante consciente de que estava sentada no colo de Gregório, de pernas abertas, com minha ridícula calcinha de florzinha aparecendo.

Mas justo quando ia dar um jeito de me sentar com modos, como fui educada para fazer, ele colocou as mãos nas minhas coxas para me impedir.

— Favinho de mel, sua avó tá tirando uma pestana no quarto ao lado — ele explicou.

Justificativa essa que não passou pela minha garganta:

— Ela dorme igual uma pedra e você sabe.

— Mesmo assim, acho que seria uma falta de respeito.

— Mesmo com ela abençoando o nosso namoro daquele jeito, com direito a beijo na Lagoa Rodrigo de Freitas e tudo?

— Ela só falou sobre beijos, nada sobre a infinidade de outras coisas que quero fazer com você — Gregório continuou, batendo na mesma tecla. — Aliás, espero que nenhuma dessas coisas passem pela cabeça dela. Ela é uma senhorinha pura.

— Você que pensa... — comentei, amargurada. — De onde acha que toda a safadeza da minha mãe surgiu?

— Bom, espero que você não me obrigue a falar da sua mãe quando estamos falando das nossas próprias safadezas. — Gregório voltou ao foco do assunto subindo um pouco as mãos em direção à barra do meu vestido. — Por que a gente não pede pra dona Vera ficar aqui com a vovó e a gente vai lá pra casa?

— E a Catapora? — relembrei, um tanto quanto enfezada por ele ter se esquecido da minha alergia.

— Aí é que tá — ele disse, dando um sorriso quase irresistível. — Eu ando aspirando a casa regularmente pro caso de você querer aparecer por lá. Não tem mais pelo de gata acumulado. A gente pode ir pra lá fazer o que a gente *quiser*. — Ele ilustrou o nosso desejo subindo suas mãos bem mais, até a barra da bendita calcinha de florzinha.

Ato que me encheu de calor e constrangimento ao mesmo tempo.

— Meu forninho micro-ondas, ainda que não tenham pelos acumulados da Catapora pela casa, ainda tem a *Catapora*, e é exatamente a ela que sou alérgica. Não quero correr o risco de ter uma crise louca de espirro no meio da nossa primeiríssima vez. Queria que fosse especial, mas não pro lado da excentricidade.

— É por isso que eu não quero que a gente faça aqui e agora, meu bibelô de cristal. Por mais que várias partes de mim de fato *queiram*, independentemente do que é certo ou errado, esperei por muitos anos pra que algo assim acontecesse. E não admito que nossa primeira vez seja nada menos que perfeita. A gente vai dar um jeito. — Ele finalizou o discurso com um carinho na minha cabeça, que, provavelmente, tinha a intenção de me tranquilizar.

Mas o tiro saiu pela culatra, porque pulei do colo dele decidida a tomar uma atitude.

Só para informá-lo, roubei um beijo daquela boca bonita que ele tinha e comuniquei:

— *Eu* vou dar um jeito.

Só me faltava saber qual.

Gregório
Expectativa versus realidade

— Essa novela tem mais comercial que novela! — vovó resmungou assim que começou o primeiro anúncio.

— É que você fica tão envolvida pela trama que nem sente o tempo passar — tentei justificar, enquanto por dentro morria de medo da possibilidade de ela ter se desligado por completo da programação e ter voltado a si só com a musiquinha que anunciava o início do intervalo.

Meus temores cresciam tão rápido ultimamente que nem o grupo de apoio semanal era capaz de amansá-los. Antônia, por outro lado, parecia tão à vontade com a situação de estarmos sentados no sofá, assistindo novela com uma avó possivelmente em estado dissociativo, que até comemorou a chegada do intervalo.

— Aproveitando a ausência da novela, queria fazer um comunicado: hoje faz quinze dias que o Gregório e eu começamos a namorar. Não é o máximo?!

Sorri, apesar de toda a preocupação que rondava a minha cabeça. Será que meu cafezinho sem açúcar tinha anotado a data em algum lugar ou simplesmente se lembrava de cabeça?

Eu me lembrava de cabeça. Mas não me ocorreu relatar o fato a vovó, visto que ela nem ficou sabendo sobre o pedido oficial.

— Me diz uma palavra boa pra falar que uma coisa é mais ou menos o máximo — vovó me pediu.

Tive que engolir todo o meu pânico por ela não lembrar as palavras, antes de botar a cabeça para funcionar e concluir que:

— Não existe uma palavra pra isso.

— E por que a senhora acha que meu aniversário de meio mês de namoro com o Gregório é só *mais ou menos* o máximo? — Antônia questionou. — Não tem o menor cabimento.

— Tem, sim! Porque era pra vocês estarem juntos há muito tempo — vovó justificou. — Já eram para estar comemorando no mínimo dois anos...

E quer saber? Eu concordava com a velhinha. Se não tivéssemos tido aquela briga idiota na festa de formatura, poderíamos estar vivendo de acordo com os sonhos dela.

E com os meus. Que, coincidentemente, eram os mesmos.

Mas não havia razão para chorar sobre o leite derramado. Ainda mais quando completávamos quinze magníficos dias de namoro. Só o que restava era me certificar de que brigas bobas como aquela não acontecessem de novo, e assim garantir que chegássemos aos sonhados dois anos. E muitos outros mais. Para isso, eu precisava ter uma conversinha intensa e séria com meu barquinho a vapor.

Contudo, meu barquinho não dava o menor indício de estar a fim de papo.

Muito menos com cunho sério e intenso.

— Por falar em comemoração — Antônia começou, pegando na mão cheia de veias saltadas de vovó e fazendo um carinho sem o menor temor de interromper a circulação da idosa. — Gregório pode dormir aqui em casa hoje?

Sem o menor temor de nada, diga-se de passagem.

Se eu estivesse de boca cheia, com certeza engasgaria. Mas, como não tinha nada na boca, engasguei com o ar mesmo. O que causou tosses escandalosas que encobriram o som da TV. Vovó, sempre muito caridosa, deu início a uma sessão de tapinhas nas minhas costas, que continha força suficiente para me fazer cuspir os pulmões fora.

Sorte que, um pouco antes de um acidente dessa magnitude acontecer, consegui retomar o controle da minha respiração e perguntar:

— De onde você tirou isso, Antônia? — a criatividade para apelidinhos sem noção me fugiu, junto com o fôlego.

— Do jeito que falei que ia dar, oras. — Ela teve a pachorra de levantar as sobrancelhas para mim como se não fosse grande coisa, como se eu estivesse exagerando na reação.

E muito me admirava, pois ela era neta *legítima* de vovó. Deveria entender de exagero como ninguém, já que morava com uma exímia representante da velha guarda dos Exagerados Anônimos. Que mostrou seu poderoso potencial vocal logo após eu concluir meu pensamento:

— Jeito? *Dar*?! Dar o quê, Antônia? Posso saber?

— Isso é coisa minha com o Gregório, vó. Só preciso da sua *permissão*. Porque seu neto ali faz a maior questão... — Ela me indicou com o queixo lá do outro lado do sofá, dando a entender que eu era a causa de todo aquele constrangimento. Quando, na verdade, eu só queria que agíssemos da forma correta.

Não só nesse contexto, como em vários.

Mas antes de me perder nos outros contextos que embaralhavam meu interior, adotei a estratégia de me concentrar em uma coisa de cada vez, dando prioridade àquela que fazia minhas bochechas parecerem frigideiras à espera de ovos a serem fritos. Muito embora discutir esse assunto com vovó fosse quase fisicamente doloroso.

— Ah, é?! — Vovó virou para mim e perguntou, com cara de poucos amigos. — Que atencioso da sua parte me fazer passar por esse trauma. Tomar ciência da safadeza dos meus dois netos de uma vez só. Golpe baixo.

— Achei que seria um golpe mais baixo ainda se fizéssemos algo pelas suas costas — opinei.

Embora começasse a repensar a situação e concluir que talvez minha oncinha pintada tivesse razão: deveríamos ter aproveitado a chance que tivéramos no dia anterior. Seguir em frente sem pensar muito nas consequências. Simplesmente *viver* o momento, como dizem por aí. Até porque eram raras as oportunidades em que não tínhamos faculdade, trabalho, ou a vovó acordada para vigiar.

A questão era que eu fantasiava com aquele momento desde bem *antes* de começarmos a namorar. Muitos planos e expectativa envolviam o que quer que pudesse acontecer. Mas quem se importava se as coisas não saíssem cem por cento como o planejado? Antônia claramente não. Então, por que eu deveria me importar?

Será que tinha alguma coisa a ver com aquele papo de astrologia?

Eu, leigo que era, não tinha como saber. Só o que sabia era que minhas expectativas de uma primeira noite sem defeitos com Antônia estavam indo por água abaixo.

— Muito bonito a senhorita querendo fazer safadeza pelas minhas costas, hein! — Vovó voltou sua ira contra Antônia, que, por sua vez, lançou um olhar tão enfurecido quanto na minha direção, fazendo meu estômago afundar. — Tá igualzinha à sua mãe — vovó continuou, piorando em mil por cento a situação. Levou a mão à cabeça num gesto teatral. — Acho que estou até tendo um episódio de confusão mental sem saber quem é quem.

— Não venha me confundir com aquela mulher — Antônia ameaçou, com direito a dedo em riste e tudo.

— *Aquela mulher*, hum! — desdenhou vovó. — Aquela mulher te deu à luz. Se liga, hein? Tenha mais respeito! Já deu essa sua ceninha de não se importar com a sua mãe. Respeite os mais velhos! A *inteligência* dos mais velhos! Em especial a *dessa* velha — ela apontou para si mesma antes de começar a levantar do sofá com certa dificuldade, até eu me prontificar para ajudá-la —, que deu à luz à mulher que te deu à luz e que reconhece os sacrifícios que ela fez pela nossa família. E embora você esteja me saindo uma danadinha pirracenta, tem minha permissão pra fazer safadeza com seu namorado. Ou, como é que vocês chamam as sacanagens hoje em dia mesmo?

— Comemoração — respondi, todo satisfeito, sem conseguir disfarçar o sorriso no rosto.

Vovó estalou a língua e balançou a cabeça como se aquilo não fizesse o menor sentido. E ela tinha razão, não fazia mesmo. Tanto a nomenclatura, quanto a razão pela qual a permissão dela era tão importante para mim.

Mas a falta de sentido não me impedia de ficar feliz. Nem de me aproximar da velhinha e plantar um beijo em sua testa.

— Jovens bizarros... — vovó resmungou enquanto me dava uns tapinhas, dessa vez mais carinhosos, no ombro. — E por favor, não me coloquem no papel de ter que lembrar vocês pra *terem cuidado* com o que vão fazer e *como* fazem. Já estive nessa posição uma vez e sinto que falhei. Aliás, foi numa dessas que aquela ali foi concebida.

— Obrigada por me chamar de erro! — Antônia se pronunciou, também ficando de pé e cruzando os braços em frente ao corpo.

— Não me leve a mal — Vovó espantou a indignação da neta com um gesto de descaso —, eu adoraria ter um bisnetinho, mas ainda acho que é um pouco cedo demais para suportar *outro* pirralho no meu calcanhar chamando minha neta de *aquela mulher*, cheio de desdém.

— Pode ficar tranquila que ninguém vai ser concebido — garanti à vovó antes que o assunto voltasse para a mãe de Antônia, que era basicamente tudo que eu menos queria no momento.

Já tinha família demais envolvida nas nossas intimidades. O que com certeza era culpa minha. Mas, quando Antônia disse que ia dar um jeito, simplesmente confiei nela. Jamais imaginaria que o jeito dado seria pedir permissão para vovó.

Mas agora que a permissão tinha sido concedida, e vovó caminhava pelo corredor em direção ao seu quarto, deixando até mesmo a novela para trás, não adiantava ficar pensando sobre maneiras melhores de conduzir a situação. Era hora de aproveitar o momento, independentemente das expectativas que eu tinha sobre a realidade que se desenrolava diante de mim.

Até porque era mil vezes mais prazeroso ver minha nozinha moscada desenrolando os braços do corpo e os abrindo para mim do que qualquer fantasia da minha imaginação. Nada se comparava à realidade de ser envolvido pelo calor dela.

E, assim como o nosso primeiro beijo, nenhuma fantasia chegaria nem perto da realidade da nossa primeira vez.

Mas eu, idiota que era, só tive certeza disso quando Antônia deu uma mordidinha no meu pescoço e sussurrou ao pé do meu ouvido:

— Meu amor, vamos para o quarto —, deixando todas as baboseiras de lado.

Antônia
Reação alérgica

— Alô?! — Acordei com alguém falando como se estivesse ao telefone, ao longe, possivelmente num orelhão.

E, embora eu desconfiasse que não existiam mais orelhões na minha rua, a única coisa que eu realmente tinha certeza era de que, quem quer que fosse, com orelhão ou sem, deveria falar mais baixo. Tinha gente dormindo aqui.

Na intenção de retomar o sono, aninhei-me nos travesseiros, mas logo percebi que havia algo muito mais gostoso ali. Mais gostoso do que qualquer artigo de cama, mesa e banho: havia Gregório ao meu lado.

Ele entrelaçou sua perna na minha e me puxou mais para perto. Nada mais, nada menos que o epítome do aconchego. Comecei a sentir meus olhos pesarem até que ouvi:

— Ô de casa!

Sério, faltava noção nas pessoas. Qual era a necessidade de falar tão alto a essa hora da manhã?

Tudo bem que eu não sabia que horas eram, muito menos se vivíamos o período da manhã ou o da tarde. O sol iluminava o céu, mas julgando minha necessidade de continuar dormindo calculei que fosse cedo.

Gregório tornou a se mexer, dessa vez para enterrar a cabeça no meu ombro. Não chegava a ser a posição mais confortável do mundo, mas só de sentir o calor da boca dele encostando no meu ombro fazia a possível dormência que tomaria conta da região dali a um tempo valer a pena.

Ainda mais depois que ele resmungou alguma coisa qualquer, fazendo com que as minhas costas se arrepiassem pela fricção da sua barba contra minha pele.

Tal arrepio me lembrou uma série de outros arrepios que me tomaram de assalto ao longo da noite passada. E tal lembrança me levou a concluir que nem todos os arrepios aconteceram no período da noite. Tive a distinta recordação de que, durante meu arrepio final, o corpo escultural de Gregório estava banhado pela luz dos primeiros raios de sol da manhã, dando a ele um incrível aspecto de deus grego.

— Quem é, amor? — ele perguntou contra minhas costas, provocando outra onda ainda mais poderosa de arrepios.

Tanto pelo contato da barba contra a minha pele, quanto pelo uso da palavra "amor". Desde que o chamei assim, no início do nosso momento *caliente* na noite anterior, aposentamos os apelidinhos sem noção. Eu preferia assim. Um pouco menos humorístico, mas mil vezes mais sincero.

Amava mesmo aquele menino, ia fazer o quê? Ficar esperando o tempo apropriado de um namoro normal para começar a dar sinais do tamanho do meu envolvimento?

Nosso namoro não era normal.

A prova disso era minha avó nem se importando de ele estar dormindo aqui comigo no quarto em frente ao dela. Maximiliano nunca tinha tido essas regalias. Tudo o que a gente fazia era escondido pelos cantos, ou trancafiados no lixo do quarto dele.

Agora, eu era grata à imposição de vovó. Esse quarto não combinava com ninguém além de mim e Gregório. Por isso me virei de frente para ele, sem interromper o contato entre nossos corpos e murmurei:

— *Shhh.* Vamos só ignorar e voltar a dormir.

Aproveitei para fazer um carinho em sua boca com os dedos, o que foi uma ótima ideia, pois assim consegui sentir um leve sorriso se formar em seus lábios. Quase sorri junto, mas fui interrompida por um som que começou a ecoar lá da sala.

— Pode ser alguém importante — Gregório opinou, deixando sua mão escorregar pelo meu corpo.

Mesmo que ainda estivesse de olhos fechados, insistindo em voltar a dormir, pude perceber com clareza a hora em que ele se ligou que eu continuava sem roupa. Tudo nele congelou por um instante, para logo depois ele colar seu corpo todinho no meu.

— Mas a gente pode deixar pra lá. — Ele mudou de ideia, para uma que eu concordava muitíssimo. Fiz questão de deixar bem claro o meu ponto de vista ao agarrá-lo pela cintura.

E beijaria seu pescoço, mesmo sem escovar os dentes, se não fosse uma voz nos interrompendo:

— Mamãe? Antônia?

A voz vinha do corredor. Aliás, vinha *pelo* corredor. Se aproximando a cada sílaba, deixando claro que o barulho que havia ouvido segundos antes eram passos que percorreram a sala e chegaram até aqui.

Passos de um invasor.

Ou pior, *invasora*.

Mas o pior do pior mesmo era que eu *reconhecia* aquela voz. Por mais que tivesse me esforçado para esquecer. E por menos que fizesse questão de manter contato.

Ela estava ali, no ponto exato do corredor onde a porta do meu quarto e do quarto de vovó convergiam. E gritou:

— Vocês dormem mais que a cama!

— Puta merda. — Foi a única coisa que consegui dizer quando finalmente caí em mim sobre o tamanho do perigo que corria se aquela mulher abrisse a porta e me encontrasse na cama com o Gregório. — Minha mãe tá aqui.

Greg pulou da cama ainda mais rápido do que eu, num movimento tão ágil que deixaria até mesmo a gata Catapora de boca aberta.

De qualquer forma, *eu* estava chocada, porque logo após ao pulo meu namorado pareceu entrar em curto-circuito, balbuciando coisas inteligíveis e tropeçando nas nossas roupas jogadas pelo chão.

— Meu Deus do céu, por tudo que é mais sagrado, será que não existia um momento *menos* oportuno pra ela dar as caras?

Momento estranho para ele dar mostras de religiosidade, levando em consideração que estávamos nus, dando voltas pelo quarto iguais duas baratas tontas.

— Bom, pelo menos não foi *durante* o ato. Isso, com certeza, seria menos oportuno do que o que tá acontecendo agora. — Gregório se abaixou para pegar algo no chão. — Mas a questão é: tá acontecendo *agora*. O negócio é encarar de frente, assumindo todas as consequências.

— Você tá falando comigo ou dando uma de maluco e conversando consigo mesmo? — perguntei no mesmo tom sussurrado que ele usava.

— Dando uma de maluco — Gregório confessou ao jogar o que quer que ele tivesse catado no chão diretamente na minha cara.

Descobri que era a camiseta dele, repleta com o cheirinho maravilhoso de Gregório. Por mim, ficaria mais um bom tempo com o nariz enterrado no tecido, absorvendo meu perfume favorito e tendo consciência do tamanho da minha sorte ao poder contar com ele ao meu lado, mas fui interrompida pela voz lá fora falando idiotices como "Acorda pra cuspir!", que desviou por completo o rumo da minha pausa para gratidão.

E Gregório reforçou a urgência da interrupção ao dizer:

— Rápido, rápido, rápido! — Tirando a peça de roupa do meu rosto e jogando-a por cima do meu ombro. — Não temos tempo a perder.

Inferi que ele estava me emprestando a camiseta para que eu pudesse me vestir o quanto antes, ainda que tivesse sido uma gentileza meio bruta.

— Não foi assim que eu imaginei nossa primeira manhã pós sexo — confessei enquanto me vestia. — Me desculpa por isso. Essa mulher só aparece pra estragar a minha vida.

— Em todos os anos que passei imaginando nossos momentos importantes, nada nem remotamente parecido com isso cruzou pela minha cabeça — ele respondeu ao praticamente mergulhar no chão em busca de mais alguma coisa. — Sou eu quem tenho que te pedir desculpas. Várias delas, na verdade.

Estava ocupada demais caçando minha calcinha no meio das cobertas. Olhei de relance e percebi que o mergulho de Gregório tinha sido para resgatar a bermuda que foi parar embaixo da cama.

Contagem regressiva para estarmos minimamente apresentáveis.

— Que furdunço é esse? — Uma nova voz soou do lado de fora da porta, bem puta da vida. — O idoso não tem mais direito de descansar os olhos até um pouquinho mais tarde? Pela madrugada!

Vovó entrou em cena em grande estilo, e um sorriso orgulhoso tomou conta dos meu rosto enquanto eu me aproximava de Gregório para ajudá-lo com o cordão da bermuda. De primeira, não entendi qual era o problema dele em amarrar, só chegando perto que percebi que a dificuldade era o tremor de suas mãos.

Pelo visto eu não era a única naquela casa que achava a presença da minha mãe aterrorizante. Isso até me deu um pouco de conforto. Pena que durou pouco, até eu me atentar à conversa que se desenrolava lá fora:

— Que madrugada o quê, dona Filomena. São quase onze da manhã!

Minha mãe não tinha a menor vergonha na cara mesmo. Desaparecia por anos e depois chegava querendo dar lição de moral. Enfim, a hipocrisia.

Greg segurou minhas mãos para evitar que eu apertasse demais a bermuda na sua cintura. Pobre do meu amorzinho, eu ainda nem tinha olhado na cara dela e já estava descontando a raiva nele.

Sorte a minha que Gregório me entendia como ninguém. Com certeza tinha noção do estresse que tomava conta de mim só de *pensar* em ter que lidar com aquela mulher por alguns minutos.

— Pera aí, Janet, *é você?* — vovó perguntou em tom investigativo, jogando a irritação para escanteio. — Que saudade, minha filha!

Deu para perceber, mesmo com uma porta abafando o som que chegava ao quarto, que a parte final da frase tinha sido dita com vovó sendo feita de refém, aprisionada num abraço.

— Também senti muita falta da senhora, mamãe. Muita mesmo. Tanta que voltei para ficar. Vou cuidar de você.

O quê? Larguei o cordão da bermuda de Gregório na hora, com um nó tão apertado que não me surpreenderia se ele fosse obrigado a cortar a bermuda para conseguir tirá-la. Parei de prestar atenção nas consequências dos meus atos ao ouvir aquele disparate, corri até a porta e abri de supetão, dando de cara com um abraço apertado entre mãe e filha.

A cena me provocou enjoo, tamanha era a expressão de vulnerabilidade de vovó ao se colocar nos braços daquela mentirosa.

Voltou para ficar uma ova.

— O que você tá fazendo aqui? — Tive que usar cada fibra do meu ser para não gritar e acabar assustando vovó. — Ninguém te chamou!

— Oi pra você também, Antônia. — Minha mãe soltou vovó e se dirigiu a mim, cheguei a dar um passo para trás só para deixar bem claro que, se ela tinha a intenção de me abraçar, era melhor abortar a missão o quanto antes.

Só não contava que o passo para trás contribuísse para que a porta do meu quarto se abrisse um pouco mais, revelando nosso hóspede honorário.

— Gregório? — Minha mãe se inclinou para obter um ângulo mais privilegiado de visão.

— Oi, tia. — Greg deu um tchauzinho com a mão, tentando parecer simpático, mas sua voz saiu completamente distorcida.

Como se ele estivesse sendo estrangulado ou qualquer coisa do tipo, o que casava bizarramente bem com a vermelhidão que subia pelo seu pescoço, evidenciada pela falta de camisa em seu *look*.

Enquanto minha mãe sorria e caminhava na direção dele para cumprimentá-lo, me satisfiz com o pensamento de que talvez meu namorado estivesse tendo uma reação alérgica a ela, assim como eu.

Contudo, eles se abraçaram numa boa, com direito a tapinhas nas costas por parte da minha mãe e tudo.

Será que ela estava tendo a cara de pau de parabenizá-lo, através de tapinhas sem-noção, que claramente deixavam Gregório sem-graça, por algo estar acontecendo entre a gente? Será que era tão óbvio assim? Será que eu estar vestida com uma camiseta com estampa de videogame que nunca pertenceria a mim deu muito na pinta...?

Eram diversas opções a serem consideradas. Porém, no final, nenhuma era a verdadeira. Tudo ficou claro quando ela soltou meu namorado e disse:

— Vim assim que li seu e-mail.

Gregório fez uma cara de quem teria um AVC a qualquer momento. Eu, por minha vez, bem que gostaria de estar tendo um AVC, pela simples esperança de que a cena que se desenrolava diante dos meus olhos fosse uma alucinação.

Eu não sabia muito bem se durante um AVC a pessoa alucinava. Acho que não tinha visto esse conteúdo em aula. E, se tive, certamente não prestei atenção. Mas o que me impressionava no presente momento era o olhar *culpado* que Gregório me lançava.

Deixou bem claro que sabia, tão bem quanto eu, *o tamanho* daquela traição.

Só esperava que ele também estivesse ciente de que, se não houvesse uma explicação muito extraordinária para ter ido, pelas minhas costas, pedir ajuda para a pessoa de quem eu menos queria depender na vida, eu não o perdoaria.

Nem que ele pedisse de joelhos.

Aliás, nem de ponta-cabeça.

34

Gregório
Rinha de galo

Existiam pouquíssimas coisas que pudessem ser ditas para evitar um embate entre mim e Antônia. E o que sua mãe disse assim que me viu com certeza não foi uma delas.

Nem de longe.

Nem de posição nenhuma, devo acrescentar.

O pânico, que começou a me corroer ao reconhecer a voz de tia Janet na sala, concretizou-se no fundo do meu estômago no momento em que ela terminou a frase. E pareceu me dar um soco na cara quando Antônia perguntou:

— E-mail? Que história é essa?

Tia Janet olhou para mim, apavorada. Mesmo que tivesse passado um bom tempo sem ver a filha, tinha dimensão do quanto aquilo poderia chateá-la. Aliás, era justamente a dimensão daquela possível chateação que havia me impedido de contar sobre a mensagem de socorro que havia enviado à mãe dela semanas atrás.

Não que eu tivesse intenção de deliberadamente esconder a informação. Até porque, se meu e-mail funcionasse, o resultado seria esse que estava à minha frente: tia Janet de volta para ajudar com a vovó. Coisa que jamais passaria despercebida por Antônia. Não era à toa que ela me fuzilava com o olhar como se suas pupilas estivessem armadas com bazucas.

— Lembra aquela discussão que tivemos logo após o tsunami da Lagoa? — Decidi começar do início, engolindo um pedaço do medo que bloqueava minha garganta.

— Tsunami na Lagoa?! — tia Janet perguntou, pelo visto nem um pouco disposta a ajudar.

— Que coisa mais sem sentido! — vovó comentou, cheia de julgamentos, como se não tivesse sido *ela* a inventora de tamanho absurdo.

— Não faz o menor sentido mesmo — Antônia concordou, para minha surpresa. — A gente não falou sobre *esse assunto* aquele dia.

Ela indicou a mãe com a cabeça na maior agressividade, num exemplo bastante gráfico do que eu queria evitar quando adiava, dia após dia, a notícia. O jeito que ela ficava toda vez que falávamos da mãe estragava qualquer clima. E, por mais que eu me preocupasse muito com o bem-estar de vovó, também estava desesperado para aproveitar cada momento de glória do início do meu namoro.

E não havia felicidade que se sustentasse perto da raiva de Antônia toda vez que eu tocava no assunto da mãe. Por isso me limitei a entrar em ação, deixando a explicação para depois.

E depois.

E depois.

E depois.

Até que fosse tarde demais para explicar.

Ou ao menos era isso que a postura retraída de Antônia dava a entender.

Mesmo assim me arrisquei. Ela merecia uma justificativa, afinal. E precisava entender o porquê de eu ter chamado sua mãe. No fim, eu acreditava que poderia ser mais benéfico para ela do que para mim.

Não só no quesito de colaborar com os cuidados de vovó, diga-se de passagem.

Mas uma coisa de cada vez. Primeiro, eu precisava esclarecer o que motivou minha atitude por baixo dos panos.

— A gente só não falou porque você se recusou, lembra?

— E continuo me recusando! — Ela interrompeu antes que eu pudesse concluir meu raciocínio.

— Mas... — Tentei recuperar o fio da meada.

— Não tem "mas"! Para pra pensar! — Antônia se virou totalmente de frente para mim, parecendo que me atacaria a qualquer instante. — Se eu não queria *conversar* sobre o assunto, imagina *viver* essa situação.

Ela falava como se fosse o apocalipse recaindo sobre nós, mas na verdade era só vovó com a cabeça deitada no ombro da filha. A velhinha estava de olhos fechados enquanto recebia um cafuné, na maior expressão de satisfação.

Nenhuma das duas fazia a menor questão de participar da discussão. O que em parte era bom, porque assim Antônia e eu tínhamos o mínimo de privacidade. Mas por outro lado era péssimo, pois a última coisa que eu gostaria de fazer com a minha namorada, diante de uma situação precária de privacidade, era ter uma discussão desse porte.

Se eu pudesse escolher, gostaria de abraçá-la bem forte e pedir desculpa pela bola fora. E só soltá-la quando estivesse tudo bem. Sabia que ia levar um tempo, Antônia tinha horror a segredos e havia deixado isso bem claro mais de uma vez. Mas eu não me importava de ficar abraçado com ela por horas, dias ou semanas a fio, até ela finalmente me perdoar.

O problema era ela aceitar ser abraçada. Sua posição de braços cruzados e semblante enfezado indicava o exato contrário. Achei melhor não forçar a barra. Logo, só me restou recorrer às palavras:

— Pode ser que não seja tão ruim quanto você pensa. Olha só como a vovó tá contente. — Indiquei mãe e filha com a cabeça e arrisquei um passo para perto dela.

Uma breve onda de alívio me percorreu; acho que foi o cheiro do cabelo dela mais próximo do meu nariz. Bem nessa hora, vovó deu um sorrisinho e esticou a mão enrugada para segurar a da filha. Experimentei uma certeza de que tia Janet conseguiria nos ajudar, bem parecida com a que tive ao escrever o bendito e-mail. Era tipo uma esperança bem forte de que as responsabilidades ficariam mais leves se tivéssemos mais alguém com quem dividir o peso. Um sentimento de que tudo daria certo no final.

Pena que Antônia não via as coisas da mesma forma. Aliás, ela expôs o seu ponto de vista aos berros, logo após dar um passo para trás.

— Contente agora, que essa mulher tá dando uma de heroína sem capa, com ares de quem vai resolver todos os problemas que estou há meses tentando corrigir? Mas não quero ver o estado de confusão mental que vovó vai ficar quando acordar um belo dia e só tiver eu por perto.

E, antes que eu pudesse reforçar que *sempre* estaria por perto, tia Janet tomou a palavra:

— Filha, tenho quase certeza de que você ouviu quando eu disse que vim pra ficar. — Ela interrompeu o cafuné que fazia em vovó e tentou se aproximar. — Dessa vez é pra valer, pode acreditar.

— Não me vem com esse papo de filha — Antônia rebateu na hora, dando um passo para trás. — Mãe é quem cria!

— Parem de gritar! — vovó gritou ainda mais alto que Antônia, com o rosto contorcido numa cara de quem ia chorar.

— Não tem ninguém gritando — tia Janet mentiu descaradamente ao intensificar o carinho na mão da mãe. — A senhora que tá com o ouvido bom demais da conta.

Vovó olhou para mim com cara de *será-possível?* e eu confirmei com a cabeça.

Esperava que o movimento repetitivo do caminhar de um lado a outro ajudasse a colocar minhas ideias no lugar e me inspirasse a dizer a coisa certa. Mas a complexidade de fazer Antônia voltar a ter uma boa relação com a mãe me deixou calado. E a desconfiança de ter conduzido uma situação tão delicada de maneira precipitada fez o bolo na minha garganta aumentar.

— O que acha de irmos pra cozinha passar um cafezinho enquanto colocamos o papo em dia? — a mãe de Antônia sugeriu à vovó, provavelmente notando o quanto eu precisaria me explicar. — Vamos deixar os pombinhos conversarem.

Ela guiou a velhinha com suavidade pelo corredor, largando-nos num silêncio para lá de incômodo.

— Pombinhos? Conversa? — vovó perguntou ao avançar devagar com seus passos arrastados. — Aquilo ali tá mais pra rinha de galos.

Por mais absurda que tivesse sido a comparação, eu podia ver a semelhança. Mas o que realmente queria ver era um caminho de saída. Contudo, como poderia avistar alguma coisa se não aguentava nem olhar nos olhos de Antônia?

— *Odeio* que me chamem de pombo. — Ela bateu o pé no chão e começou a fazer um coque no cabelo com tanta brutalidade que me preocupei de algumas mechas não sobreviverem.

— Foi só jeito de falar — arrisquei, querendo muito que minha bermuda tivesse bolsos, assim eu poderia afundar as mãos no fundo deles para impedir que minhas mãos segurassem as dela, ou que prendessem seu cabelo com mais suavidade. — Não foi por mal.

— Ah, tá — ela replicou com desdém. — Só falta você me dizer que essa cagada que você fez também não foi.

— Mas não foi mesmo — me adiantei na explicação, refreando minha vontade de segurá-la pelos ombros e puxá-la para perto. — Você, mais do que ninguém, entende o medo de não conseguir dar conta de tudo que tá acontecendo e do que vem por aí. Não tem grupo de apoio, médico ou remédio que ajude.

— E aí você achou que *essa mulher* era a solução adequada?! — Antônia rosnou para mim.

— Ela é a filha da dona Fifi, conhece a vovó há mais tempo que nós dois, merece saber do que anda acontecendo — enumerei as primeiras razões que me fizeram escrever o e-mail antes de tomar fôlego para falar a que me fez apertar o botão de enviar: — Pelo que percebi, ela não tinha noção da seriedade do quadro da vovó.

— Ela merece saber tintim por tintim tudo que ela não se preocupou o suficiente para descobrir sozinha, e eu mereço ser apunhalada pelas costas pelo meu próprio namorado? — Antônia indagou.

Na minha opinião, a pergunta não tinha muito sentido. Mas a expressão no seu olhar deixava tudo muito claro: por trás de toda a raiva e agressividade, ela parecia um animal ferido.

E eu era quem tinha causado aquele ferimento. Me senti um merda por isso — muito merecidamente, valia ressaltar. Agora, mais que nunca, estava desesperado para consertar a situação.

Embora não soubesse como.

— Eu queria te contar — disse, igual um idiota, me sentindo um clichê ambulante.

Quando estiquei a mão para alcançar seu braço, ela o afastou com tanta intensidade que bateu com o pulso no batente da porta. Pelo barulho surdo causado pela colisão com a madeira, devia ter doído bastante. No entanto, sua expressão não se alterou. Seus olhos já deveriam conter o nível máximo de dor que conseguiam carregar.

Imaginei que os meus também. Mas não era hora de autocomiseração. Minha missão principal era aproveitar cada segundo disponível para me explicar.

— Mas não queria estragar nossa fase de início de namoro com algo que eu sabia que ia te irritar.

— A irritação é inevitável — ela disse, mas não soava irritada, só triste.

Por um acaso era uma lágrima aquilo brilhoso caindo do seu olho? Tive que me emborcar numa postura ridícula para confirmar. E antes tivesse ficado na dúvida, pois saber que tinha feito a menina que amava chorar foi uma derrota sem precedentes.

Gostaria de saber como fazer parar. Mas como nada me vinha à cabeça porque tudo que havia em mim se concentrava no maior aperto na garganta, como se fosse uma bola de meia, tive que me conformar em apenas lidar com os danos que havia causado.

— Amor — arrisquei novamente, estendendo a mão. Dessa vez, para secar a lágrima que corria pelo seu rosto. — Vamos entrar e conversar. — Indiquei o quarto com a cabeça. — Tenho um milhão de desculpas pra te pedir. Sei que preciso arrumar mil jeitos de te compensar e admitir, quantas vezes você achar necessário, que mandei muito mal não te contando sobre o e-mail e a sua mãe. Foi um exemplo pavoroso da minha burrice.

Antônia não concordou, nem discordou. Na verdade, ela nem se mexeu. Deixou que eu traçasse o caminho feito pela sua lágrima com o dedo, e pelas feições que mais amava. Mesmo tremendo, sua boca era uma das coisas mais bonitas que eu já tinha tocado.

Sua bochecha também. E seu nariz. O mesmo valia para suas sobrancelhas. E para os olhos. Ainda que estivessem molhados, soltando uma lágrima atrás da outra, deixando meu coração do tamanho de uma ervilha - ou algo ainda menor, um grão de arroz, talvez. Pois era necessário levar em consideração que o órgão havia se encolhido mais um pouco quando, depois de uma fungada, ela disse:

— Nunca mais me chame assim. — E se afastou de mim, dando um passo para dentro do quarto. — Na sua tentativa de preservar alguns momentos, você estragou *tudo*.

— Antônia, calma aí. — Virei para entrar no quarto, mas fui impedido por uma mão dela espalmada em meu peito. — Não é o fim do mundo, é só sua mãe. Por mais que vocês tenham problemas, ela tá aqui pra ajudar e acho que não existe razão melhor pra vocês se resolverem do que o bem-estar da vovó.

— Verdade, não é fim do mundo. — *Finalmente* ela me deu razão, ainda que continuasse impedindo minha entrada no quarto. — É só o fim do nosso relacionamento.

Com a mão em meu peito, ela deve ter sido a primeira a sentir meu coração parar.

Mas, ao invés de eu ficar ser reação, mudo, como qualquer pessoa sem fluxo sanguíneo que se prezasse, virei uma bomba de pedir clemência.

— Juro que nunca mais faço uma coisa dessas. Prometo te contar tudo. Tudo mesmo. Até as coisas mais bizarras e sem cabimento. Posso até manter um diário superdetalhado com contagem de horas, se você quiser. Antônia, *por favor*, me perdoa, só dessa vez. A gente demorou tanto pra chegar até aqui...

Nesse ponto eu já segurava a mão dela com tanta força que parecia querer fundi-la na minha. E, se pudesse, faria isso mesmo. Mas era impossível performar esse tipo de operação irreal sem a autorização da segunda pessoa. E tudo que Antônia parecia querer de mim era distância.

— Justamente — ela disse, contorcendo a mão para se livrar da minha. — A gente levou um tempão pra chegar até aqui e você conseguiu estragar tudo em *dezesseis dias*? Não existe sinal mais claro de que não éramos para ser.

— Antônia...— Tive que usar cada partícula de força que restava em meu ser para não chamá-la de amor.

Agora quem chorava era eu. E de um jeito muito feio.

— Gregório, eu te amo. — Ela retribuiu a gentileza e limpou uma de minhas lágrimas com a ponta do dedo. — Mas você me decepcionou. Muito. Eu não imaginava que existiam tantos jeitos diferentes de quebrar a cara até uns minutos atrás.

— Deixa eu consertar — pedi, apoiando a cabeça no ombro dela, enfim conseguindo abraçá-la.

— Você já tinha prometido antes. Lembra? Quando eu descobri sobre o fim do seu namoro com a Monique? — Ela me abraçou de volta, mas, por alguma razão, não me senti nem um pouco confortado.

A forte sensação de adeus contido nos braços dela não me deixou relaxar. Por isso, eu a abracei ainda mais apertado e fiquei imensamente triste quando Antônia passou a mão devagarzinho pelo meu cabelo.

— Essa história de querer mudar alguém só dá certo na ficção — ela roçou o nariz no meu pescoço por uns instantes, só o suficiente para eu me iludir de que ainda havia alguma chance. — Na vida real, isso é a certeza de um final triste, como o nosso.

De repente, ela se soltou do abraço e segurou a maçaneta da porta, dando todos os sinais para que eu a deixasse sozinha. Ainda assim, passando por cima de todos eles, eu fiquei pedindo:

— Me perdoa, me perdoa, me perdoa... — enquanto chorava pelo leite derramado do jeito mais antiestético possível.

— Vai embora, Gregório — ela ordenou ao mesmo tempo em que usava a mão livre para enxugar as próprias lágrimas. — A partir de agora vou andar muito ocupada, tendo que lidar com a mulher que mais desprezo no mundo até ela decidir dar no pé.

Sem mais delongas, ela fechou e trancou a porta. Não se importou com o fato de eu não ter seguido sua ordem. Nem ligou de eu ter ficado do lado de fora do quarto, parado por horas a fio, chorando e pedindo para voltar.

Ela simplesmente não voltou.

E aquilo acabou comigo.

Antônia
Atração circense

Se alguém quisesse me deixar mais acabada do que já estava, com certeza o caminho mais fácil seria pedir para minha mãe se intrometer na minha vida e fingir que se importava.

— Vai pro trabalho mais cedo? — ela questionou assim que apareci na sala.

— E se eu for? — quis saber, só a título de curiosidade, mesmo que meu turno começasse cinco horas mais tarde, após o horário de almoço do consultório onde trabalhava. — O que você tem a ver com isso?

— Bastante — ela respondeu, ajeitando-se no sofá numa postura rígida. — Se você parar pra pensar, vou ficar aqui sozinha com a sua avó e poderia ter algo planejado.

— Algo tipo o quê? — indaguei ao ajustar a alça da bolsa com tanta força que me preocupei em arrebentá-la.

Ou, quem sabe, arrebentar o ombro onde ela se apoiava.

— Ah, sei lá, um compromisso qualquer, uma consulta no dentista, uma hora marcada no cabelereiro... Aliás, estava mesmo querendo dar uma passadinha naquele salão no Meier que tanto gosto, qual é o nome mesmo daquela cabelereira maluca?

Se ela pensava que eu a ajudaria lembrar o nome da dona Sol, ela estava muito enganada. Sol era *minha* cabelereira agora. Ela que se virasse para encontrar alguém que tratasse dos cachos dela no mercado da beleza superfaturado do Rio de Janeiro.

— Ou uma fuga sorrateira na calada da noite, que tal? — sugeri um compromisso mais a cara dela.

— Quantas vezes eu vou ter que te pedir desculpas por aquele dia? — Ela cruzou os braços em cima do peito numa pose nem um pouco digna de alguém que clamava por perdão. — Foi um erro de cálculo. Você passou um tempão falando que detestava despedidas. Que culpa eu tenho de supor que você não gostaria de me ver partindo quando me mudei?

— Você realmente quer falar de culpa? — questionei, ciente de que a alça da minha bolsa não aguentaria aquela pressão por muito tempo.

— Talvez eu queira — ela respondeu, se levantando da cadeira com ares de vilã de novela. — Podíamos discutir as técnicas que você usa para encostar a cabeça no travesseiro e dormir em paz depois de ter esculachado o Gregório daquela maneira.

— Não vou ficar discutindo meu relacionamento, ou melhor, meu *ex*-relacionamento com você — corrigi antes que sentisse a faca da dor cravar mais fundo no meu peito. Muito embora a faca imaginária já tivesse feito morada numa profundidade bastante razoável lá dentro. E eu nem sequer conseguia deitar a cabeça no travesseiro desde o ocorrido. Que dirá dormir!

Paz era um conceito inimaginável desde então. Mas isso não significava que eu admitiria uma coisa dessas para a minha mãe. E acabou que nem precisei me pronunciar, porque não demorou nada para ela desatar a falar:

— Vai muito além do seu namoro, ou ficada, ou sei lá o que vocês dois tinham, que você faz tanto mistério. — Ela andava pela sala enquanto gesticulava, xeretando as prateleiras, armários e gavetas como estava fazendo com a minha vida. — O Greg é o seu melhor amigo desde pequenininha. Vocês cresceram juntos! Não era pra eu precisar ficar te lembrando essas coisas... Ele não foi uma das razões para você não querer se mudar comigo?

— Não. Eu só não queria deixar a vovó sozinha — me defendi. — Uma decisão muito sábia, na minha opinião, levando em consideração o estado em que ela se encontra agora.

— Não tô questionando sua decisão, só os motivos dela — ela teve o disparate de dizer ao revirar o conteúdo de uma gaveta onde vovó guardava itens pessoais. — Porque me lembro muito bem de você falando que não queria morar no meio do nada sem seu amigo.

— Eu tinha vários amigos — relembrei no caso de ela achar que eu era uma antissocial excêntrica na pré-adolescência.

Só comecei a me distanciar das pessoas depois do ensino médio, mais precisamente, após a festa de formatura.

— Verdade — ela concordou antes de se contorcer para enfiar a mão mais fundo na gaveta e tentar tirar algo lá de dentro. — Mas quando eu sugeri que pedíssemos aos pais dos seus amigos pra deixá-los ir a Marabá nas férias pra te visitar, você começou a chorar e dizer que a mãe de Gregório nunca permitiria.

— Eu só tinha onze anos — justifiquei. Embora o fato de eu me justificar para aquela mulher não tivesse nem pé, nem cabeça.

Além de me encher de um sentimento incômodo e transbordante que só podia ser raiva.

— É, mas agora você tem dezenove e tá passando por cima do que achei que fossem seus instintos básicos: proteger sua avó e preservar suas amizades.

— Gregório *mentiu* pra mim — tive que esclarecer, pois ela não parecia ter dimensão do ocorrido.

— Cresce e aparece, Antônia. Todo mundo mente — ela resmungou enquanto fazia a maior força para abrir uma lata estampada que roubou da gaveta de vovó. — Esses dias mesmo, eu não falei pra sua avó que o ouvido dela estava bom demais pra justificar seus gritos? Você não me disse que era contra despedidas e quando eu saí sem dar tchau armou o maior escarcéu? Essas merdas acontecem, e na maioria das vezes, não são planejadas.

E mais ou menos como um exemplo de falta de planejamento, o conteúdo da lata que ela se esforçava para abrir voou por todos os lados, deixando cair diversos quadradinhos coloridos pela mesinha de centro e pelo chão. Como sabia que vovó era muito zelosa, para não dizer *chata para um cacete*, com as coisas dela, adiantei-me para recolher seus pertences, deixando o sermão sobre o modo invasivo que aquela mulher se metia em nossas vidas para depois.

Se vovó estivesse acordada, quem estaria armando um escarcéu agora seria ela. Seria uma bela amostra de um escarcéu de verdade. Aposto que deixaria a bisbilhoteira de boca aberta.

Pena que quem realmente estava de boca aberta no momento era vovó, dormindo como um anjo em seu quarto. Meu maior sonho atualmente era me entregar à inconsciência daquela maneira. Contudo, a única atividade para a qual eu conseguia me entregar era a arrumação daquela bagunça, já que minha consciência não me dava um segundo de paz.

— Gregório entrou em contato comigo porque achou que sua avó gostaria de me ver — ela continuou sua ladainha sem mover um músculo para me ajudar a catar o que havia espalhado no chão. — E errado ele não estava, né? A velha anda um grude comigo desde que cheguei.

Uma trairagem sem tamanho por parte da velha, pensei com os meus botões ao arrancar a lata da mão da minha mãe e começar a arrumar os quadradinhos de volta lá dentro.

Aquele papo, além de chatíssimo, estava atrasando meu meio de campo. Acelerei o recolhimento dos quadrados que caíram embaixo da mesa e me forcei a não prestar atenção nas palavras incessantes que saiam da boca dela.

— Por mais que eu desconfie que você seja algo bem próximo do centro do universo dele, você não é o centro do universo *inteiro*. O garoto não fez isso pra te ofender. Muito pelo contrário, ele me pediu ajuda pra poder aliviar sua barra, que, pelo o que ele disse, estava bem pesada, tentando equilibrar tudo ao mesmo tempo, igual uma atração de circo.

— Vale lembrar que *eu* não te pedi ajuda nenhuma. — Larguei a lata na mesinha de centro e me levantei, sem me incomodar em fechá-la. — Se eu quiser ser equilibrista, domadora de leões, ou até mesmo motoqueira do globo da morte, é problema meu. Você não tem nada a ver com isso.

— Mas eu tenho tudo a ver com a sua avó. Saí do ventre dela — ela disse ao pegar a lata e remexer o conteúdo que eu tinha *acabado* de arrumar. — Você não me pediu ajuda porque é orgulhosa e acha que eu falhei com você. Eu posso até ter falhado, deveria ter tentado uma aproximação durante os primeiros meses de mudança e ter sido mais enfática nas minhas tentativas, em vez de pensar que você precisava resolver suas questões no seu próprio tempo.

A conversa piorava exponencialmente a cada assunto abordado. Para mim, já tinha dado. Coloquei minha bolsa de volta no ombro, com ainda mais energia do que a vez anterior. Não sabia qual outro sinal dar para indicar que estava a ponto de sair.

— Por isso eu peço desculpas, mas *nada* justifica você não ter me contado sobre a gravidade da doença da minha mãe. Foi um golpe baixo e cruel demais. Tenho certeza de que a sua avó não te criou desse jeito.

Ela não criou mesmo. Toda vez que eu tinha uma atitude idiota assim, justificava como uma contribuição da indiferença que recebia da minha mãe. Mas não dava para bancar a garotinha abandonada agora, porque além de ela estar tentando se redimir e se desfazer da culpa, eu tinha um compromisso com hora marcada.

— Será que você pode continuar a jogar coisas na minha cara uma outra hora? — perguntei, já caminhando em direção à saída. — Não posso perder o ônibus.

— Claro, a hora que você quiser — ela respondeu toda receptiva, como se estivéssemos marcando uma partida de buraco.

— Ótimo — respondi, seguindo minha caminhada. A porta nunca me pareceu tão longe.

A distância, inclusive, aumentou a partir do momento em que percebi que minha mãe caminhava atrás de mim.

— Antes de você partir, queria te deixar com uma curiosidade, pra aliviar o clima.

Não havia metros suficientes na muralha da China, quantidades de tijolos nas pirâmides do Egito ou espécies de animais esquisitos na Oceania que aliviassem o aperto que eu sentia por dentro. Mas pensar na causa daquele aperto consumiu tanto minha atenção que bobeei alguns segundos e não recusei à proposta com a contundência que gostaria. Simplesmente fiquei quieta e diminuí o passo ao sentir uma nova fincada da faca imaginária.

E minha mãe, sem-noção que era, achou que se tratava de um convite para continuar a tagarelar:

— Você sabia que, desde que me entendo por gente, a sua avó coleciona chás caros da mais alta qualidade?

Retomei meu caminho, me recusando a dar qualquer indício de que estava engajada naquela história escalafobética.

— Dona Fifi costuma esconder nos lugares mais improváveis e só os toma em ocasiões raríssimas. — Ela continuou na minha cola, mesmo depois de eu ter passado do portão que dava acesso à calçada e atravessado a rua, rumo ao ponto de ônibus. — Não faço ideia se ela já provou todos os sabores que comprou. Tenho a teoria secreta de que ela gosta mesmo é das latas, você viu como é bonita aquela que eu achei?

A lata era bonita mesmo, estampada com flores pequenininhas num fundo creme, digna de um chá da era vitoriana inglesa. O que não era nem um pouco belo era o fato de a filha ficar bisbilhotando os pertences da mãe doente.

Por essas e outras, não dignei a pergunta dela com uma resposta.

— Taí um negócio pra eu perguntar agora que ela tá caduca. — A mulher simplesmente não largava o osso.

Ainda bem que eu já avistava o ponto, até apertei o passo na direção dele. Não me surpreendeu quando ela acelerou também, se posicionando ao meu lado em questão de segundos. Minha surpresa ia para o fato de que uma filha que chamava a mãe, que enfrentava Alzheimer, de *caduca* tinha me classificado como baixa e cruel.

Eu deveria estar bem mal na fita. Mais uma razão para eu subir naquele raio de ônibus logo e sumir de Santa Tereza por algumas horas.

— A questão é que conferi os chás e eles estão prestes a perder a validade, separei alguns com sabores interessantes pra você. — Ela estendeu alguns quadradinhos multicoloridos na minha direção. — Eles são relaxantes, ajudam a dormir.

Ela enfiou os quadrados pela abertura da minha bolsa quando não fiz a menor menção de pegá-los. Continuou me seguindo até eu alcançar o ônibus. E ainda teve o desplante de dizer:

— Tchau, filha, vai com Deus. — Quando o veículo deu partida.

Dei um tchauzinho desesperado com a mão para ver se assim ela saía da minha cola. Seria o fim da picada se ela decidisse subir no ônibus comigo. Não saberia como me explicar se ela descobrisse que eu estava indo tirar meu passaporte.

Nem sabia o *porquê* de estar indo, para ser sincera.

Talvez porque já estava pago, talvez porque não aguentasse ficar nem mais um segundo em casa e saía para faculdade e para o trabalho com horas de antecedência. Com certeza não era porque achava que ainda faria a viagem dos sonhos com Gregório.

Pensando bem, não era porque eu não estava mais com o Gregório que tinha que desistir do sonho de viajar. A destruição de um sonho não deveria colocar a perder todos os outros.

Um dia, quem sabe...

Um dia em que eu não tiver que me desdobrar em mil para equilibrar tudo que estava desmoronando dentro de mim, igual uma atração circense.

Gregório
Temporada de adeus

— E aí, filhão, tá podendo falar? — Meu pai enfiou a cabeça pela fresta da porta.

Grunhi em resposta, me embolando nas cobertas. Ficava a critério do coroa interpretar o som como afirmativo ou negativo. Não estava muito a fim de articular palavras. Dava muito trabalho, além de ter altas chances de passar a mensagem errada.

Simplesmente não valia a pena o esforço.

— Isso é um sim ou um não? — O coroa não conseguiu definir a resposta, mas foi entrando de fininho no meu quarto.

Eu conhecia aquele ritmo de caminhada. Havia presenciado entradas como aquela vezes demais para não saber do que se tratava.

— Já tá de saída? — perguntei, indo direto ao assunto.

Quanto mais rápido começasse a despedida, mais cedo poderia voltar a me embrenhar nas cobertas. Além do mais, podia apostar que ele também estava com pressa. Pelo ritmo meio torto da sua caminhada, dava para sacar que ele tinha acabado de se livrar do peso das malas, provavelmente estacionando-as no lado de fora do quarto.

— É, daqui a pouco o carro da empresa vem me buscar. — Ele confirmou a partida. — Mas antes queria conversar um negócio com você.

— Manda bala — falei, tentando soar receptivo enquanto amaldiçoava a necessidade de ter que me sentar.

O clima de uma conversa sentimental entre pai e filho não era o que eu queria, ainda mais hoje.

Ou nas duas últimas semanas, valia acrescentar.

— Queria ter te falado com antecedência. — O coroa se sentou na beira da cama, parecendo meio incomodado.

Será que o fato de eu ter vestido a exata mesma roupa durante toda a sua estadia tinha a ver com aquilo? Infelizmente, eu não me importava o suficiente para levantar e me trocar. Restringi-me a passar a mão pelo cabelo e, no meio-tempo, aproveitei para checar se meu sovaco estava fedendo.

Não vou negar que estava um pouco. Mas permaneci incólume, aguardando a continuação do papo. Pela cara dele, não parecia que se tratava de boas novas. Para evitar encarar sua expressão, me dediquei a resgatar um caderno que tinha se perdido no meio das cobertas e o jogar na mesinha de cabeceira. Tinha passado os últimos dias fazendo anotações de tudo que acontecia comigo, o que, francamente, não era muita coisa. Nada além de relatórios melodramáticos da falta que Antônia fazia. Provavelmente muito mal escrito, cheio de erros de concordância, igual ao autor de tais patacoadas.

Minha viagem ao fundo do poço foi interrompida pelo meu pai, que apoiou a mão no meu ombro de disse:

— Na verdade, eu *deveria* ter falado antes. — Ele simplesmente *repetiu* a informação, dando um total de zero valor ao tempo que tinha até o carro chegar. — Mas é que você tá parecendo tão baixo astral, que sei lá, fiquei meio assim de te jogar numa situação potencialmente problemática.

— Qual é o problema, pai? — perguntei, agora genuinamente preocupado. — Aconteceu alguma coisa com a mamãe?

— E a sua mãe lá dá bola pra mim, Gregório? — o coroa indagou, coberto de razão, ela não dava mesmo. — Se acontecer alguma coisa com ela, com certeza você vai ser o primeiro a ficar sabendo. E se não for pedir muito, não esqueça de passar a informação pro seu velho aqui.

— Pode deixar — confirmei.

Sabia o tamanho da dor de não ter notícias de quem se amava. Por mais que o coroa tivesse dado vacilos épicos com a minha mãe, não o deixaria morrer à mingua. Não podia fazer com alguém o que não queria que fizessem comigo.

Muito embora *estivessem fazendo* aquilo comigo. Sem dó nem piedade.

— Então...? — Ele deu tapinhas no joelho e, pela primeira vez em sua curta visita, pareceu animado.

— Então o quê? — perguntei, forçando um sorriso, motivado pela culpa de ter perdido a atenção na conversa, mas quase machucando o maxilar no processo.

— Quais são as notícias da sua mãe?

Coitado, o coroa passou a sentar na pontinha da cama, mal contendo o entusiasmo.

Era de dar pena. Principalmente porque eu teria que cortar seu barato.

— Nenhuma. Você que disse que tinha algo pra contar, lembra?

— Ah, verdade. — Era impressão minha ou a pose do coroa emborcou um pouco? Minha disposição para ver o lado negativo da coisa já estava me dando nos nervos. — A questão é que essa casa é grande demais.

Concordei com a cabeça, porque não havia outra resposta possível. Nossa residência não tinha nada de humilde. Eram três quartos, dois banheiros, uma baita sala e uma cozinha que não ficava nada atrás.

Não era à toa que eu costumava morrer de preguiça de limpá-la.

Mas, pelo visto, meus tempos de postergar a faxina estavam com os dias contados.

— Como você sabe, a produção do meu próximo documentário vai ser em São Paulo. — Eu não sabia, mas me recusava a dar qualquer indício da minha ignorância. — Vai me tomar um bom tempo. Nivelando por baixo, acho que mais de um ano. Aí fiquei pensando, fazendo as contas daqui, as contas de lá. Não sei se você lembra, mas eu quem era o responsável pela contabilidade da família, quando ainda éramos uma família... — Disso eu lembrava, ainda assim, meu rosto continuou se recusando a dar qualquer sinal de vida inteligente por trás dele. — E o resultado dessas contas todas foi que não vale a pena manter essa casa inteira só com você morando aqui.

— Tem a Catapora também — acrescentei, rápido como uma flecha, olhando para os lados, para checar se a gata estava à vista e por um acaso não teria ficado chateada.

Afinal, a gata pertencia à Antônia, era de se esperar que tomasse a omissão do meu pai como uma ofensa pessoal.

— Tem razão. — Meu pai reconheceu a existência de Catapora com um tapinha amigável no meu ombro, que evocou a aparição da gata pela fresta da porta. — Pode deixar que vou selecionar os apartamentos que aceitam pets na lista.

— Lista, que lista? — Ajeitei minha postura enquanto caía na real. — Você realmente quer que eu saia de casa? Tipo, essa conversa é uma ação de despejo?

Assustada com a perspectiva de voltar a ser uma gata sem-teto, Catapora pulou para o meu colo. Alisei seu corpinho ronronante a fim de tranquilizá-la quanto ao futuro. Por mais bosta que o presente estivesse sendo, eu garantiria que nada de ruim nos acontecesse.

Faria de tudo para preservar a estabilidade domiciliar da felina. Até mesmo levantar daquela cama e começar a agitar a minha vida.

— Claro que não, filhão — meu pai tentou me tranquilizar, sem obter nenhum resultado. — Queria conversar com você antes de entrar em contato com a imobiliária. A intenção é colocar a casa pra alugar e te repassar o dinheiro, assim você vai conseguir bancar seus gastos numa boa.

— Se você vai me repassar o dinheiro, não vai ser eu que vou bancar meus gastos — ponderei.

— Você entendeu o que eu quis dizer. — O coroa deu de ombros, parecendo não se importar em sustentar um marmanjão que passava dia após dia sem sair da cama.

— Entender eu entendi, só não concordo — falei, sobressaltando Catapora no meu colo com o timbre de resolução na minha voz. — Acho que passou da hora de eu começar a me bancar sozinho.

— Como quiser, filho. — Ele arriscou outro tapinha no meu braço, dessa vez absorvi o impacto e retribuí com um aceno de cabeça. — O que for melhor pra você.

— O melhor pra mim é continuar nessa casa.

Deu para perceber que por essa o coroa não esperava. Para falar a verdade, nem eu. Só me dei conta de que aquilo era a mais pura verdade quando as palavras escorregaram da minha boca.

— Tem certeza...? — meu pai perguntou, cheio de tato.

Provavelmente na intenção de me fazer mudar de ideia com a diplomacia adquirida através de anos dirigindo pessoas na produção dos seus documentários.

Porém, sendo eu filho de um cineasta, acabei aprendendo a manejar algumas situações na força da palavra também. Não todas, claro. Caso contrário, não teria passado os últimos dias dando voltas e mais voltas na minha cabeça tentando encontrar uma maneira de resolver as coisas com Antônia.

E ainda que não tivesse chegado a nenhuma conclusão, principalmente levando em consideração o agravante de que Antônia *não respondia* nenhuma das minhas mensagens, sabia que me mudar para longe dela e de vovó não ajudaria em nada. Só complicaria as coisas. Sem falar que Catapora sentiria falta da sua dona legítima.

— Pode crer — respondi junto com um aceno afirmativo, querendo deixar minha decisão o mais clara possível.

— Tudo bem, então — o coroa cedeu após passar alguns segundos coçando a barba como se fosse uma animação 3D da escultura de *O Pensador*. — Como você preferir.

— Sério?! — perguntei, só por desencargo de consciência.

Não achei que ele fosse concordar assim tão fácil. Pensei que teria que gastar todo meu latim para reforçar que começaria a procurar um emprego o quanto antes, que me desfaria dos luxos desnecessários e até mesmo procuraria alguém com quem dividir o lugar, se achasse que não conseguiria bancar as contas da casa sozinho. Mas em vez de me perguntar sobre os pormenores de como eu planejava assumir aquela nova responsabilidade, o que o coroa disse foi:

— Claro, filhão, já falei várias vezes: mesmo eu estando longe, você pode contar comigo. Tô aqui pra tudo, pro que der e vier, mesmo que seja num CEP diferente. Tô aqui até se você quiser conversar sobre o motivo de você estar borocoxô desse jeito.

— O carro tá pra chegar — relembrei.

Se ele não tinha tempo para discutir sobre os detalhes da casa, não deveria ter para me ouvir choramingar por Antônia.

— Ele que espere! — O coroa fez um gesto de pouco caso com a mão, mandando minha teoria para o ralo. — Ao que tudo indica meu filho está passando por problemas do coração e eu, sobrevivente de um divórcio doloroso, me sinto apto a ministrar palavras de alento.

— Talvez a mamãe discorde — opinei, sentindo uma onda de saudade da coroa, que certamente me trucidaria se soubesse que pensei nela usando esse termo.

Mas como ela não podia ler pensamento, fiz uma nota mental de ligar para ela mais tarde e notificá-la da minha saudade.

— Com certeza discordaria — meu pai disse. — Mas ela não sabe o que se passa aqui dentro. — Ele indicou o próprio coração. — Quem sabe agora que seremos habitantes da mesma megametrópole a gente consiga acertar os ponteiros?

— Tudo é possível — falei, embora, no meu caso, não acreditasse naquela máxima.

— O importante é você falar abertamente sobre como se sente, sabe, Gregório? Na teoria é simples, mas na prática são outros quinhentos.

— Tô sabendo — concordei, cheio do conhecimento de causa mais doloroso que já tive.

— Queria ter uma chance de colocar tudo em pratos limpos com a sua mãe, mesmo que não dê em nada. E aconselho que você tente fazer o mesmo com a sua namoradinha... qual é mesmo o nome dela? Melissa? Michelle? Começa com M, né?

— Não, com A. Antônia — respondi sentindo um estranho prazer no meio de um monte de agonia só por poder dizer o nome dela em voz alta.

— Antônia? Antônia, *Antônia*? A nossa Antônia? — O coroa parecia bestificado com a informação — Agora entendi a letargia! Quando vocês começaram? E, mais importante, o que você fez pra mandar essa relação pro espaço em tão pouco tempo? Pensei que você fosse louco por essa garota desde sempre.

— Eu *sou* louco por essa garota desde sempre — reforcei a informação para que não houvesse nenhuma dúvida a esse respeito.

Mas antes que eu pudesse contar sobre a burrada que tinha feito, uma buzina soou lá fora. E, embora meu pai tivesse dito há poucos minutos que o carro podia esperar, ele se ajeitou na cama, pronto para partir a qualquer momento.

Tudo bem, ninguém era perfeito. Eu era a última a pessoa no direito de julgá-lo. O cara estava dando tudo de si para fazer o seu trabalho, e assim sustentar um marmanjo que passava duas semanas na cama sentindo pena de si mesmo.

Quer dizer, não mais. A busca por um emprego começaria em breve. Vai ver, era eu que tinha que me afastar um pouco das pessoas que amava para garantir meu ganha-pão. Vendo a situação sob essa ótica, decidi que não custava nada ser um pouco mais compreensivo.

— Te conto o resto por mensagem. — Liberei o coroa da obrigação paterna de tentar resolver os problemas irresolvíveis do filho. — Me avisa quando chegar lá?

— Pode deixar. — Ele se levantou e, se eu não estiver enganado, soltou um suspiro. — E não se preocupa com dinheiro, tá? Vou continuar depositando uma graninha pra você se manter. O que eu falei foi só uma *tentativa* de redução de gastos. Não faz mal se você não estiver disposto a se mudar.

— É claro que eu vou me preocupar — falei, sentindo pela primeira vez em muito tempo vontade de gesticular. — Vou começar a procurar um emprego pra ontem, tá na hora de eu começar a me virar.

— Faça como quiser, filhão. — Meu pai andava de costas para poder olhar para mim enquanto eu apoiava os pés no chão. — Acho que um trabalho te ajudaria a ocupar a cabeça, mas, de qualquer forma, vou continuar colocando dinheiro na sua conta. Se você não quiser usar, guarda na poupança, pra uma emergência.

— Pai, realmente não precisa. — Levantei para acompanhá-lo enquanto saía, mas meu argumento foi interrompido com um buzinar mais insistente que o anterior.

— A gente vai se falando — o coroa desconversou ao fazer um sinalzinho com a mão encostada no ouvido que imitava um telefone.

Fiquei sem saber como ele conseguia fazer um gesto tão patético ao mesmo tempo em que carregava as malas. Antes mesmo de chegar a uma conclusão, me adiantei para ajudar, acompanhei-o até a porta e me despedi com um abraço digno de final de filme.

No meio da demonstração afeto, lembrei do meu estado de calamidade pública em termos de higiene. Fiquei com pena do coroa por ter ficado aprisionado entre meus braços. Mas ele não deu nenhum indício de mágoa pelo que eu o fiz passar. Só o que pediu em troca foi:

— Não esquece de me contar se tiver notícias da sua mãe, tá?

Confirmei e o deixei ir, encarei seu pedido como um lembrete para pegar o telefone, há muito esquecido, e entrar em contato com minha progenitora.

O aparelho estava embolado no meio das cobertas. Esquecido desde os dias iniciais do meu calvário, quando perdi um tempão pedindo desculpa para Antônia sob a forma de diversas mídias em todas as redes sociais. E, ao não receber nenhuma resposta, havia sido largado de lado.

Agora que finalmente desbloqueava a tela, vi que, além de só ter 1% de bateria, havia recebido muitas mensagens.

Nenhuma dela, porém.

Rolei o dedo pelas notificações e percebi que diversas eram de ligações perdidas, a maioria de um número desconhecido. Pensei em investigar melhor depois de ligar para minha mãe, mas uma mensagem me fez parar.

Parar e esfregar os olhos, me certificando de que não se tratava de uma ilusão de ótica.

Mas, felizmente, não parecia ser. A mensagem vinha da tia Janet, que se identificava logo no início e contava que vovó estava perguntando por mim. Ela dizia que tentou ligar várias vezes, para que a velhinha pudesse ouvir minha voz, mas, como não atendi, dona Fifi se tornara irredutível e pediu que eu fosse lá vê-la.

E era claro que eu ia! Ela não precisava pedir duas vezes. Embora tivesse descoberto outras mensagens do gênero ao dar continuidade à rolagem das notificações.

Cinco mensagens parecidas, para ser mais exato.

Mas estava determinado a não perder mais tempo. Só não ia visitar a velhinha mais esquecida do Brasil – mas que ainda se lembrava de mim – naquele exato momento porque ainda tinha uma ligação pendente para minha mãe.

E também precisava tomar um banho caprichado. Não havia motivo melhor para retomar os rituais de higiene básica do que uma visita à casa da dona Fifi.

Até porque era lá que morava Antônia.

Antônia
Ideia de jerico

Mais mal-humorada impossível.

Quem tinha a pachorra de bater na porta após minha jornada dupla de trabalho e estudo? Que invasão de privacidade!

Tinha gente demais dentro de casa. Minha mãe, vovó e dona Vera não calavam a boca um segundo, mal dava para ouvir os meus próprios pensamentos. O que, de certa forma, era ótimo, pois não havia nada de bom acontecendo dentro da minha cabeça. Mas para uma micro-parte minha era péssimo, porque me fazia aproveitar qualquer oportunidade para escapar da cozinha, incluindo as batidas inoportunas à porta, que me fizeram dar de cara com uma cena horripilante.

— Quem te chamou aqui? — quis saber antes de mais nada.

Parecia que ele tinha pulado dos pensamentos que eu tentava evitar diretamente para a porta da minha casa. Só que um tanto distorcido, na minha mente ele era mais bonito.

— Sua avó — ele respondeu. — E sua mãe — acrescentou.

O que não deveria ser nenhuma surpresa, visto que ele e minha mãe já haviam tramado pelas minhas costas antes. Porém, assimilar que eles andavam se comunicando enquanto eu permanecia num limbo silencioso após uma inundação de mensagens de desculpa me incomodava um pouco.

Mas não o suficiente para demonstrar.

— Gregório? — minha mãe gritou da cozinha.

— É ele? — vovó gritou em seguida. — Até que enfim! Pensei que também tinha pegado Alzheimer e se esquecido de mim.

— Alzheimer não é uma doença que se pega — minha mãe informou.

— E também não dá em jovens viçosos — dona Vera completou. — Só em velhas corocas que nem a senhora. Com todo respeito, é claro.

— Melhor eu correr lá antes que estoure uma briga — Gregório disse ao passar por mim sem olhar na minha cara.

Acompanhei o trajeto dele pela sala. Sua camisa deixou de estar apertada nos lugares certos. A bermuda escorregava pela cintura. Impressionante, mas eu tinha que reconhecer: ele se encontrava num estado ainda mais deplorável do que o meu.

Coisa que, até então, eu não achava que fosse possível.

— Meu filho, o que aconteceu?! — vovó indagou em choque lá da cozinha. — Você tá parecendo um náufrago!

— Vai ver estive a bordo do Titanic e não fiquei sabendo — ele respondeu com a voz típica que fazia quando dava de ombros.

— Titanic que nada — dona Vera opinou. — Aquele era um navio *chique*. Nunca deixariam você entrar com esse visual.

— Pois é...— Ele deu uma risada que não continha nem um pingo de humor. — Acho que tenho que me considerar um cara de sorte por ter conseguido entrar aqui.

— Você sempre pode vir aqui, Greguinho — vovó falou, toda melosa. Apostava que ela estava se acabando de abraçar os ombros não-tão-largos--quanto-antes do garoto. — Por mais acabado que esteja.

— Poxa, vó. — O barulho irritante de pés de cadeira contra o chão indicava que ele puxou uma para se sentar ao lado da velha. — Me perfumei todo pra te ver.

Isso era verdade, dava para sentir o perfume daqui, do sofá onde eu despretensiosamente havia me jogado. Com os olhos em um livro da faculdade e os ouvidos na conversa que se desenrolava na cozinha.

Qual sentido venceria a batalha?

Virei a página do livro torcendo fervorosamente para que fosse a visão.

— Não chamei você de fedido — vovó esclareceu. — Chamei você de *acabado*.

— Ah, beleza — Gregório comentou, dessa vez com uma pontinha de humor, que, diga-se de passagem, não me alcançou. — É uma honra ser chamado de acabado por você.

— E por mim! — dona Vera se prontificou.

— Até eu vou ter que entrar na dança, Greg — minha mãe se intrometeu. — Tá tudo bem com você?

Percebi que o sentido da visão tinha abandonado a páginas cheias de informações úteis para a prova que se aproximava, e foi em direção à porta da cozinha. Tratei de corrigir o erro na mesma medida em que apurei os ouvidos. Até porque não adiantaria nada tentar enxergar algo do lugar onde eu estava.

—Sabe como é, né, tia? — ele falou, de um jeito abatido. — Ando tendo uns problemas aí...

Ele andava? Minha mãe *sabia*?

Era clássico de Gregório confidenciar seus problemas para uma mulher que voltara para vida dele há poucos dias, em vez das pessoas que o acompanharam da pré-adolescência até a entrada na vida adulta.

— E você não vai contar que problemas são esses? — vovó questionou, exercendo seu direito, como avó e como idosa, de saber.

— Claro que vou — ele respondeu, dava para ouvir a lábia daqui. — Mas só depois da senhora me contar o que tem feito.

— Nada de interessante, pelo que me lembro — ela respondeu, tão azeda quanto eu me sentia. — Você deu sorte de eu me lembrar quem é você.

— Deu mesmo — dona Vera corroborou. — Ontem mesmo ela se esqueceu de mim. E semana passada fez xixi na calça de novo.

Encolhi-me no sofá com a lembrança. Daquela vez, quem teve que lidar com a situação da velhinha mijona fui eu, acompanhada pela minha mãe, que, por mais incrível que pudesse parecer, ajudou bastante. Mesmo assim, foi assustador. Mais do que qualquer filme de terror que eu já tenha visto.

Não me admirava que Gregório tivesse baixado no hospital chorando na primeira vez que aconteceu. Até porque da primeira vez tinha sido bem pior, ela tinha ido parar no *hospital*.

— Pelo menos dessa vez não dei com a cabeça na porta — vovó ponderou.

— Pequenas vitórias — Gregório opinou.

Minha opinião era o exato contrário: grandes derrotas. Se eu estivesse participando daquela conversa, não perderia tempo em dizer. Mas como não estava, me obriguei a voltar os olhos para a matéria da prova e deixar a cabeça divagar por questões irrelevantes como: será que Gregório continuou chorando pelo fim do nosso namoro?

A julgar pelo olhar de relance que consegui captar das suas pálpebras inchadas, julgava que sim.

Embora euzinha, que vinha chorando horrores todas as noites desde então, jamais daria um mole desses. Lavava o rosto com água gelada antes de dormir e logo ao acordar para aliviar o inchaço. Num momento de desespero, até apelei para rodelas de pepinos nos olhos.

Só eu sei o trabalho que deu para surrupiar o vegetal embelezador da cozinha sem que ninguém percebesse. Tudo isso para, dois minutos depois, as fatias geladinhas estarem devidamente instaladas sobre os meus olhos. Me senti a protagonista de uma comédia romântica de baixo orçamento, exceto pela incerteza de um final feliz. Aí, comecei a chorar de novo, esquentando os malditos pepinos com as lágrimas.

— Eu sei o que seria uma grande vitória — vovó falou lá da cozinha, com ares de mistério.

— O quê?! — minha mãe perguntou, sempre enxerida.

— Se Gregório desse um corte nesse cabelo. Ajudaria a desfazer essa aura de náufrago.

— Mas não resolveria a cara encovada — dona Vera palpitou. — O menino vai ficar com cara de caveira.

— Antes caveira do que náufrago — era a opinião de vovó.

— Pelo menos caveiras são parte da cultura mexicana — Gregório se pronunciou, para meu completo horror. — Na verdade, por mim tanto faz.

Que história era aquela de "tanto faz"?, perguntei para os meus botões, já que não podia irromper na cozinha e encher o próprio garoto de perguntas.

Pelo que me constava, ele dava algum tipo de valor para a aparência. Frequentava a academia quando dava. Aparava a barba com uma tesourinha especial para o ofício. Um visual tão bonito quanto o que ele tinha há duas semanas não se construía sem esforço.

Tudo levava a crer que ele tinha parado de se esforçar.

— A gente tem uma máquina em algum lugar dessa casa — minha mãe, que simplesmente não sabia cuidar da própria vida, falou. — Se quiser, eu posso procurar.

— Deixa eu cortar seu cabelinho, Gregório? — vovó pediu. — Vou guardar uma mecha dele, por mais desidratada que esteja, na gaveta da mesinha de cabeceira. Assim, quando eu esquecer de você, pelo menos vou ter um pedaço do seu cabelo maltratado comigo.

— O que a senhora quiser, vó — Gregório disse, num tom de voz emocionado.

Emocionado demais para alguém que estava prestes a permitir que uma cagada colossal fosse feita em seu cabelo, se perguntassem a minha opinião.

O problema era que ninguém perguntou. Principalmente porque eu não tinha mais o *direito* de ter uma opinião relacionada a Gregório. Havia sido eu quem tinha terminado com ele. De um jeito bastante abrupto, valia ressaltar. Tinha consciência de como as coisas que eu dissera naquela manhã de domingo deviam tê-lo feito sofrer.

Mais do que consciência, eu tinha boas dezenas de mensagens não respondidas comprovando o fato. Além da imagem dele passando por mim todo sem-graça minutos atrás.

Foi desconcertante.

Às vezes, eu tinha a impressão de que precisava ser consertada por inteiro.

— Espera aí que eu vou averiguar por onde essa gerigonça anda. — Minha mãe não parecia nem um pouco disposta a deixar o assunto morrer, por mais que fosse uma das maiores ideias de jerico que ouvira na vida. — Da última vez que vi, anos atrás, estava no armário do banheiro. Um minutinho que vou lá ver.

Seus passos ligeiros logo alcançaram a sala e, antes de rumar para o banheiro, ela achou prudente virar para mim e perguntar:

— Toninha, você por um acaso mexeu na máquina esses últimos anos? Tem alguma ideia de onde pode estar?

Olhei para ela com toda a descrença que havia em mim antes de responder:

— Não sou nem louca de deixar um troço daqueles chegar perto do meu cabelo. — Fiz questão de falar alto o bastante para que *todo mundo* no cômodo ao lado ouvisse o meu conselho.

Contudo, só o que recebi em resposta foi um muxoxo da minha mãe antes de dizer:

— Se não quer ajudar, também não atrapalha.

Logo em seguida ela me deu às costas e engatou numa corridinha desnecessária até o banheiro, sem ter a menor noção de que eu queria mesmo atrapalhar. Estaria fazendo um favor a todos os envolvidos se aquela missão fosse abortada.

O grande porém foi que não apareceu nenhuma outra oportunidade para que eu pudesse desestabilizar o curso da ação. A máquina estava mesmo no armário, embaixo da pia do banheiro, conforme minha mãe profetizara. E durante a comemoração pelo pequeno milagre que se seguiu, concentrei meus esforços em apaziguar o medo, repetindo para mim mesma que uma máquina guardada há tanto tempo num lugar úmido como o banheiro não deveria estar funcionando.

Eu não tinha com o que me preocupar.

Na verdade, eu não tinha que me preocupar com Gregório.

E daí se ele ficasse mais feio do que já estava? Seria lucro para mim, assim todas as garotas sairiam correndo ao notar a semelhança dele com uma caveira.

Por mais que tivéssemos terminado, não queria que ele se envolvesse com outras meninas. Entendia que era um desejo irracional, que eu tinha tão pouco direito de opinião a esse respeito quanto ao lance de ele cortar o cabelo. Mas o amor não é racional. Era isso que me ferrava.

Por que o amor não era cancelado de imediato após um vacilo ser identificado?

Tinha dias que eu acordava com a sensação de que o sentimento nunca iria embora. Toda a certeza que tive de que nós nunca daríamos certo juntos foi esmaecendo a cada lágrima que derramei. A cada dia passado longe dele.

Ao sentir a saudade aumentando como um balão prestes a estourar, seria um estouro daqueles dolorosos, em que o material elástico do balão arrebentava bem na sua cara.

Mas não mudava o fato de que havíamos terminado. E que de nada servia minha opinião sobre a vida dele.

— Pronto? — vovó perguntou a Gregório.

Ele devia ter concordado com a cabeça, porque o próximo som veio da famigerada máquina. Que além de responsável por um verdadeiro crime contra o cabelo loiro acobreado de Gregório, tinha um barulho chato para cacete.

Na guerra dos sentidos não foi nem a visão, nem a audição que ganhou. Para ser sincera, acho que todos saíram perdendo. Mas o coração se sobressaiu, ficando apertadíssimo enquanto eu me esgueirava até a cozinha, aproveitando-me do fato de não existir separação da sala, só um portal sem porta. Ideal para enfiar a cabeça com discrição e conferir a atrocidade que vovó performava.

Eu estava certa: Gregório estava horrível. E por mais que existisse a promessa de outras meninas saírem correndo com a visão, isso não me trazia nenhuma felicidade.

Gregório
Dois manés

— Que isso, cara! Foi sequestrado e veio aqui pedir resgate?

Max ficou ainda mais chocado com meu visual de refém do que eu, quando me vi no espelho pela primeira vez.

Só não ganhou de Antônia, que com apenas um olhar antes de trancar a porta da sala atrás de mim, deixou bem claro o desprazer que sentia ao me ver. Não dava para saber se era por conta do novo corte de cabelo, ou pelo e-mail que eu tinha enviado à sua mãe.

Deduzi que fosse um pouco dos dois.

Ou talvez mais que um pouco.

— Quase — respondi.

Max deu um passo para trás, liberando minha entrada na casa dele, mas foi logo avisando:

— Não tenho um tostão furado. Desde que abandonamos os projetos dos aplicativos, tenho tido mais tempo livre do que crédito no meu cartão.

— Já considerou um emprego? — sugeri ao adentrar a sala e ver que o cômodo continuava o mesmo caos de sempre. — Porque eu estou pensando em arrumar um.

— Emprego? — Max pronunciou como se fosse uma palavra estrangeira. — Cara, não me leva a mal não, mas você tá muito estranho. E não é só na aparência. O que tá rolando?

A resposta bem que poderia ser: eu quem estou rolando, rumo ao fundo do poço. Mas Max riria até não poder mais se eu dissesse algo do gênero. Logo, a fim de evitar uma humilhação completa nesse primeiro momento, tratei de escolher apenas um dos motivos do estado para compartilhar. E acabei dando preferência a um que, se ele quisesse, podia ajudar:

— Tô meio que precisando de alguém com quem dividir as contas da casa — falei.

— *Meio* que precisando? — Max questionou, mostrando que não era um cara de meias palavras.

Exceto se as palavras fossem relacionadas a fidelidade...

Mas acho que eu não era ninguém para julgar. Pelo menos não mais. O que era uma pena, porém não tinha nada a ver com o assunto original.

— Totalmente precisando — corrigi a ênfase de acordo com minha necessidade. — Meu pai queria colocar a casa pra alugar, fiz ele desistir prometendo que eu arcaria com os gastos. Aí coloquei o somatório na ponta do lápis e vi que vou precisar arrumar alguém com quem dividir as contas.

— E você pensou em mim? — Max quis saber, parecendo não acreditar na sua própria conclusão. — Deve estar precisando mesmo...

— É isso aí — confirmei com um sorrisinho, torcendo para que o brilho dos meus dentes bem-escovados encobrisse o pânico que se revirava dentro de mim só de considerar a possibilidade de Max dizer não. — Tudo para preservar o lar de Catapora.

— A gata da Antônia? — Max questionou, e a julgar pela mudança no seu semblante, o breve momento de humor havia acabado. — Aquele animal me odeia, como você sugere que a gente more tudo junto?

— Ela odeia todo mundo. Não é nada pessoal.

— Ela não odeia você — Max pontuou — nem a Antônia.

— Antônia a salvou das ruas — argumentei — e ela tem que olhar pra minha cara todo santo dia, né? Não teve alternativa a não ser se acostumar.

— Você acha que ela se acostumaria comigo também? Mesmo depois da sacanagem que eu fiz com a dona dela? — Max perguntou, pela primeira vez admitindo que o que havia feito com Antônia fora errado.

Ele não sabia que eu também havia falhado com a dona de Catapora. O que me fez perguntar se anos passariam até reconhecer a extensão do meu erro. A atitude de Max não só me fez colocar a mão na consciência, mas também reconhecer que existia uma senhora dor de cabeça morando por lá: eu podia estar muito arrependido por ter feito as coisas pelas costas de Antônia, mas ver tia Janet de volta em casa, tão bem-integrada com vovó e dona Vera, fez minha certeza de que agi corretamente *crescer* em vez de diminuir.

A dor do término não ajudava a aplacar essa teimosia dentro de mim, por menos que eu quisesse estar certo sobre a razão que tinha levado ao fim do que eu tinha com a garota que mais amava.

Talvez Antônia precisasse de um tempo para aceitar que eu sempre pensei no bem de vovó. A intenção nunca foi magoá-la. Mas, levando em consideração seu temperamento, ela poderia demorar mais do que Max para entender que eu não tinha feito por mal.

— Claro — confirmei a teoria de Max sobre Catapora. — Ela não é tão rancorosa quanto a dona.

— Veremos. — Ele ajeitou o cabelo com suas manobras vaidosas.

Era impressão minha ou Max tinha acabado de concordar com a proposta de dividir a casa comigo?

Aquele era o segundo sinal, num espaço curtíssimo de tempo, de que Maximiliano evoluíra como pessoa. E isso era, dentre milhares de outras coisas, algo que eu *morria* de vontade de contar para Antônia.

Mas como minhas inúmeras mensagens de desculpas não foram respondidas, achei melhor ficar na minha. Contentei-me em contemplar que, ao contrário do que ela pensava, eu tinha ali, diante de mim, um exemplo vivo de que as pessoas mudavam sim.

Às vezes até para melhor.

E que quando menos se esperava, podiam surpreender a gente.

Será que o segredo era não esperar a mudança chegar? Será que eu estava com cara de panaca olhando para o Max?

Justo nessa hora, como uma mostra de que embora mudado, Max continuava o mesmo, ele fez menção de beliscar meu mamilo como se fosse um botão. "Para ver se eu pegava no tranco", ele justificava toda vez que eu perguntava a razão daquela palhaçada. Em sua defesa, ele só costumava fazer aquilo quando eu embarcava nessas viagens repentinas para o mundo da fantasia.

Sorte que no meio dessa viagem específica fiz uma manobra de desvio, segundos antes de me tornar vítima dessa brincadeira idiota.

— Cara, valeu mesmo — agradeci, pegando no tranco sem nenhum auxílio externo. — Vai ajudar muito ter você comigo nessa. Catapora vai ficar extremamente grata.

— Minha mãe também. A velha tá tão louca pra ter uns momentos de privacidade com o novo namorado... aposto que vai se prontificar pra pagar minhas despesas! — Max disse e só me restou concordar. A mãe dele conseguia ser mais mão aberta e benevolente do que os meus pais. E, se tinha um novo namorado envolvido, a tendência da generosidade aumentava. — Sem falar que quando ela souber que vou me mudar para o mesmo bairro que Antônia a velhota vai surtar.

— Pode crer — falei, lembrando que a paixão da mãe de Max por Antônia era quase tão grande quanto a minha. — Talvez a mudança seja até oportuna, né?

— Com certeza! — Max disse dando um tapa no meu ombro para externar sua empolgação. — Vai ser até bom pra gente retomar de uma vez o lance dos aplicativos.

— Hmm — murmurei enquanto não elaborava a maneira adequada de cortar a onda do cara que topou rachar as contas da minha casa comigo de forma tão imediata. — Acho que vai ficar puxado conciliar o processo de criação com a reta final do semestre e o emprego que pretendo arrumar.

— Era sério o papo sobre o emprego? — Max ficou surpreso com a constatação.

Encolhi os ombros por uns instantes, adiando ao máximo quebrar seu coraçãozinho vagabundo.

Mas se uma coisa eu aprendi com o sofrimento filho da mãe que andava sempre comigo desde que Antônia me botara para correr, era que eu precisava dividir mais as coisas com as pessoas à minha volta. Nem sempre seria uma troca prazerosa, mas pelo menos dava chance da outra pessoa me entender melhor.

Isto é, partindo do pressuposto de que era possível entendermos uns aos outros.

— Tão sério quanto o fato de eu precisar arrumar alguém pra dividir as contas — falei. — Ter um salário todo mês é crucial pra que eu consiga pagar a minha parte.

— Seu pai deposita uma grana boa pra você que eu sei — Max argumentou ao fazer um alongamento com o braço. — Já falei, minha mãe vai ficar de boa em bancar boa parte dos gastos, ainda mais sabendo que a chance de ganharmos uma dinheirama se fizermos um bom trabalho com a criação do aplicativo é real. Você conquistaria sua independência financeira, ou sei lá o que você quer da vida assim. — Terminou, estalando os dedos para exemplificar a rapidez em que se fazia dinheiro naquele mercado.

Ele não estava errado. O mundo dos aplicativos era bem mais generoso que o resto do mercado de trabalho. Mas para isso, o produto lançado precisava ser muito bem pensado e eu não estava com cabeça. Parecia que eu era feito todo de coração, partido em mil pedaços.

Só que, para evitar uma conversa extra-sentimental com o meu amigo, decidi evidenciar o aspecto prático da coisa:

— Quando eu lembrar a ideia que esqueci, a gente conversa — apaziguei a ganância de Max com uns tapinhas no ombro que certamente não resolveriam nada.

— Lembra logo, porra! — ele me apressou como se as coisas se resolvessem fácil assim, só porque a gente queria.

Se fosse questão só de querer, eu teria casado com Antônia logo no dia em que completara a maioridade. Pouco me importando com aquela história de que não era bom se casar jovem.

Seria bom estar com Antônia para sempre, independentemente da idade.

Seria horroroso encarar o que me restava de vida sem ela.

— Vou tentar — respondi, pensando sobre a ideia e sobre a vida, ainda que tivesse pouquíssima fé de que conseguiria.

— E agora? — Max perguntou, olhando para os lados de maneira bem filosófica, como quem procurava o sentido da existência humana. — Vamos ficar aqui parados na sala igual a dois manés ou podemos dar uma chegadinha lá dentro pra jogar videogame?

Talvez o sentido da existência dele fosse bem diferente do meu.

Ou, talvez, Max sequer estivesse pensando em coisas tão profundas. Mas uma coisa ele falou certo: eu era um mané. E não sabia nem por onde começar a corrigir meus erros.

Ainda bem que nada disso importava numa partida de videogame.

Antônia
Cocoricó

— Vamos papar? — Minha mãe entrou na sala com a animação de um apresentador de programa de auditório. — Hoje tem cocó, arrozinho e feijão!

Cocó? Quantos anos exatamente ela achava que eu tinha? Cinco? Nem se ela tivesse a intenção de recuperar o tempo de convivência perdido aquele tom de voz infantilizado faria sentido.

— Tá uma delícia! Tudo fresquinho! — ela continuou. Batendo uma palminha no final para dar ênfase ao papel ridículo que fazia.

— Tudo bem — vovó concordou, fazendo força para se levantar do sofá.

Prontamente me dediquei a ajudá-la, movimento ótimo para disfarçar minha expressão de *caiu-a-ficha*. A voz de animadora de festa era para vovó. As evidências de que o mundo não girava ao meu redor estavam cada vez mais contundentes.

E eu sequer conseguia ficar brava, pois ver vovó se animando para comer, depois da sequência de recusa dos últimos dias, era revigorante.

— Você vai comer ou vai ser a sua vez de fazer pirraça? — minha mãe me perguntou.

Meu estômago roncou em resposta.

Constrangedor até dizer chega, principalmente porque ela estava perto o bastante para ouvir o barulho. E não perdeu a oportunidade de me lançar um olharzinho pegajoso de vitória. Minha vontade era gritar na cara dela que o ruído não necessariamente significava fome, poderia vir de qualquer outro sentimento que andava revirando meu estômago como uma máquina de lavar.

Mas não queria admitir a natureza dos meus sentimentos para ninguém.

Especialmente para mim mesma.

Por isso, acabou sendo mais fácil acompanhar as duas até a cozinha. Uma coisa não dava para negar: o cheiro estava ótimo. Num nível próximo de descolar os pés do chão e fazer a pessoa flutuar, seguindo o rastro da fumaça até a panela, igual nos desenhos animados apesar do sacrilégio que era chamar galinha de "cocó".

Não tinha certeza se infantilizar o idoso dava resultado, me parecia bobo e desnecessário. Vovó já estava há muitos anos na estrada para, do nada, voltar a chamar uma refeição de "papá". Desconfiava de que ela estranharia e mandaria minha mãe catar coquinho em breve. E, claro, eu que já me encontrava sentada ao lado dela para assistir à esculhambação de camarote.

— Você vai querer que eu dê na boca? — minha mãe perguntou ao colocar o prato na frente de vovó.

A velhinha pareceu indiferente, olhando para a comida com o olhar perdido que ocupava sua expressão um pouco mais a cada dia.

— Posso fazer o aviãozinho — minha mãe ofereceu. — *Vruuuuuum.*

Quando o garfo chegou perto, vovó simplesmente abriu a boca para o avião estacionar. Não demorou muito para minha mãe anunciar outro voo enquanto eu permanecia perplexa com a cena...

E lá se iam três garfadas generosas sem que vovó ousasse reclamar, ocupada demais mastigando ou servindo de aeroporto de arroz, feijão e galinha. E não parava de admirar, igualzinho ao lance da babá eletrônica.

Logo depois de Gregório ir embora daqui com aquele corte de cabelo de dar pena, na semana passada, minha mãe engatou na loucura de desenterrar aparelhos dos quais ninguém lembrava mais. O umidificador de ar, a câmera fotográfica de cinco megapixels e, por fim, a babá eletrônica.

Insistiu até eu ir à venda mais próxima atrás de pilhas compatíveis para testar se a gerigonça ainda funcionava. Quando o negócio começou a zunir feito um rádio fora de sintonia, ela jogou para dona Vera a responsabilidade de se comunicar com ela usando o aparelho por todos os cômodos da casa.

Comemorou como se fosse a final da Copa do Mundo ao notar que dava para o gasto. Mas negligenciou por completo o fato de que havia obrigado uma senhorinha da terceira idade a ir de cômodo em cômodo proferindo barulhos esquisitíssimos só para seguir adiante com seus testes.

Eu, que me tranquei no quarto para não participar daquela loucura, e que permaneci com a orelha colada na porta para investigar onde aquilo ia parar, levei um susto quando, no meio da comemoração exagerada, ela declarou:

— É o fim das noites sem dormir achando que a mamãe se engasgou com a saliva! Vou dormir grudada nesse projeto de walkie-talkie empoeirado igual fazia quando Antônia era pequena.

E por mais que me doesse admitir, deixar uma babá eletrônica na mesinha de cabeceira do quarto da vovó foi uma ideia e tanto. Só passei pela dor sofrida da admissão porque queria muito dormir agarrada ao aparelho por pelo menos metade das noites.

Afinal, nada mais justo levando em consideração a quantidade das noites mal dormidas que tive desde que detectei os primeiros sinais da doença. Essa era a minha opinião. Já a da minha mãe era:

— Você bem que tá gostando das mudanças que eu tô implementando!

Bom, daquela especificamente eu tinha gostado. Mas era muita presunção dela achar que eu gostava de todas. Tinha inúmeras que eu abominava. Independentemente de ser implementada por ela ou não.

Coloquei meu prato enquanto estimava mais ou menos há quanto tempo Gregório não fazia uma visita à minha avó. Bastante, foi minha triste conclusão. Àquela altura do campeonato, seu cabelo já deveria até ter crescido um pouco. O que só provava o sujeitinho ingrato que ele era, porque enchia a boca para dizer que também era neto da minha avó, mas assim que alguém apareceu para ficar com a vovó durante as tardes, ele deu no pé.

Comi o frango com uma raiva capaz de rachar meus dentes pela força com que mastigava. Conforme desconfiava, a comida estava muito boa, mas passava longe de preencher o vazio existencial que morava dentro de mim.

— Você atende? — minha mãe perguntou no meio de um voo em direção à boca de vovó.

— O quê?! — perguntei, contrariada pela minha aterrissagem forçada de volta ao presente.

— A porta — ela falou ao mesmo tempo em que batidas ecoavam pela sala. — Tô ocupada aqui. — Indicou o garfo que servia de avião.

— Ah, sim. — Larguei os talheres e fui até a sala, mas o fato de eu estar a caminho não impediu que as batidas na porta se intensificassem. Por isso lancei um grito de: — Já vai! — Na intenção de apaziguar o chilique de quem quer que estivesse batendo.

Mal sabia que, ao abrir a porta e ver quem estava do lado de fora, quem morreria de vontade de dar um chilique seria eu. Aliás, um faniquito ou um ataque de pelanca também serviam. Qualquer ato que expressasse emoção extrema seria preferível a simplesmente dizer:

— Gregório? — mal abrindo a boca para impedir o coração de sair.

— Desculpa — ele pediu, sem perder nenhum segundo.

Não pude deixar de me perguntar pelo que ele se desculpava. Seria pelo segredo que ele guardou de mim ou pela batida irritante na porta? Antes de me perder em devaneios, decidi seguir a suposição mais lógica:

— Por ter abandonado minha avó em dois tempos?

Ele olhou para mim com uma expressão digna de um quebra-cabeça. Enquanto não dizia nada, afastei-me para deixá-lo entrar.

— Eu falo com a vovó todos os dias — ele explicou enquanto eu lidava com as fechaduras da porta. — Ligo pra dar boa noite e pedir a benção.

— Quantas coisas mais você nunca me contou? — questionei, percebendo que estava fazendo um trabalho de merda em esconder minha dor.

— Um monte, eu acho — ele pontuou tal suposição com um dar de ombros que chegou quase às orelhas. — Mas eu te conto todas, se você me der uma chance.

Examinei minhas cutículas para evitar olhar para o rosto dele adornado com o cabelo claro crescendo todo torto. *Se eu der uma chance?* Que tipo de proposta era aquela? Parecia tão arriscada quanto um esporte radical. Meus batimentos cardíacos concordavam em gênero, número e grau, pois se comportavam como se estivessem prestes a pular de *bungee jump*.

Ele não podia chegar aqui, depois de dias sem dar as caras, e virar tudo o que foi decidido de cabeça para baixo. Não tinha lógica nenhuma! Mas como eu não queria criar uma quizumba e dispersar a atenção de vovó do jantar, me limitei a dizer:

— Vovó tá com saudades.

— Eu também tô — ele respondeu — morrendo de saudades. De vocês duas.

Para não dar trela àquele disparate, coloquei alguns cachos atrás da orelha e comecei minha caminhada de volta para a cozinha.

— Ela está jantando — comuniquei. — Anda bem ruinzinha pra comer.

— Que droga — ele disse, vindo atrás de mim. — Passei aqui rapidinho só pra dar um beijo nela.

Eu podia sentir o calor dele nas minhas costas. E ainda que Gregório mantivesse uma distância bastante respeitável, me perguntava se ele repetiria a dose de ultraje e diria que queria me beijar também.

Se ele propusesse, eu não saberia como reagir. Não faria o menor sentido aceitar, mas minhas pernas já se encontravam totalmente bambas só de *pensar* na boca dele perto do meu corpo.

Acho que também estava com saudades.

Ao sentir a mão dele segurando de levinho meu ombro, deu para ter certeza.

— Não sei se minha chegada vai ajudar ou atrapalhar a refeição dela — Gregório confidenciou, um passo antes de entrarmos na cozinha.

— Deixa de ser bobo — falei enquanto me concentrava em agir naturalmente, mesmo com ele tendo tirado a mão do meu ombro com tanta rapidez. — Ela vai adorar te ver.

E de fato, a primeira coisa que ela fez ao ver Gregório entrar pela cozinha foi sorrir, sem perceber que tinha uma casca de feijão pendurada no queixo. A segunda foi dizer:

— Tá tão magrinho!

O que era a mais pura verdade. A magreza dele também tinha chamado a minha atenção, junto com a formalidade de sua roupa. Por que ele andava saindo tão magro e elegante por aí? Eu que não iria perguntar... Se ele não queria dividir os detalhes do que andava fazendo com a gente, tudo bem. Ele tinha esse direito.

— E tão elegante! — minha mãe observou, provando não ser uma completa inútil.

— Fiz uma entrevista de emprego hoje, numa produtora de eventos — Gregório contou. — É um trabalho meio pesado, mas flexível. A demanda é mais durante finais de semanas e feriados, o que é bom, porque não me atrapalha na faculdade. — Mas em vez de falar tudo isso para minha mãe, que foi quem tinha feito o comentário, ele olhava diretamente para mim.

— Legal — me senti coagida a comentar.

— Eles disseram que vão ligar assim que tomarem a decisão — ele completou.

E, como se tivesse acabado de lembrar do que deveria ser o ponto mais alto do seu dia, puxou o celular do bolso e checou a tela. Pelo muxoxo discreto que deu, não deveria ter nenhuma notificação importante. Logo em seguida, guardou o celular de volta no bolso, dando um passinho para trás.

Não havia nada que pudesse ser feito em relação a resposta da entrevista. Então, antes mesmo que eu me desse conta do que estava fazendo, tomei as rédeas da situação da magreza:

— Quer jantar? — convidei.

— Não. Não, obrigado — ele recusou logo de cara. — Não quero incomodar.

— Que é isso, menino! Que incomodar que nada! — Minha mãe se levantou na mesma hora, levando o prato vazio de vovó para a pia e pegando um novo. — Faço um pratinho pra você num instante.

Gregório pareceu sem-graça, parado no meio da cozinha. Tão sem-graça que me vi obrigada a indicar a cadeira ao meu lado com a cabeça para que ele se sentasse logo de uma vez, afinal de contas, minha avó me deu educação.

E embora o gesto com a cabeça não tivesse sido lá muito educado, a atitude de instigá-lo a sentar ao meu lado era. Tanto que ele se acomodou num instante. E cravou os olhos em mim sem cerimônias, que só retribuí por educação, sem entender direito o que estava acontecendo.

Existia tanta dor entre nós dois...

E, ainda assim, parecia que havia algo que falava mais alto.

Só que por mais alto que a coisa falasse, não deu para distinguir no meio da confusão, porque logo minha mãe chegou com o pratinho de Gregório, que se assemelhava muito a uma montanha feita de arroz, feijão e frango.

Achei bom, o menino precisava se alimentar.

Não conseguia parar de me perguntar a razão do seu emagrecimento. Será que eu tinha alguma coisa a ver com aquilo? Ou ele simplesmente havia parado de frequentar a academia?

— A comida tá ótima, tia — ele elogiou, provando que o gosto pelas coisas boas da vida continuava presente.

— Eu sei, minha comida é tudo — minha mãe se gabou, sem nenhuma noção de humildade. — Vou até colocar mais um pouquinho pra Antônia, pra ela comer junto com você.

— Já tô satisfeita! — protestei enquanto ela tirava meu prato, intrometida como sempre.

Aquele era meu trabalho! Bem como lavar a louça. E não me passou despercebido que ela tinha discretamente lavado os itens que recolheu de vovó.

— Não vai fazer mal comer mais um pouquinho — minha mãe argumentou, acrescentando várias colheradas no prato. — Você anda muito chata pra comer.

— Tem que se alimentar, Antônia — Gregório aconselhou, como se ele não fosse o exemplo mais assustador de pele e osso à mesa.

— Hum — respondi, raivosa por ouvir exatamente o que eu gostaria de ter dito a ele.

Comemos em silêncio. O único barulho vinha das palavras inteligíveis que vovó tinha dado para falar. No meio das frases, parecia que a língua dela descarrilhava do cérebro e a mensagem saía toda confusa. Era algo esperado para um paciente de Alzheimer, mas não deixava de ser triste.

A única coisa boa era que ela não falava com ninguém em específico, geralmente o discurso atrapalhado vinha acompanhado do olhar perdido. Mesmo assim, minha mãe respondia com expressões de incentivo tipo:

— Nossa, é mesmo? Que legal!

E vovó danava a falar num idioma conhecido apenas por ela.

Seu *talk-show* só parou quando Gregório começou a se remexer na cadeira. Num primeiro momento, achei que fosse uma reação alérgica à comida, mas logo em seguida notei que os movimentos bruscos eram destinados a resgatar o celular do bolso.

Até parei de comer em respeito à solenidade da ocasião. Deveria ser a ligação que ele tanto esperava. A confirmação veio assim que lançou um olhar para a tela. Primeiro veio um sorriso, logo em seguida Gregório disse:

— São eles. Vou atender lá na sala pra não atrapalhar a refeição de vocês.

Eu quis falar que não atrapalharia nada. Que nós, ou pelo menos eu, adoraríamos saber em tempo real qual era o resultado da entrevista. Mesmo que não tivesse nada a ver com aquilo. De repente eu tinha herdado o dom de mexeriqueira da minha mãe.

Só que não deu tempo de falar nada, porque ele correu para a sala na velocidade da luz, me deixando diante de um prato repleto de restinhos e a boca cheia de palavras.

— Vai lá, boba — foi o conselho da minha mãe. O qual respondi com um olhar de *boba-é-você*. E esperava que ela tivesse entendido o recado. Mas não me admirei quando minha mãe seguiu em frente com o devaneio. — Ele vai gostar de ter com quem comemorar se tiver conseguido o emprego. E vai precisar de alguém para o apoiar caso não consiga.

— Você acha? — perguntei, ciente de que isso deixava claro que eu estava considerando a possibilidade.

— Tenho certeza. — Ela bateu no tampo da mesa para reforçar sua opinião. — Ainda mais se o alguém for você. Filha, você não percebe como o bichinho está sofrendo desde que vocês terminaram?

Antes que eu sequer pudesse considerar o sofrimento de Gregório, vovó interrompeu meu minimomento de introspecção falando:

— Vai, vai logo! — Fazendo um gesto enérgico com as mãos para eu cair fora de uma vez, comprovando que era possível estar aérea e, ao mesmo tempo, ligada no que estava acontecendo, por mais contraditório que fosse.

Incentivada por duas gerações de Vasquez, levantei-me e fui até a sala. Acho que perdi a resposta em tempo real, porque quando vi, Gregório ia de um lado para outro na sala falando variantes da mesma palavra:

— Legal... Bacana... Irado... — Ele me viu e abriu um sorriso. — Até amanhã.

Embora eu já soubesse a resposta, me forcei a perguntar:

— E aí?

— O emprego é meu! — Gregório respondeu todo empolgado, olhando de mim para a tela do celular com uma expressão descrente.

Fiquei feliz por ele. Conseguir um emprego em meio a essa crise maluca que nosso país parecia enfrentar desde que fora "descoberto" pelos portugueses era sempre uma vitória. Mas tinha aquela pequena parte de mim, idiota toda vida, que se achou no direito de ficar melancólica ao reparar que a vida de Gregório estava seguindo em frente, para longe de mim.

Mas como eu tinha noção do quão sem-noção aquele sentimento era, limitei-me a dizer:

— Parabéns!

E ele apenas sorriu e balançou a cabeça em agradecimento, sem fazer a menor menção de me abraçar.

Que pena.

Gregório
Uma nova ideia

— Parabéns! — Antônia disse com aquele sorriso triste que eu não via há muito tempo.

Só me restou balançar a cabeça em resposta, porque, na real, eu não tinha ideia de como proceder diante da nova dinâmica que havia se instaurado entre nós. Conversávamos, mas não muito. Pelo visto, ela tinha o poder de influir sobre as minhas refeições. Quer dizer, ela sempre teve poder sobre mim, mas o fato de ela querer *exercê-lo* era um diferencial surpreendente.

Quase tão diferente quanto a vinda dela até aqui para checar a resposta da entrevista de emprego. Aquilo era um progresso entre a gente ou uma ilusão da minha cabeça?

Aliás, meu questionamento ia além: devido às circunstâncias, levando em consideração a quantidade de desempregados no país e a sorte de eu não ser mais um deles, será que um abraço era possível?

Esperava que sim. Queria tanto que doía.

Mas a possibilidade de ser rejeitado depois de ter criado um mínimo de esperança me deixava com um pé atrás, fazia voltar aquela sensação horrenda de que meu coração estava sendo partido em mil pedaços.

Até poucos meses atrás, eu sequer sabia que um músculo poderia se partir ao meio. Muito menos em tantas partes. Mas ali estava eu, despedaçado, como se tivesse me jogado voluntariamente num processador de alimentos. E o pior era que mil pedaços era apenas um número figurado. Tinha certeza de que se me propusesse a contar os caquinhos a cifra iria muito além.

E foi assim que tive uma ideia.

— O que foi? — Antônia perguntou, mostrando que ainda não tinha deletado por completo seus conhecimentos sobre as minhas expressões faciais.

Ou era sinal de que eu contorcia a cara de um jeito bem bizarro.

— Ideia — falei ao mesmo tempo em que tentava dar conta do tornado que girava na minha cabeça. — Tem um papel? E caneta? Ou lápis. Até giz de cera tá valendo.

— A ideia que você esqueceu? — ela quis saber enquanto se movia com rapidez pela sala, revirando as gavetas.

— Não, uma nova! — Fui ajudá-la na busca e acabei encontrando um bloquinho de notas ao lado do telefone.

— Acabou de ter? AHÁ! — Ela levantou uma caneta no ar para indicar sua vitória.

— Aham. — Peguei o bloquinho e caminhei até ela em busca da caneta. — Agorinha, olhando pra você.

— Nossa... — Ela se atrapalhou tirando a tampa da caneta. — Tô até com medo de perguntar.

— Também tô com medo de contar — confessei. — Você vai achar boba.

Em vez de falar alguma coisa, ela se aproximou do bloquinho que eu segurava e a deixou a caneta deslizar suavemente pelo papel. Como não saiu nenhuma tinta nesse primeiro traço, Antônia aumentou a força no segundo. Minha mão afundou com a intensidade inesperada, mas logo retornou à posição original, permitindo que ela fizesse seu risco na base do ódio.

— Funcionou — informou antes de me entregar.

— Obrigado — respondi, desesperado por fazer a conversa continuar.

Por mais que estivesse precisando anotar a ideia, a necessidade do toque de Antônia era bem maior. Mesmo que tivesse um bloquinho de aproximadamente oitenta folhas pautadas e uma caneta esferográfica azul entre nós.

Mas agora que eu tinha uma droga de caneta que funcionava que era uma beleza, ela não perdeu tempo em se afastar. Parecia ter algo incomodando a sola do seu pé. Ela arrastava o chinelo de um lado para o outro, fazendo barulho enquanto eu rabiscava anotações em cada pedacinho de página. Não contente com o barulho irritante, ela encolhia e relaxava os dedos dos pés de maneira frenética, o movimento ocupava toda minha visão periférica.

Eu me rasguei de saudade de quando eu tinha o privilégio de massagear seus pés todos os dias, após ela voltar do trabalho.

Aliás, se nós ainda estivéssemos juntos, esse provavelmente seria um momento de massagem, julgando pelo uniforme do consultório que ela trajava. No entanto, como não estávamos e nem tínhamos a menor previsão de voltar, só o que me restou foi transformar a dor da nossa separação em anotações num bloquinho de papel.

— Acho que a gente precisa superar nossos medos — ela falou, do nada, no meio de uma anotação.

Parei de escrever na hora. Por um acaso aquilo era o início de uma reconciliação? Ou ela só queria que eu parasse de palhaçada e contasse a minha ideia de uma vez?

Sem repassar minhas dúvidas idiotas para ela, decidi ir pelo caminho mais provável:

— A ideia é sobre um jogo que pensei em chamar de Mil Pedaços — comecei, ignorando o leve franzir das sobrancelhas dela ao ouvir o nome. — Jogos de celular tendem a ser menos complexos do que os de videogame ou de computador. Pelo menos os jogos de celular que eu gosto de jogar são.

— Eu também — ela concordou, dando um passo para frente —, mas por que Mil Pedaços?

Aí é que estava a parte embaraçosa. A que me destruiria se ela risse. Tive que respirar fundo antes de continuar, porque ainda que fosse bem idiota, achei que ela gostaria de ver o quanto eu estava disposto a compartilhar.

— Apesar da simplicidade, o que me envolve em jogos de celular são as narrativas — expliquei. — Às vezes são só fases numeradas que você quer completar o mais rápido possível, às vezes têm uma historinha por trás. Eu prefiro os com história. E gostaria que o meu jogo tivesse uma que várias pessoas pudessem se identificar. Por isso pensei no que a gente viveu...

— Como assim? — Antônia deu outro passo em minha direção, como se não tivesse ouvido direito.

— A dor da separação. — Dei de ombros, fazendo pouco do que me carcomia por dentro. — Partiu meu coração em mil pedaços. E imagino que muita gente tenha histórias de términos parecidos, que destruíram a pessoa por dentro. Seja de arrependimento, raiva, ou inúmeras outras maneiras que vou ter que pensar quando bolar as fases. Mas a intenção é que o jogador remonte, tipo um quebra-cabeça, os pedacinhos do coração.

Por alguns segundos Antônia não falou nada. O silêncio se esticou feito um elástico. Preparei-me para ouvir que ela tinha achado a minha ideia uma merda. Aliás, a garota tinha todo o direito de achar o que quisesse, eu me limitava a torcer para que ela não risse do meu conceito melodramático.

Para falar a verdade, eu mesmo não tinha certeza se aquilo prestava. Boa parte das ideias acabavam no lixo dias após saírem da minha cabeça. Não sabia se era assim com todo mundo, mas comigo o processo funcionava desse jeito. Era pelas poucas que sobreviviam ao perfeccionismo, à autossabotagem e à inviabilidade técnica que eu continuava tentando. E cabeça-dura que era, não tinha intenção de parar de tentar.

Max estava certo, morar junto seria uma mão na roda para ver se o projeto iria para frente. E se não fosse, não tinha problema. O importante era manter a cabeça funcionando, era uma alternativa muito mais proveitosa do que me concentrar no fuzuê que acontecia no meu coração.

Mas todos os planos logísticos foram para o espaço quando Antônia levantou a cabeça e disse:

— Não queria ter quebrado seu coração — sua voz soava chorosa, embora sua feição permanecesse firme.

— Eu também não queria ter feito isso com o seu — falei ao mesmo tempo em que dei um passo à frente, do jeito mais suave que consegui.

— Mas quebrou — ela disse, começando a esfregar o olho. — E vai ser um trabalhão consertar.

O fiozinho de esperança que tinha começado a crescer quando chegara aqui deu sinal de vida, inflamando meu interior, igual a um pelo encravado. Mas, passando por cima da comparação biológica de higiene duvidosa onde minha cabeça havia me levado, dei vazão ao que parecia que explodiria a qualquer momento:

— Sei que uma relação consegue ser ainda mais complicada do que os códigos de programação que o Max cria pros nossos aplicativos — admiti. — Mas, se você estiver disposta, eu vou dar tudo de mim pra juntar nossos pedacinhos.

Antônia me olhou com um misto de surpresa e outra coisa que não consegui identificar. A falta de conhecimento sobre as emoções da menina que eu tanto amava não era algo de que me orgulhava. Mas se justificava, muito bem justificado, pela falta de tempo para interpretar, pois assim que me arrisquei a fazer a proposta, ouvi:

— Até que enfim!

Sendo gritado por vovó lá da cozinha, junto com:

— Vai que é tua, Greg! — dito pela mãe de Antônia, num volume altíssimo.

Só restou à filha esconder o rosto entre as mãos. E, no meio de um balançar de cabeça no ritmo da negação, ela falou:

— Como uma porta na cozinha faz falta!

Verdade, o cômodo tinha ligação direta com a sala. Vai saber há quanto tempo estávamos sendo espionados?! Talvez desde o início da conversa... aliás, muito provavelmente.

Era difícil de acreditar que até mesmo em nossa primeira DR, depois de tantos dias de desentendimento, teríamos tão pouca privacidade. Difícil, mas não impossível. Tia Janet sempre adorou se meter na vida dos outros, especialmente na de Antônia. E vovó andava tão esquecida que até seus princípios básicos caíam por terra.

Por onde andava aquela velhinha que odiava fofoca?, me perguntei, cheio de saudosismo. Mas antes de entrar numa espiral de preocupação pela minha avó emprestada, decidi pensar numa solução prática para o problema:

— A gente pode ir lá pra casa — sugeri, com a melhor das intenções.

Pena que a vovó e a tia Janet fizeram questão de frisar as piores:

— Eita! — exclamou vovó.

— Pera lá! Minha menina é uma donzela — tia Janet partiu em defesa da honra da filha.

Muito embora eu desconfiasse que Antônia não fizesse a menor questão de ter a honra defendida, ela foi a única a ir direto ao ponto com um motivo mais ou menos plausível para recusar o convite.

— Catapora. — Ela apontou para o próprio nariz ao mencionar a gata.

— Então, eu posso pedir ao Max para dar umas voltas pelo quarteirão com ela. Ele tá morando comigo agora — contei, seguindo firme na proposta de me abrir mais. — Meu pai queria botar a casa pra alugar, mas por sorte convenci ele a desistir, se eu assumisse os gastos. Mas acabei percebendo que não conseguiria fazer isso sozinho, mesmo com um emprego, por isso convidei Max pra dividir a casa. Ele aceitou logo de cara.

Antônia cobriu a boca com a mão e seus olhos encheram d'água. Parecia que ela presenciava um acidente de carro, não um momento de troca digno de quem deposita confiança no outro, de acordo com os vídeos de terapia de casal que eu tinha visto no YouTube.

— É por isso que você tá igual um pau de vira-tripa? — ela apoiou a mão livre no meu antebraço. — Max tá comendo tudo o que você tem?

— Não, muito pelo contrário — neguei ao cobrir mão dela, aproveitando para criar uma aproximação física entre nós, além da emocional. — Você sabe como é a mãe do Max, ela manda potes e mais potes de comida toda vez que ele vai na casa dela buscar alguma coisa.

— É a cara dela — Antônia tirou a mão do meu braço para ajeitar uns cachos atrás da orelha, exatamente como eu gostaria de ter feito. — Mas não é só uma questão de quantidade, você também tem que prestar atenção na qualidade. A comida da mãe do Max é maravilhosa, mas não me lembro de frutas e legumes serem parte do cardápio.

O brilho aquoso que irrigava seus olhos desde que contara sobre a mudança começou a aumentar e, em questão de instantes, desceu pelas bochechas. Fiquei paralisado entre a compaixão e a surpresa, sem conseguir decidir qual sentimento me guiaria.

Como minha cabeça demorou para pegar no tranco e chegar a uma conclusão, resolvi seguir as diretrizes ditadas pelo coração. Elas consistiam em esticar o braço e puxar Antônia para perto, sem dar ouvidos às inseguranças, nem à grande possibilidade de ela rejeitar meu toque no primeiro instante.

Para o meu deleite, Antônia caiu direto nos meus braços, envolvendo-me num abraço apertado.

Para meu pavor, ela começou a chorar ainda mais. Então, só me restou afundar a mão em seu cabelo enquanto não conseguia formular frases completas.

— Nunca imaginei que a falta de uma alimentação balanceada fosse mexer tanto com você — eu disse depois de um tempo, quando as curvas terapêuticas dos seus cachos me acalmaram o suficiente.

— Você sabe que não é só isso, né? — Ela levantou a cabeça do meu peito com uma expressão de alarme, embora seu rosto estivesse todo melecado.

— Sei — admiti enquanto passava os dedos nas suas bochechas para limpar as lágrimas. — Tem um monte de outras coisas.

— Você tá se afastando — ela acusou, por mais absurdo que fosse.

— *Me afastando?!* — indaguei ao aumentar a força do meu abraço em volta dela, só para mostrar o quanto eu queria estar perto.

— É — ela insistiu na loucura. — Agora você tem um emprego, uma ideia, uma nova pessoa morando na sua casa... Se não era fácil quando estávamos perto, imagina agora que você mora com alguém que me odeia?

Desfiz o abraço e caminhei para o extremo oposto da sala, perto da porta de saída. Aquela garota era simplesmente *impossível*.

Era em horas como aquela que eu sentia falta do meu cabelo, poder bagunçá-lo seria uma boa maneira de extravasar a irritação.

Às vezes era foda amar uma pessoa apesar dos seus defeitos.

— Dá nos nervos, né?! — a mãe dela perguntou lá da cozinha.

Olhando para Antônia, assenti com gosto. Ela retribuiu o gesto arregalando bem os olhos, praticamente berrando através deles que pensava o mesmo sobre mim.

Será que chegamos a uma encruzilhada? Num ponto onde não havia espaço para a negociação? Não dava para saber se ela se perguntava as mesmas coisas. Pelo jeito que ela me olhava, só se notava um mar de indecisão.

Ainda assim, Antônia foi a primeira a tomar uma atitude e caminhar na minha direção. E, para não ficar para trás, fui logo falando:

— A última coisa que eu quero é me afastar de você. Acho que quando você terminou comigo e passei horas chorando na porta do seu quarto consegui deixar bem claro o quanto me doeu não ser mais seu namorado. Por mim, a gente não teria passado nem sequer um dia separado.

— Eu sei. — Ela enfim me deu razão e isso me deu força para ir além no amontoado de sentimentos e planos que se debatiam dentro do meu coração.

— Meu maior desejo é ficar grudado em você igual um carrapato. Se pudesse, adiantaria nossa viagem pro fim desse semestre. Aliás, isso seria um baita incentivo pra eu mandar brasa na formulação do aplicativo e conseguir um dinheirinho extra pra bancar nossos luxos. E embora eu saiba que você vá recusar, eu gostaria de ir preparado. O que você acha?

— Acho que você tá viajando na maionese! — A descrença em sua voz fez a empolgação do meu discursinho idealista murchar num instante. — E como a vovó fica nessa história?!

— Fica comigo! — tia Janet respondeu lá da cozinha, mostrando que as duas gerações de Vasquez no cômodo ao lado não planejavam nos dar nem um pingo de privacidade.

Coisa que, por incrível que pareça, de vez em quando vinha a calhar. Como agora.

Apontei na direção de onde vinha o som.

— E sua mãe é outra coisa sobre a qual a gente precisa conversar — falei, aproveitando o ensejo para esclarecer o maior número de assuntos possível.

Afinal, eu não sabia quando a Antônia decidiria parar de olhar na minha cara.

— Sobre como você me apunhalou pelas costas chamando essa senhora de volta pra cá? — ela questionou, cruzando os braços na mesma hora e voltando a bater seu pé contra o chão.

— Essa senhora?! — indaguei com minhas sobrancelhas lá em cima.

— Até que enfim você resolveu mostrar um pouco de respeito. Agora é só começar a perdoar.

— Perdoar você ou ela?

— Nós dois, de preferência — falei e antes que ela abrisse a boca para protestar, emendei: — Continuo acreditando que as pessoas podem mudar. Eu tô me esforçando pra isso. E acho que um ajuste ou outro também fariam bem a você. Ninguém é perfeito. Eu não sou, você também não é. Pra falar a verdade, você é bem difícil às vezes, e a gente te ama mesmo assim.

Dessa vez Antônia de fato abriu a boca para protestar, mas novamente fui mais rápido e acrescentei:

— Eu te amo, mas eu não vou aguentar ficar implorando pelo seu perdão pra sempre. A esperança pode ser a última que morre, mas um dia ela se vai. Pensa nisso, por favor, tá? Pensa na nossa viagem também. Vou continuar vindo aqui visitar a vovó, mas você sabe onde me encontrar no restante do tempo. Aliás, o Max é outro que adoraria o seu perdão.

Eu estava me arriscando ali, dava para perceber pela expressão de surpresa no rosto de Antônia. Mas agora não era hora de recuar. Já passava da hora de falar com toda a sinceridade que ela tanto me cobrava.

E *agir* assim também. Por isso me inclinei para encostar meus lábios nos dela, em um selinho rápido.

Por mais ligeiro que tenha sido o contato entre a gente, percebi que sua boca permaneceu aberta. Mas se foi por vontade de aprofundar o beijo ou por choque ao que eu acabara de fazer, eu nunca saberia.

A única resposta que tive foi sobre a opinião das gerações anteriores da família Vasquez, que fizeram tanto barulho que consegui ouvir mesmo depois ter saído da casa.

— Falou tudo! — a voz de vovó ecoou enquanto eu avançava até a calçada.

— Mandou a real! — berrou tia Janet.

Ao fundo, som de aplausos me acompanharam até a esquina. Decidi encarar como um bom sinal, porque se não fosse eu estaria muito, muito, muito ferrado.

Antônia
O melhor pão com ovo da vizinhança

— Já vai? — minha mãe perguntou assim que coloquei o nariz para fora do quarto.

— O que você acha? — rosnei, me perguntando há quanto tempo ela deveria estar de tocaia no corredor. — Tenho prova hoje, esqueceu? Tô até meio atrasada — acrescentei, ao tomar o rumo do banheiro.

— Claro que não. — Ela veio na minha cola. — Por que você acha que eu fiquei aqui, à paisana no corredor?

— Sei lá. Existe algum motivo que justifique alguém fazer uma bizarrice dessas? — perguntei, intrigada com qual seria a resposta.

— Só se a pessoa em questão for uma mãe preocupada com a possibilidade de a filha perder a hora da prova — ela justificou. — Isso porque a filha em questão inventou de embarcar numa maratona de estudos que varou noite adentro, como se isso ajudasse em alguma coisa! Todo mundo sabe que não é assim que se faz uma boa prova. A pessoa precisa estar descansada e com a cabeça tranquila pra lembrar das informações!

— Tá bom, tá bom, tá bom — eu disse, a cada passo que avançava. — Agora é tarde demais pra essa lição de moral. Ou cedo demais. Sei lá, deixo a decisão nas suas mãos.

— Definitivamente cedo demais — minha mãe opinou, praticamente entrando no banheiro junto comigo. — Não tá vendo que os raios de sol ainda nem despontaram no horizonte?

— Verdade — dei razão ao olhar pelo basculante. — Valeu por se certificar de que eu acordaria na hora.

— Não há de quê — ela deu um passo para trás, liberando a porta do banheiro. — Vê se não faz muito barulho aí dentro. Seria um pesadelo se você acordasse sua avó.

Com essa, ela me deu as costas e caminhou pelo corredor, como se fosse *eu* que tivesse acabado de berrar baboseiras sobre fazer provas de cabeça fresca.

Francamente, convivência *difícil*. Ainda assim, me arrumei com o maior cuidado, maneirando no barulho. Não por causa da ordem dela, mas porque era o que eu *sempre* fazia. Não valia a pena correr o risco de acordar a vovó antes da hora só para provar um ponto. Muito menos um ponto tão egoísta quanto *eu-faço-o-que-me-der-na-telha*. Não tinha mais dezesseis anos. Fora isso, eu e a minha mãe estávamos fazendo um esforço conjunto para conseguir estabelecer algo próximo à uma rotina.

Vovó andava cada vez mais distante e nossa intenção era trazê-la para perto em tudo que estivesse ao nosso alcance. Despertá-la às cinco da manhã ia totalmente contra isso.

Ouvi ruídos esquisitos vindos da cozinha, mas em vez de ir lá criar caso, tranquei a porta do banheiro e encarei a situação tétrica que se refletia no espelho. Eu amava meus cachos, só que tinha dias que eles simplesmente se recusavam a colaborar.

Minha teoria pessoal era que eles acompanhavam meu estado de espírito. Caso estivesse certa, o emaranhado achatado que adornava minha cabeça servia como prova de que eu me encontrava num dos meus piores estados. E a culpa era toda do Gregório.

Talvez minha mãe não estivesse de patrulha na frente da minha porta só porque era muito mexeriqueira. Eu tinha mesmo enrolado para me levantar. Numa enrolação bastante literal: envolta no edredom feito um rolinho primavera de sabor bastante amargo. Gastando mais tempo do que podia tentando decidir se mandava ou não outra mensagem para Gregório, com os braços colados rente ao corpo para me impedir de fazer uma besteira.

A última mensagem que tinha enviado fora na tarde anterior e passei horas sem obter uma resposta.

Tudo bem, eu entendia... ele estava enrolado com o trabalho, com a semana de provas se aproximando e com a ideia do aplicativo tristíssimo que ele e Max decidiram botar em prática assim que o outro se mudara para a vizinhança. Gregório me mandou uma mensagem enorme explicando tudo isso no dia após nossa conversa estranha, quando ele teve a bendita ideia e me beijou rápido demais. Na mensagem, avisou que a concentração que essas múltiplas atividades demandavam o impediria de vir nos visitar, mas que ele continuaria ligando para vovó toda noite e eu que podia mandar mensagens a qualquer hora do dia.

Pois bem, eu mandei.

Mandei mensagens a torto e a direito, louca para provar que eu não era uma pessoa tão difícil quanto ele tinha me acusado ser. Mas quem disse que ele respondia?! Quando escrevia algo de volta, costumava ser com horas de atraso. Isso *quando* escrevia! Na madrugada de ontem para hoje ele respondeu à foto bem-humorada que enviara especialmente para ele no Instagram com uma única carinha de risada.

Como responder algo tão insípido? KKKKKKK? Eu era uma piada para ele, por acaso? Ou algo mais profundo sobre a quantas andavam nossa relação? Quer dizer, será que na cabeça dele ainda tínhamos uma relação? Eu não sabia dizer. E desconfiava que uma conversa desse calibre não se desenvolveria bem em janelas virtuais que levavam horas para receber uma resposta, precisaria aguardar um novo encontro com Gregório.

Isto é, se em algum momento ele conseguisse arranjar um tempinho em sua agenda cheia, o que eu achava pouco provável, e me levava à última opção: será que eu deveria simplesmente *curtir* o emoji?

Mas se havia algo nesse mundo que eu não tinha curtido era a carinha risonha que ele tinha me enviado. Será que o Gregório não tinha noção do trabalho que fotos descontraídas e ligeiramente sexys davam para serem tiradas? Homens conseguiam ser tão desatentos... Dava até raiva.

Eu mal conseguia acreditar que tinha me descabelado toda por conta de uma droga de um emoji. Tive que apelar para os produtos mais caros que tinha, na tentativa de dar um jeito na minha aparência. Demorei tanto que temi que minha mãe começasse a esmurrar a porta a qualquer momento, para se certificar de que eu continuava viva aqui dentro.

Na intenção de evitar que algo do tipo acontecesse, fiz um coque bagunçado no topo da cabeça e saí do banheiro, torcendo para que a bagunça dos meus cachos parecesse estilosa. Mal coloquei os pés na sala e minha mãe atrapalhou meu curso de ação falando:

— Chega aqui um minutinho. — Ela estava na entrada da cozinha, parada numa casualidade fingida que não me enganava nem por um segundo.

Tinha alguma tramoia ali, dava para ver na cara dela. Meus passos foram cautelosos e relutantes. Por mim nem iria, estava cheia de pressa. Mas as semanas de convivência forçada tinham me ensinado que eu não teria paz de espírito se não acatasse seus desejos sem pés nem cabeça. E quanto menos relutasse, mais cedo seria liberada para seguir meu rumo.

— O que foi?

— Fiz um pão com ovo pra você. — Ela mostrou o embrulho na mesa.

— Poxa, não precisava — falei ao pegar o pacotinho de papel alumínio e constatar que ainda estava quentinho, derretendo um pouco da minha relutância.

— Eu sei que não. — Ela deu de ombros. — Mas gostaria que você tivesse a chance de experimentar o melhor pão com ovo da região.

Meu Deus do céu, só rindo mesmo.

— Feito com a maior autoestima do bairro, imagino — comentei. Minha mãe com certeza fazia parte de um grupo seleto de pessoas que não sofriam com um dos maiores mal do século. Troquei o embrulho de uma mão para a outra, querendo aproveitar ao máximo o calorzinho que emanava dele.

— Que mal tem valorizar nosso próprio esforço, hein? — ela questionou, botando as mãos na cintura, mais do que ciente de que sua retórica tinha fundamento. — Vou adorar ver sua cara quando você provar o lanche e ser obrigada a me dar razão. Aliás, ele fica mil vezes melhor quando ainda tá morno. Ovo mexido frio é um tanto quanto brochante.

Observei o embrulho nas minhas mãos e abri logo de uma vez. Sem conseguir determinar se o que me motivava era a temperatura do ovo, o desafio de contrariar minha mãe ou a fome que revirava meu estômago. No fim das contas, não importava. Certamente já tinha perdido o ônibus, levaria uns bons minutos até que aparecesse outro. O melhor que eu podia fazer era aproveitar o tempo de espera me certificando de que não precisaria parar pelo caminho para comer.

— E aí? — minha mãe perguntou assim que dei a primeira mordida.

Mastiguei uma, duas, três vezes mais do que o necessário antes de dar meu veredito:

— Bom. — Comi mais um pedação para evitar me alongar nos elogios.

— Não foi isso que eu perguntei — ela esclareceu. — Que tá bom, eu sei. Quero saber se você acha que é o melhor da vizinhança.

— Vou precisar de mais tempo pra chegar a uma conclusão como essa — sentei na cadeira mais próxima. — Tenho que levar em consideração todos os pães com ovo que já comi por aqui. E vale lembrar que o que a vovó faz é de dar água na boca.

— Foi ela quem me ensinou — minha mãe confessou —, mas aperfeiçoei algumas técnicas no tempo em que estive fora.

Abocanhei o sanduíche para não tecer comentários ofensivos sobre sua ausência. Não seria apropriado soltar os cachorros para cima dela enquanto comia o pão com ovo que a própria tinha preparado para mim.

Poderia alterar o sabor da iguaria. Ou ela poderia se recusar a fazê-lo para mim no futuro. Eu preferia não correr esse risco. Seria tão mais simples se a minha mãe não tivesse ido embora e aperfeiçoado suas técnicas culinárias por aqui mesmo... Contudo, não era hora de me perder no mundo das possibilidades que não se concretizaram, nem nunca iriam. Espiei o relógio e abri o aplicativo das linhas de ônibus, calculei que precisaria agilizar o veredito sobre o melhor pão com ovo da vizinhança se quisesse pegar o próximo ônibus. Mas justo quando eu estava prestes a dar outra megamordida, minha mãe perguntou:

— Antônia, sempre quis saber, o que você faz com o seu salário?

— Pago a faculdade, ué — respondi de olhos arregalados, tanto pela indiscrição da pergunta, quanto pelo pedaço precioso de ovo mexido que tinha deixado cair na mesa ao me espantar. — E economizo os trocados que sobram — contei ao aceitar que estava tudo perdido, não só na questão do ovo, como também no que dizia respeito à minha organização financeira e o horário de partida do segundo ônibus.

Talvez eu devesse faltar à prova e fazer a segunda chamada. Teria mais tempo para estudar e uma nova chance de tentar chegar na faculdade de cabeça fresca, pois se havia algo que eu não possuía naquela manhã era tranquilidade mental. E ao que tudo indicava, ela seria reduzida ao mínimo com o caminhar daquela conversa.

— Mas eu mando dinheiro pra cobrir seus gastos — minha mãe rebateu — por um acaso sua avó esqueceu de te falar que a faculdade estava inclusa?

— Claro que não — respondi enquanto me concentrava em recolher a sujeira que fiz com um pedaço de papel toalha. — Durante o primeiro semestre ela me oferecia o dinheiro da mensalidade quase que diariamente. Só parou quando dei um chilique sobre não querer depender de você pra nada. Mas desconfio que, se não fosse essa droga de doença, ela continuaria tentando me forçar a aceitar.

— Que papelão. — Ela estalou a língua para dar ênfase à sua reprovação. — Minha filha é capaz de trabalhar pra pagar seus estudos, mas não consegue fazer contas simples de matemática.

— Do que você tá falando? — quis saber, pois a princípio achei que a insatisfação era dirigida ao trabalho porco que desempenhei limpando a mesa.

— Você nunca parou pra pensar que a aposentadoria de professora de escola pública da sua avó não seria o suficiente pra cobrir os gastos da casa? — ela indagou. — Você depende de mim desde antes de nascer, Antônia, cai na real! Esse orgulho não vai te levar a nada. Quer dizer, vai te levar até o outro lado da cidade, fazendo sacrifícios sem necessidade. Você poderia estar se saindo bem melhor nas provas se não ficasse pra lá e pra cá igual uma bolinha de pinball.

— Bela comparação. — Levantei-me e fui buscar um pano para limpar a lambança direito.

— Aposto que não fui a primeira a te dizer algo do tipo — minha mãe falou, fazendo-me querer puxar na memória se Gregório já havia usado aquele tipo de metáfora.

Fazia tanto tempo que ele não falava nada que prestasse, que ficava até difícil lembrar.

— E o que você sugere? — Voltei com o pano. — Que eu peça demissão e fique vivendo às suas custas?

Antes que eu tivesse a oportunidade de encostar o pano na mesa, minha mãe se inclinou sobre a superfície e limpou os farelos com a mão. Irritante, além de um pouco anti-higiênico. O que ela pretendia fazer com aqueles farelos e restinhos de ovo que deixei escapar durante meu consumo animalesco? Guardar no bolso? Acho que contorci o rosto só de pensar nessa opção. Porém, adiantando-se mais uma vez, ela estendeu a mão em concha para mim e eu instintivamente me aproximei com o pano. Bateu uma mão na outra para se livrar das migalhas sobre ele, enquanto dizia:

— É, quer dizer, você *já vive* às minhas custas, até aí não vai ter muita diferença. Acho que a maior novidade seria ter tempo suficiente pra estudar como se deve. Além de poder aproveitar o dinheiro do último salário e do aviso prévio pra fazer aquela viagem com o Gregório.

— Não me fala em Gregório. — Desabei na cadeira com o pano enrolado feito uma bolinha na minha mão. — Esse negócio de viagem deve ter sido só mais um artifício que ele usou pra que eu o desculpasse.

— Ah, meu Deus, vai começar essa lenga-lenga de novo? — Ela arrancou o pano da minha mão e foi sacudi-lo na pia. — Pensei que vocês estavam bem depois daquele papo emotivo que tiveram no outro dia.

— Defina bem — pedi enquanto desfazia meu coque exclusivamente para ter o trabalho de refazê-lo. — A gente mal se fala.

— Deve ser mesmo difícil tentar manter algum tipo de comunicação quando ambos os membros da relação resolveram virar bolinhas de pinball em fliperamas diferentes — minha mãe comentou, lavando a mão com o detergente verde da pia que, na minha humilde opinião, era o que fazia mais estrago na pele. A similaridade da cor dele com kryptonita era o que me fazia pensar assim. E eu só queria saber como uma mulher que tratava a pele de sua própria mão com tanto descaso se achava no direito de julgar a relação - ou não relação - dos outros.

— Por que você cismou com máquinas de pinball? — indaguei. — Ninguém mais joga essas coisas.

— E por que você cisma em desconfiar tanto das pessoas que te amam? — ela rebateu minha pergunta com uma que nada tinha a ver com o contexto. — O garoto já provou por A mais B o quanto gosta de você. Eu também tô tentando fazer a minha parte. E, se você deixasse, Rubens gostaria de fazer o mesmo.

— Foi pra isso que você puxou o assunto sobre o Gregório? — Levantei novamente. Dessa vez ferida, além de disposta a correr para a faculdade e fazer a bendita prova, convencida de que qualquer coisa seria melhor do que ficar aqui, ouvindo ela falar sobre o tal do Rubens, por quem ela me trocou. — Pra poder se gabar do seu *homem*?

— Eu me gabo do meu homem a hora que eu quiser! — minha mãe retrucou, cheia de fervor e paixão. Tive que fazer um *shhhh* bem exagerado, levando o dedo indicador à boca e indicando com a cabeça o quarto de vovó. — Não preciso ficar arrumando desculpinha, igual a você, que fica aí, dando voltas e mais voltas pra mandar uma mísera mensagem pro coitado do Greg. Tenho pena do garoto! — ela continuou seu show em tom de cochicho, mas com a mesma energia na voz.

— Aconselho que você mande uma mensagem pra ele comunicando sua pena — sussurrei em resposta antes de rumar para quarto e catar meus pertences. — Porque, ao que tudo indica, ele não vai vir aqui nem tão cedo. E não se espante se o garoto responder sua mensagem empática com um emoji — aproveitei para resmungar enquanto lutava para colocar a mochila nas costas.

— Você só tá com saudade. — Ela nomeou de um jeito muito simplório a sensação monstruosa que, de vez em quando, dava indício de que esmagaria meus órgãos internos. — Eu sinto o mesmo em relação ao Rubens, só que a minha demonstração é bem menos agressiva, mais no estilo ir dormir embalada pelas lágrimas.

— Por que você não volta pra Marabá e termina logo com esse sofrimento, então? — sugeri, aquela seria a solução perfeita para voltar a ter um pouco de paz na minha casa.

— Ele que vai vir pra cá — minha mãe comunicou, na maior naturalidade. — Quando encontrar passagens de avião com um preço bom. O combinado é ele ficar uma semana, é o máximo que ele consegue se afastar do trabalho. Afinal, alguém tem que trabalhar.

Ajeitei a mochila no ombro, querendo fazer o mesmo com meus pensamentos ao imaginar aquele homem entrando pela mesma porta que eu estava prestes a sair.

— Quem você achava que está arcando com os gastos agora que pedi licença do trabalho? — minha mãe quis saber.

— Espera aí — pedi, ao começar a digerir o bombardeio de informações, sentindo a necessidade de levar as mãos à cabeça. — Isso quer dizer que, tecnicamente, eu vivo às custas dele?

— Exatamente — minha mãe confirmou, parecendo feliz com a notícia. — Tá vendo como o seu orgulho não serve pra nada? — ela acrescentou, justificando sua felicidade. — Só estou te avisando pra depois você não ficar toda ofendida e barraqueira se o assunto vir à tona, igual fez com o Gregório. Além de, é claro, evitar que você me faça passar vergonha na frente do meu amado quando ele chegar aqui.

— Tenho que ir — falei, percebendo que demoraria bem mais do que alguns minutos para digerir a coisa toda. — Depois a gente conversa.

— Tudo bem. — Minha mãe deu um tchauzinho com a mão, totalmente alheia ao estado de nervos em que havia me colocado. — Boa prova! — Ela teve a pachorra de desejar.

— Impossível! Você não disse que eu precisava fazer a prova de cabeça fresca?! — joguei na cara dela suas próprias palavras.

— Disse — ela confirmou, na maior cara-de-pau —, e cabe a você fazer o que quer que seja necessário pra deixar seus pensamentos leves — acrescentou, como se fosse a coisa mais fácil do mundo.

— Tá... — Aproveitei a deixa para bater em retirada. — Obrigada pelo pão, estava muito bom.

— O melhor da região? — ela insistiu, sem largar o osso.

— O que quer que seja necessário para deixar meus pensamentos leves — respondi ao abrir a porta.

— Você aprende rápido — ela devolveu, num tom perto de um elogio.

— Pois é — fechei a porta atrás de mim com cuidado e pesquei meu celular no bolso frontal da mochila. — Você não perde por esperar — disse para mim mesma enquanto checava a tela.

Nenhuma resposta de Gregório, mas isso não me impediu de querer digitar sobre o monstro que retorcia meu interior.

O ônibus estava prestes a sair do ponto, dei uma corridinha para alcançá-lo. Ainda sem saber se ia para a faculdade e encarava uma prova que eu não tinha a menor condição de fazer, ou para o trabalho discutir com o meu chefe um possível afastamento. Opção inimaginável a minutos atrás. Nada como uma reviravolta familiar para jogar pelos ares tudo que você conhecia como rotina.

Contudo, como minha mãe havia destacado de forma tão cruel, não seria fácil aceitar uma oferta tão tentadora; eu tinha dificuldade em confiar nas pessoas. E a possibilidade de ser traída novamente me aterrorizava. Talvez eu devesse adicionar sessões semanais de terapia à minha rotina. Ou talvez eu devesse simplesmente seguir o conselho da minha mãe e deixar o orgulho de lado.

Não sei. Eu precisava pensar, recalcular minhas atitudes. Fazia tanto tempo que minhas responsabilidades atropelavam umas às outras que eu mal conseguia refletir sobre que tipo de vida eu gostaria de levar. Fala sério, até pouquíssimo tempo atrás eu sequer conseguia *perceber* que não dava conta de tudo, mesmo que todo santo dia fosse um desastre. Eu esperava o quê?! Que eu curasse todos os meus traumas enquanto dormia no ônibus caindo nos ombros de estranhos e de não-tão-estranhos? Eu precisava olhar para dentro e começar a entender o que acontecia ali. Só assim eu conseguiria tomar uma decisão apropriada.

O lento progresso da relação entre mim e minha mãe era algo a se levar em consideração; o rojão que segurei cuidando da minha avó sozinha por muito tempo também, além de muitas outras variáveis. Como aquilo que Greg falou um tempo atrás: nós somos muito novos para ser responsáveis por vovó sozinhos, estamos na idade de estudar para conseguir lutar por um bom futuro lá na frente. Sei lá, a proposta feita pela minha mãe tinha pinta de que requereria uma deliberação longa.

Porém, ainda sem conseguir decidir entre ir para faculdade ou para o consultório médico onde trabalhava, resolvi pegar o celular novamente e contar uma coisa importante para Gregório. *"Tô com saudade"* foi o que eu enviei. Na esperança de que ele não só me respondesse, mas que aprovasse qualquer decisão que eu tomasse, por mais inusitada que fosse.

Gregório
Antonialândia

Antônia estava com saudade, segundo a mensagem que brilhava na minha tela. A chegada daquela informação iluminara não só o meu celular, como também várias partes em mim. Ela não tinha ideia da falta que me fazia. Era uma saudade tão apertada que me induzia a pequenas loucuras, tipo comprar um pacote de viagem para Buenos Aires para nós dois sem nem consultá-la.

Era nessas horas que eu via que ela tinha razão em ficar brava comigo. Tomava decisões que influenciariam o rumo da sua vida sem lhe dar a menor chance de opinar. Mas dessa vez o cancelamento da viagem era grátis, tive o cuidado de escolher um pacote que não cobrasse taxa em caso de desistência. Ela podia dar para trás a hora que quisesse, sem se preocupar em afetar nossos bolsos. Só que para isso, precisava *saber* que estava metida num voo para a capital da Argentina na segunda semana de suas férias da faculdade. Coisa que eu tinha toda a intenção de contar. Inclusive, estava com o celular na mão quando Max interrompeu o curso da minha ação:

— Cara, você prestou atenção no que eu acabei de explicar?

— Não. Foi mal.

— Assim fica difícil... — Ele passou a mão para frente e para trás na cabeça, bagunçando todo o cabelo, como costumava fazer quando estava imerso no seu processo de programação. — Como você quer que eu faça as paradas direito se você nunca tá em casa e, quando tá, fica no mundo da lua.

— Quem disse que é no mundo da lua? — quis saber, do nada, intrigado pela excentricidade da expressão.

— Ninguém — Max se corrigiu. — Todo mundo sabe que, na real, você tá na Antôniolandia, anotando coisas no seu caderno idiota. Se perguntando se ela ainda te ama, se vai te perdoar por um erro que, no fim das contas, nem foi tão grave assim.

— Acho que ela já perdoou — contei, sem nem tentar negar minha estadia permanente na Antôniolandia. — Acabou de mandar uma mensagem falando que tá com saudade.

Será que meu sorriso estava fixado de uma forma muito boba na minha cara? Será que eu me importava? Provavelmente não. Também não me importei quando Max balançou a cabeça em reprovação e disse:

— Tenho certeza de que você tá sofrendo com o mesmo sentimento — ele falou em tom de deboche, embora fosse a mais pura verdade. — Deve estar se rasgando de vontade de digitar uma mensagem quilométrica, cheia de firulas, falando sobre a dor da separação de apenas um quarteirão que vocês estão enfrentando. Muito comovente — ele levou a mão ao coração —, mas extremamente fora de hora.

— O amor não obedece à lógica temporal — comentei, tendo quase certeza de que tinha tirado a frase de uma daquelas comédias românticas que o Max odiava.

— Pois é, mas o nosso futuro profissional, sim. Por essas e outras, me vejo na obrigação de confiscar o seu celular. *De novo*.

Max deu um bote inesperado e arrancou o aparelho da minha mão, sem que eu tivesse a chance de me defender. Quando dei por mim, ele já enfiava meu principal meio de comunicação com Antônia no bolso frontal de sua bermuda. Perto demais da Central do Mulherio, como ele insistia em chamar suas partes íntimas.

— Qual foi, cara! — reclamei, mesmo sabendo que era inútil, assim como havia sido nas outras vezes. — Deixa eu responder rapidão, ela tá em semana de provas.

— A semana de provas é justamente o problema — Max se ajeitou na cadeira, fazendo-a ranger e a mesa com nossos computadores tremer. — Daqui a pouco vai começar a sua e você vai ficar todo *nhé-nhé-nhé-nhé*: "preciso estudar", "não prestei atenção em nada o semestre inteiro porque passei o tempo todo correndo atrás de Antônia" e toda essa palhaçada.

— Assim que te contei do novo jogo, avisei que precisaria parar um pouco pra estudar — relembrei — e essa imitação que você tá tentando fazer de mim é muito tosca.

— Que seja, Gregório. Você acha que eu gosto de passar as noites em claro ao seu lado? Meu celular também tá pipocando de mensagem de mulher. Uma melhor que a outra. Quer dar uma olhada? — Ele começou a puxar o aparelho do bolso oposto onde estava o meu, doido para se vangloriar de suas conquistas.

— Não, valeu — cortei sua onda. — Prefiro que a gente se concentre no trabalho.

— Ótimo — Max colocou o celular com a tela virada para baixo no tampo da mesa. — Porque não quero ficar aqui igual um idiota tendo que me adequar ao seu fuso horário insano de faculdade e trabalho pra sempre. Precisamos finalizar o jogo o quanto antes, sinto que tô chegando no meu limite.

— Calma, cara, vai dar tudo certo. — Dei uns tapinhas em seu braço para apaziguá-lo. — Dessa vez a ideia é boa.

— Claro que vai dar certo! Eu que estou no comando! — ele disse, em mais um de seus excessos de autoconfiança. — Mas você acha que é fácil?

— Eu *sei* que não é fácil — admiti, gesticulando em direção às telas em cima da mesa, lotadas de números e letras. Todos tão miúdos que instantaneamente faziam minha vista embaçar. — Mas a gente vai conseguir, já estamos metidos demais nos códigos pra dar pra trás.

Ao esfregar os olhos por trás das lentes, fiz uma nota mental para dar um pulo no oftalmologista quando essa maratona louca acabasse. Isso na eventualidade de o aplicativo realmente ficar pronto porque, por mais que eu estivesse indo fundo no discurso positivista com Max, tinha minhas dúvidas de que conseguiríamos performar tal façanha no curto tempo que tínhamos antes das provas do fim do semestre começarem.

Como ele mesmo tinha acabado de falar, o meu fuso horário incomodava. E se era ruim para ele, que tinha como única responsabilidade, além de codificar o aplicativo, ir para a faculdade com a paz de espírito de que passaria direto em todas as matérias; imagina para mim? Pois, fora o fato de eu não ter certeza se passaria em *alguma* coisa, ainda precisava me acostumar com a dinâmica de ter um emprego, com responsabilidades novíssimas, pessoas dependendo de mim e tudo o mais.

Parecia que eu estava operando no meu limite fazia semanas. E que a qualquer momento entraria em curto-circuito. O sentimento se agravava quando eu pensava no estado inconclusivo em que a relação com minha talvez-namorada se encontrava. A sensação era de que os fios imaginários do meu sistema interno faiscavam toda vez que o rosto dela me vinha à cabeça.

Coisa que acontecia quase que de minuto em minuto. A Antônia que ocupava minha imaginação no momento vinha de uma selfie que ela havia me mandado recentemente: totalmente maravilhosa e levemente sexy.

A potência daquela imagem me impulsionava em direção a uma nova loucura.

Por isso, sem pensar muito nas consequências, cheguei a profundidade da imersão de Max ao digitar os códigos e arrastei o celular dele pelo tampo da mesa com muita discrição.

Com o aparelho camuflado entre as minhas pernas, o resto era fácil. A senha dele conseguia ser a mais idiota possível, sua própria data de nascimento. Se alguém levasse em consideração que o cara trabalhava criando aplicativos e desbravando os confins da internet, ficava ainda mais preocupante. Mas minha única preocupação era achar algum contato de Antônia salvo no aparelho, todo o resto que se explodisse.

Eu não estava nem aí, mesmo que o papo sobre o futuro depender do nosso nível de comprometimento fosse bastante plausível.

Como manter a coerência diante do tanto de incerteza que fazia morada em mim?

Embalado nesse clima incerto, com os dedos se movendo da forma mais ligeira e silenciosa possível, encontrei o perfil de Antônia no Instagram e digitei:

"Antônia?" torcendo para que ela notasse a mensagem e respondesse sem demora. Era questão de tempo até Max notar que eu havia surrupiado o celular dele. O ideal seria que conseguíssemos estabelecer contato antes de isso acontecer.

Por sorte, meros segundos depois, apareceu na tela a informação de que ela estava digitando. Em seguida, como num passe de mágica, surgiu a palavra: *"Maximiliano?"*, no lado oposto ao da minha mensagem. Eu quase podia ouvir a desconfiança em sua voz. Fui inundado pela vontade de estar perto o bastante para detectar cada micro reação que a atravessava, mas me contentei em dizer: *"Não. Sou eu, Gregório. Morto de saudade"*.

O que recebi em resposta foi um *"?"* muito do frustrante, que apenas fortalecia minha opinião de que uma conversa cara a cara dava de mil numa troca de mensagens. Contudo, precisava encarar a realidade à minha frente. Cenários ideais só chegavam para quem tinha paciência de esperar por eles. Eu era um cara meio ansioso. Por isso, falei:

"Max confiscou meu celular. Tive que roubar o dele pra conseguir te desejar boa sorte na prova".

"Não vou fazer a prova", Antônia enviou em resposta. *"Tô indo pedir demissão do meu emprego".*

Eu poderia ter me preocupado com a mudança radical na vida dela. Deveria ter perguntado o motivo daquilo, para me mostrar um talvez--namorado atencioso. Mas só o que eu conseguia pensar era: *"Até que enfim!!!"*, de modo que foi isso que digitei e enviei.

E, como eu não conseguia conter minha empolgação, acrescentei: *"Agora você vai ter tempo pra se dedicar aos estudos e passar nas matérias mais difíceis".*

"Foi mais ou menos isso que a minha mãe falou quando tentou me convencer de sair do emprego", ela disse. *"Por um acaso vocês estão novamente de complôzinho pelas minhas costas?".*

A vontade de chamar Antônia de *meu amor* chegou rápida aos meus dedos. Sorte que consegui apagar o aposto carinhoso antes de apertar o botão de enviar. O conteúdo editado ficou mais ou menos assim: *"Longe de mim, Antônia! Minha rotina tá tão zoada que mal consigo falar com você, que é a pessoa com quem eu mais quero conversar".*

"Bom", ela respondeu, embora eu não concordasse.

"Bom, nada. É péssimo", disparei. Mas, se fôssemos ter um desentendimento, eu preferia que discutíssemos uma questão mais relevante, razão pela qual acrescentei: *"A gente precisa conversar. Urgentemente".*

"Tipo agora?", ela perguntou, parecendo disposta a embarcar numa discussão de relação, ainda que fosse online.

Por essa eu não esperava, levei até alguns segundos para responder. Olhei para o lado e chequei o nível de concentração de Max. Pelo estado do seu cabelo, arrepiado como se tivesse levado um choque elétrico, calculei que tinha mais alguns minutos de liberdade. Mas será que isso queria dizer que deveríamos seguir em frente?

O tipo de assunto que eu queria abordar poderia demorar *horas* para ser resolvido. Por outro lado, quando eu teria essa quantidade de tempo disponível com a rotina que havia estabelecido para o próximo mês? Será que era prudente aproveitar cada segundinho da rara conexão eletrônica que tínhamos sendo totalmente sincero com ela?

Sem poder me dar ao luxo de ponderar as questões que pipocavam na minha cabeça, fui logo digitando: *"Sei que não é hora nem lugar pra falarmos disso, mas acho que a gente tem que ver como as coisas vão ficar entre a gente. Essa situação indefinida tá acabando comigo".*

"Comigo também", ela respondeu tão rápido quanto minha insegurança ansiava. *"Não dá pra ficar nesse chove e não molha de mensagens espaçadas, fico nervosa quando você não comenta minhas selfies. E tenho consciência do quanto isso é ridículo, mas é um negócio que não consigo evitar".*

"Só é ridículo porque eu COMENTEI *cada selfie que você me mandou"*, argumentei, talvez com mais incisão do que deveria.

"Comentou CARINHAS", ela rebateu com o mesmo exagero de energia. Não dava para ver o seu rosto, mas eu apostava que a indignação o dominava. Era uma pena, pois eu venerava a ruguinha que se formava entre suas sobrancelhas quando ela ficava com esse tipo de expressão. Além do mais, Antônia não sabia a verdade por trás dos emojis.

E continuaria sem saber, pois, ao meu lado, Max deu um suspiro cansado, lembrando-me que a concentração dele não era de ferro e não nos restava muito tempo.

"Temos coisas mais sérias do que emojis pra falar", tentei retomar o foco do assunto.

"É? Tipo o quê?", ela perguntou, provavelmente ainda com a ruguinha que eu amava entre as sobrancelhas.

"Tipo eu ter comprado um pacote de viagem pra Buenos Aires", contei logo de uma vez. *"Vai ser no início das férias, e a gente voltaria um dia antes da véspera de Natal. Mas posso cancelar tudo se você quiser. A decisão final é sua".*

A informação de que ela estava digitando sumia e aparecia da tela. Fiquei na dúvida se era um problema do celular ou se ela estava redigindo uma esculhambação de respeito. Max se remexeu na cadeira e eu voltei o olhar para os códigos sendo formatados, fingindo interesse.

— Maneiro, né? — Ele se virou na minha direção para receber um elogio.

— Irado! — foi só o que consegui dizer enquanto encobria o celular com uma perna e torcia para que ele não desse falta do aparelho — O que quer dizer aquela última linha? — perguntei, numa tentativa desesperada e provavelmente insensata de distraí-lo.

— Espera só até essa parte ficar pronta! — Ele mordeu a isca com o maior entusiasmo. — Você vai pirar!

— Tenho certeza de que sim — respondi com a convicção de quem já estava bem fundo no processo de piração que nada tinha a ver com os códigos de Max.

Com o celular pressionado embaixo da perna, eu aguardava um sinal de que meu amigo tinha retornado sua atenção para o computador enquanto torcia pelo vibrar de uma nova mensagem. A velocidade do tempo estava dessincronizada com as batidas do meu coração. Mas, no fim, a imersão completa de Max no trabalho, evidenciada por um longo arrepiar de cabelo, e a resposta de Antônia chegaram mais ou menos na mesma hora.

Dei uma última olhada de canto de olho para me certificar que o meu amigo não se desprenderia dos códigos nos próximos minutos e resgatei o aparelho do esconderijo.

"Você deveria ter falado comigo antes de comprar" era o que estava escrito.

Meu estômago afundou, dando a impressão de ir parar embaixo da cadeira onde eu estava. E a principal razão da queda repentina de um dos meus órgãos internos mais preciosos era o fato de concordar com o que ela tinha dito. Aliás, desconfiava de que ela não fosse aprovar minha atitude impulsiva desde o momento em que adicionei a opção de cancelamento grátis ao pacote de viagem, mediante o acréscimo de uma pequena taxa.

Porém, para o meu alívio, essa não foi a única mensagem que Antônia enviara. E a próxima que chegou, fez meu interior se realinhar. *"Mas como vou recusar uma proposta dessas?"*, ela questionou.

"Não recusa", não perdi tempo em incentivar, aproveitando cada microbrecha para reforçar o quanto queria que ela estivesse aqui comigo.

"Por menos que eu goste de surpresas, é reconfortante saber que você pensa em mim e nos nossos planos mesmo quando não estamos conseguindo nos comunicar direito", ela concluiu, sem se posicionar em relação à viagem.

"Eu penso em você o tempo todo, Antônia", digitei em resposta, mais louco que nunca para usar a palavra "amor", mas sentindo que já corria risco demais com a proposta não respondida pairando pela conversa.

"Eu também", ela falou, para minha surpresa. *"Quer dizer, quando não estou pensando na doença da vovó"*, complementou, quebrando o impacto da afirmação. *"Ou nas dores de cabeça diárias que minha mãe me dá, ou no fato de que não consigo dar conta de tudo sozinha"*.

Pelo visto, a lista de pensamentos que me antecediam era imensa. Mesmo assim, não me deixei abalar. *"Quando encontrar uma brecha nas questões prioritárias, você bem que poderia considerar o lance da viagem"*, propus. *"Tudo bem que o cancelamento é grátis e não faz muita diferença em termos econômicos, mas seria bom pra eu poder planejar melhor a logística da minha vida, caso você não aceite".*

"Você tá escrevendo como se fosse um robô corporativo" foi a resposta dela à minha proposta. *"Mas identificou o problema com uma precisão cirúrgica"*, continuou, sem perder o rebolado ao humilhar o restinho de moral que me sobrou.

"Apesar do meu modo corporativo de falar?", perguntei, só para me certificar se tinha lido direito.

A conversa que achei que ia bem dava todos os indícios de que começava a degringolar. Senti certo desconforto ao ver que ela continuava digitando, mas antes de processar a sensação, uma nova mensagem apareceu na tela:

"Sim, as brechas são a chave da questão".

O que brechas tinham a ver com chaves? Entendi foi nada.

Essa era uma das razões pelas quais discutir assuntos sérios pelo celular era tão frustrante. Porém, antes que eu pudesse ir mais a fundo nas minhas insatisfações cibernéticas, o celular vibrou com uma mensagem, dizendo:

"Eu sempre dou um jeito de arrumar uma brecha pra pensar em você, não importa quanto o assunto que deveria estar em primeiro plano na minha cabeça seja importante".

"Desculpa...?", respondi, incerto, não sabia qual era o protocolo para invasão de pensamentos.

"A culpa não é sua se eu tô tão loucamente apaixonada por você", ela rebateu. A força daquela afirmação ressoou em cada pedaço do meu ser, me deixando sem ação para formular uma resposta. Eu me concentrei apenas em disfarçar um sorriso para não chamar a atenção de Max enquanto ela continuava digitando.

"E, se minha mãe concordar em assumir a responsabilidade de cuidar da vovó, tenho certeza de que vou achar uma brecha pra viajar com você". Antônia finalmente me deu a resposta pela qual ansiava. Da maneira mais conturbada possível.

Um clássico na Antôniolandia.

Foi impossível impedir o sorriso de se alargar no meu rosto ao digitar: *"Já estou na torcida pra que ela concorde".*

Na verdade, assim que tivesse meus dedos liberados da função de digitar, cruzaria todos eles até que a resposta da mãe de Antônia chegasse. Ela não estava entendendo o desespero que eu estava de ter alguns dias a sós com o meu amor.

"Não acho que vai ser difícil, ela tá doida pra me despachar", ela respondeu, coisa que infelizmente não acalmou meu coração.

Mesmo assim falei: *"Acho bom"*. Porém acharia melhor ainda quando tivéssemos uma resposta definitiva e as malas estivessem prontas. De preferência, a caminho do aeroporto.

Mas Antônia tinha um jeito todo dela de fazer eu me sentir melhor. Não achava que ela sabia do poder que tinha de transformar o meu dia, mas adorava quando ela o usava.

"De qualquer forma, apareço aí na sua casa quando ela me der a permissão oficial. Não só porque comunicar coisas grandiosas ao vivo é muito melhor, mas também porque quero te dar um beijo mais caprichado do que aquele último, que deixou um pouco a desejar... Não esquece de dar uma geral na casa pra eu não morrer de tanto espirrar com os pelos da Catapora logo no primeiro minuto".

Eu estava com os dedos preparados para concordar com tudo, dando uma ênfase especial na limpeza da casa, assegurando que ela poderia vir sem medo. Eu daria meu jeito para deixar tudo um brinco o quanto antes. Antônia não tinha com o que se preocupar. Contudo, eu mesmo fiquei preocupadíssimo, com o coração vindo parar na boca, quando escutei:

— Porra, Gregório, não acredito nisso! — Max desgrudou os olhos do computador e se virou para mim, revoltado. — Você chegou perto da Central do Mulherio sem eu perceber?

— Eu... — tentei explicar que nem a pau colocaria a mão nas partes íntimas de alguém que as nomeava daquela maneira escrota, mas ele partiu para ignorância e arrancou o aparelho da minha mão.

— Esse celular é meu, cara?! — Ele enfim percebeu. — Você invadiu meu sistema pra ficar se rastejando atrás de Antônia?! Que merda!

— Merda é a sua senha — rebati, me esticando para pegar o aparelho de volta, ansioso para responder minha quase-com-certeza namorada.

— Sai dessa, cara. — Max se levantou, levando o celular com ele.

— Deixa só eu responder a última coisa pra ela — pedi, abrindo mão do pouco orgulho que restava em mim. — Só uma coisinha rápida e a gente volta a se concentrar no trabalho.

— Igual a gente estava concentrado agora a pouco? — ele quis saber. — Comigo trabalhando feito um cientista maluco e você de conversa fiada com a sua namoradinha?

— Eu não tenho certeza absoluta se estamos namorando novamente — confessei, apelando para o emocional. — Por isso preciso falar esse último negócio, pra acabar com as dúvidas.

— Você é muito folgado, cara. — Max abanou a cabeça, parecendo incrédulo ao mesmo tempo em que achava graça da situação. — Vou mandar um emoji da sua escolha e olhe lá!

— Fala sério, Max. Antônia tá de saco cheio desses negócios que você manda sempre que confisca meu celular.

— Acontece que esse é o *meu* celular, amigão. Então é um emoji ou nada. E considere-se sortudo pelo meu ato de bondade. — Ele balançava o celular na altura do meu rosto, mas longe do meu alcance, como se isso fosse ajudar a criar uma atmosfera tentadora.

— Ato de bondade... — resmunguei ao resistir à vontade de mandar ele enfiar aquela bondade em outro lugar. — Manda um coração, então. Vermelho.

— Enviado — Max comunicou após clicar na tela com gestos teatrais. — Ela mandou um emoji bravo em resposta — completou com uma risada. Para ele o nível do envolvimento que eu tinha com Antônia não passava de uma piada. — Acho que ela não gosta mesmo das carinhas, porque ela disse: "Antes de voltarmos a nos comunicar por imagens diminutas e ambíguas, gostaria de dizer, com palavras, que também te amo, amor". E no final colocou um coração.

— De que cor? — quis saber.

— Também vermelho — Max guardou o celular no bolso e voltou a se aproximar da mesa onde ficava os computadores. — Acho que você já tem sua resposta.

— É, acho que sim — concordei com meu amigo enquanto estalava os dedos para pegar no batente da codificação desgovernada de Max, dessa vez para valer.

A leveza que tomara conta de mim ao ser chamado de amor por Antônia era justamente o que eu precisava para seguir firme no planejamento do aplicativo. E, quando esse artifício parasse de funcionar, sendo abarcado pela incerteza de que Max simplesmente tivesse inventado aquela mensagem para que eu participasse do trabalho conforme ele queria; eu me valeria da promessa de que ela viria aqui quando a mãe desse a resposta.

Quando isso finalmente acontecesse, não queria ter meu sócio, também conhecido como ex-namorado dela, respirando no meu cangote na hora em que a gente fosse se beijar. Logo, só me restava trabalhar da maneira mais rápida e eficiente possível. Tinha certeza de que seria um sacrifício que traria recompensas no futuro.

Antônia
Até logo

Blim-blom!

Quis sair correndo do caos em que meu quarto se encontrava para ver quem tinha tocado a campainha. Mas, embora desconfiasse da identidade do visitante, e ansiasse com todas as forças vê-lo, o conjunto de bagagens espalhadas me impedia de sair dali. Os segundos corriam contra mim. Era para eu estar pronta desde antes de a campainha tocar.

— Olá, família — a voz que eu tanto amava cumprimentou minha mãe e vovó ao atravessar a sala.

Mas eu tive a confirmação de que era Gregório logo após ouvir os primeiros passos. Era bizarro reconhecer alguém só pelo seu jeito de andar. Ainda mais quando fazia um mês que ele não colocava os pés na nossa casa.

— Tudo certo? — minha mãe perguntou. — Quanto tempo, garoto! Essa história de só se falar por telefone não tá com nada!

— Verdade, tia — Greg deu razão. — Mas agora que meu joguinho tá finalizado, prestes a ser lançado, vamos voltar à programação normal. Até porque acho que a alergia da Antônia não aguenta mais a exposição aos pelos da Catapora.

Durante aquele período turbulento de reconciliação, tive que me adaptar ao ritmo frenético das atividades de Gregório, por isso passei a fazer visitas esporádicas à casa dele. Encarei os perigos alérgicos sem medo, a saudade era maior. Grande a ponto de partirmos para o agarramento assim que eu atravessava a porta da sala, com a maçaneta prensando minhas costelas e todo o resto de mim pressionado contra Gregório.

— É, mas respirar novos ares deve ajudar — minha mãe ponderou.

— Ainda mais quando os novos ares estarão repletos de alfajores e doce de leite! — meu namorado lindo e maravilhoso acrescentou, dava para perceber pela sua voz que ele estava tão empolgado com a ida para Argentina quanto eu, se não mais. — Aliás, cadê ela? Max tá esperando no carro pra levar a gente.

— Ares, que ares? — vovó perguntou, no *timing* perfeito para desconversar minha ausência.

As malas continuavam abertas. Eu não sabia por qual começar. Optei pelo mais fácil, conferi a bolsinha de cuidados pessoais e chequei se estava tudo certo por lá. Uma barreira de camisinhas me impedia de analisar os itens com o devido cuidado. Mas paciência, se faltasse alguma coisa, compraria numa farmácia por lá. Coloquei a necessaire na maior mala e me preparei para fechá-la. Não parecia que seria uma tarefa fácil.

Isso que dava não ter prática em viagens. Esperava que eu e Gregório, aos poucos, pudéssemos mudar essa realidade.

Na verdade, eu esperava tanto dessa relação que às vezes me dava medo.

Se relacionar com alguém nunca era do jeito que a gente esperava. Além disso, existia as expectativas da outra pessoa em jogo. E, como se não bastasse, tinha também o curso do destino, que levava quem quer que fosse para onde lhe desse na telha.

Um saco.

Mas antes que eu pudesse perder mais tempo filosofando sobre os rumos que meu envolvimento com Gregório havia tomado, ele perguntou a vovó:

— Não te contaram que eu e Antônia vamos passar uma semaninha fora?

Claro que contamos. Diversas vezes! Mas quem disse que ela lembrava? A cabeça da velhinha andava cada vez pior. Aceitar que esse era o curso natural das coisas, que *nunca* chegaria o momento em que ela melhoraria, ou estabeleceria em um ritmo fixo de esquecimento foi uma das questões difíceis de trabalhar na terapia. Ainda assim, eu acreditava que a aceitação de fato só acontecera durante um dos quebra-paus que tivera recentemente com a minha mãe.

Nossas brigas iam e vinham, como o movimento de uma maré. Mas, por incrível que pudesse parecer, estávamos conseguindo encaixar alguns instantes de calmaria entre elas. Horas peculiares em que minha mãe me abraçava e fazia movimentos circulares com a mão nas minhas costas enquanto eu me acabava de chorar pela perda irreversível de sanidade da vovó, sem nem se importar com possíveis catarros que pudessem vir a escorrer na blusa social chique dela. E horas esquisitíssimas em que eu concordava com a vinda do namorido dela, ou sei lá como eles chamavam um ao outro, para que o cara pudesse enfim conhecer a família.

— Fora de onde? — vovó perguntou a Gregório, soando como uma criancinha perdida, partindo meu coração.

Tive vontade de largar a mala do jeito que estava e desistir de tudo. E se acontecesse alguma coisa durante a viagem? Como eu sobreviveria com a culpa?

Não era a primeira vez que essa paranoia tomava conta da mim. Como medida de segurança, Gregório fez questão de comprar passagens flexíveis, que nos permitiria mudar a data da volta com facilidade, sem taxas exorbitantes. Mas ainda estávamos à mercê de conexões, horários de voos alterados e mais um monte de merda que só acontecia em aeroportos.

Eu tremia só de imaginar.

— Fora de casa — minha mãe respondeu lá da sala. — Mas o Rubens chega hoje mais tarde, pra me ajudar. Depois todos nós vamos passar o Natal juntos, a senhora nem vai notar que eles foram embora.

— Será que não? — vovó indagou.

Provavelmente não, respondi comigo mesma ao me jogar na cama. Queria saber se algum dia eu alcançaria o famoso final feliz. Não gostava de soar ingrata, percebia que de uns tempos para cá minha qualidade de vida tinha melhorado significativamente: passei em todas as matérias na faculdade, conseguia ter uma noite de sono com uma quantidade aceitável de horas, tinha alguém para me ajudar a cuidar da vovó, um namorado com um corpo que se encaixava de forma extasiante ao meu... mas isso não significava que tudo estava perfeito.

E eu tinha lá minhas dúvidas de que algum dia seria. A piora constante de vovó e o caráter majoritariamente carnal da minha relação amorosa ajudavam a comprovar minha teoria.

— Do jeitinho que eu gosto.

Do nada, Gregório abriu a porta e sorriu ao me ver jogada na cama.

— Porra, amor, não acredito — ele acrescentou ao notar o resto do quarto, focando nas bolsas abertas por todos os lados.

— Foi mal. — Tentei me sentar do jeito mais recatado possível, para não incentivar nenhum instinto de pegação nele.

Era só o que andávamos fazendo durante as poucas visitas que fazia à casa dele. E só parávamos quando Max ordenava que Greg voltasse para frente do computador, ou eu sucumbisse aos ataques de espirros causados por Catapora.

— Como você deixa tudo assim pra última hora? — Ele soava decepcionado. — Minhas malas estão feitas faz uma semana...

O medo de a falta de diálogo nos empurrar por caminhos diferentes apertou meu coração mais uma vez. Era um sentimento constante. Aquele negócio de priorizar a saudade que nossos corpos sentiam, relegando a conversa ao mundo das mensagens desencontradas acabaria cobrando seu preço. Tomei a disparidade do processo de arrumação das malas como um sinal.

— Não deu tempo... — falei, querendo me referir não só a situação das malas, mas também a falta das nossas conversas.

Queria saber o tudo que acontecera durante esse mês que ele havia passado trabalhando e estudando como um louco. Gostaria que ele me descrevesse o que tinha sentido quando Max colocou o ponto final no código do aplicativo, ainda que nem soubesse se códigos de programas usavam esse tipo de pontuação. Queria os mínimos detalhes. E ficava triste ao cogitar que talvez ele tivesse esquecido parte deles.

— Tudo bem. — Ele coçou a cabeça numa intensidade que afirmava justamente o contrário. — O que eu posso fazer pra ajudar?

— Ficar longe de mim — foi minha resposta automática, que, sem dúvidas, soou um pouco rude.

Deu para perceber que ele sentiu o impacto ao dar um passo para trás. Coitado do meu amorzinho, devia ter se desacostumado com minhas cavalices ocasionais.

— Poxa, mas minha ideia quando te chamei pra viajar comigo era exatamente te ter por perto...

— É, mas um relacionamento firme é construído com mais do que proximidade física — argumentei.

— Eu sei — ele confirmou, começando a soar meio puto. — Mas a gente acabou de passar um tempão separados.

— Com ocasionais encontros pra pegação.

— Ocasionais demais pro meu gosto — ele reclamou ao se aproximar da mala maior para tentar fechá-la.

Puxou o zíper, mas o breguete nem se moveu. Gregório colocou mais força na mão que pressionava os lados da mala um contra o outro, sem nenhum sucesso.

— Vou precisar que você sente nela — ele sentenciou. — Pode deixar que não vou pedir pra você se sentar em mais nada.

O tom foi de piada, mas não fiquei com vontade de rir. A tensão tomou conta dos meus músculos ao ser arrebatada por um batalhão de memórias em que eu sentava em outros lugares. Na cama, no sofá, na sala de jantar... E, nossa, como era bom! Mas eu precisava manter em mente que uma relação não conseguia se sustentar apenas com sexo. Nosso foco a partir de agora deveria ser outro.

— Tá bom... — Caminhei em direção à mala um tanto quanto temerosa.

Verdade fosse dita, o caráter puramente carnal que nosso envolvimento tinha adquirido no último mês não era responsabilidade apenas de Gregório.

Sim, ele me agarrava logo nos primeiros segundos que ficávamos sozinhos num cômodo. Mas eu não ficava atrás, nunca perdia tempo em entrelaçar os dedos nos cabelos da nuca dele. De enlaçar a perna na sua cintura...

Fiz um pequeno desvio para checar se os documentos que precisaríamos na viagem estavam devidamente guardados na mala de mão. Aproveitei a pausa para acalmar os ânimos. Porém, tinha a ligeira impressão de que precisaria de um caminhão dos bombeiros para apagar o meu fogo. Ou simplesmente o corpo de Gregório em cima do meu.

— Tudo em ordem? — ele perguntou, ainda tentando fechar a mala.

— Mais ou menos.

Apesar do meu incêndio particular, eu precisava manter em mente que o foco agora deveria ser o *diálogo*. Essa era a base de toda relação, não era?! A nossa não poderia ser diferente. Já tínhamos percorrido caminhos estranhos demais para nos dar ao luxo de enveredar por mais um.

— Me fala o que tá pegando e a gente tenta resolver — ele falou com aquela voz mansa que me dava vontade de deitar em seu colo e contar todas as minhas paranoias. — Mas se importa se dermos prioridade à mala? É que a gente tem hora pra chegar ao aeroporto...

— Claro.

Parei de enrolar e me sentei na mala logo de uma vez. Não era hora de debater os problemas que eu tinha inventado na minha cabeça. Era hora de agir, colocar meus pertences em ordem. Coisa que eu deveria ter feito bem antes, e só não fiz porque estava muito ocupada com minhas caraminholas.

O ciclo vicioso estava claro e eu não via a hora de encontrar um jeito de sair dele. Quem sabe mais tarde? Quando enfim estivéssemos sentados e com os cintos de segurança afivelados a bordo no avião?

Por ora, Greg puxava o zíper mais ou menos na altura do meu quadril. Com a outra mão, imprensava o tampo da mala para baixo, perto da minha perna. Tentei não me sentir arrebatada pela proximidade. Fiz um trabalho de merda nessa missão. Sorte a minha que Gregório seguia concentrado em seu desafio.

Quando ele pegou o jeito da coisa e começou a fechar alguns poucos centímetros a cada puxão que dava, levantou a cabeça para olhar para mim. Não resisti e afastei algumas mechas de cabelo que tinham grudado em sua testa. Ele era lindo e cheiroso até quando suava.

— Por que você não me conta logo o que tá acontecendo por aí? — Gregório se inclinou para encostar a cabeça dele na minha em meio a um puxão.

Senti o suor da testa dele em mim e nem liguei. Na verdade, até gostei. Deixei um sorriso bem pequenininho tomar conta dos meus lábios ao perguntar:

— A gente não tá correndo contra o tempo?

— É, mas seu assunto parece ser urgente. Quer dizer, tudo que tem a ver com você é urgente pra mim.

Dei um beijo na bochecha dele só pela fofura da declaração.

— Ainda mais quando percebo que, se não resolvermos logo, existem chances de eu levar outra patada.

— Desculpa... — Deitei a cabeça em seu ombro e inspirei o seu cheirinho. Isso sempre me acalmava, e, ao mesmo tempo, me deixava um pouco nervosa. Uma contradição que eu amava. — Faz muito tempo que eu não namoro, às vezes fico sem saber como proceder.

Ele terminou de fechar a mala e se sentou no chão, de frente para mim.

— É normal a gente se confundir às vezes, eu acho. — Ele deu de ombros e, quando percebi, tinha apoiado minhas mãos neles. — Mas você precisa se lembrar que esse não é um namoro qualquer, é *a gente*. Nos conhecemos há anos, você pode me falar qualquer coisa.

— Até que eu tô preocupada com nossa relação se resumir apenas a sexo? — perguntei, de supetão.

E, por mais surreal que pudesse parecer, a reação de Gregório foi cair na gargalhada. Um som gostoso e borbulhante que tomou conta do quarto inteiro. Quase me fez rir junto. Mas aí lembrei a quantidade de dias em que eu tinha ficado com essa pulga atrás da orelha. Isso bastou para eu fechar minha cara novamente.

— Você não pode estar falando sério! — Ele esfregou o rosto, antes de me olhar com atenção.

— Mas eu tô!

Dessa vez não ajeitei um fio sequer do seu cabelo.

— Mas, amor... Você é minha melhor amiga! Eu chamo sua avó de vó e, até pouquíssimo tempo atrás, eu tinha um diálogo mais aberto com a sua mãe do que você mesma!

— Vai realmente querer tocar no assunto da minha mãe agora?! — questionei.

— De jeito nenhum. — Ele mostrou as mãos em sinal de rendição. — O que eu preciso que você entenda, pelo bem da nossa convivência na viagem, é que a conexão que a gente tem começou antes mesmo de a gente dar o primeiro beijo. Tudo que veio depois *acrescentou* novas dimensões, não excluiu nada.

Achei muito bonito o que ele falou. Principalmente porque disse segurando meu rosto com as duas mãos, levantando-o suavemente em direção ao dele. A receita perfeita para me perder em seus olhos.

Mas, por mais coerente que o argumento dele parecesse, minhas preocupações tinham criado raízes muito fortes. Eu precisaria de mais provas para arrancá-las da cabeça de vez.

— Mas eu não sei quase nada do que aconteceu com você no último mês — resmunguei. — Eu te conto tudo, nos mínimos detalhes, e só o que eu recebo em respostas são carinhas com corações idiotas.

— Já expliquei que os emojis são coisa de quando o Max confisca meu celular. Mas pode ficar tranquila que ele lê tudo pra mim antes de responder. Quer dizer, não tão tranquila, pois imagino que não era sua intenção ter suas mensagens lidas por ele, mas você sabe que é um risco que se corre.

— Essa é a menor das minhas preocupações, pouco me importa o que o Max pensa de mim. O que acaba comigo é esse tempo que a gente perdeu. Não tem mais como eu saber sobre o que aconteceu com você durante esse mês que mudou a sua vida.

— Claro que tem — ele tentou me tranquilizar, passando a mão pelo meu cabelo, deixando o indicador se enroscar em um dos meus cachos.

— Como? — perguntei, segurando mais forte nos seus ombros, palavras vazias não funcionariam para aplacar minhas angústias. — A cada segundo que passa, o passado fica cada vez mais pra trás. Mesmo sem querer, você vai esquecendo as pequenas nuances de emoção que coloriu cada momento.

— Foi fundo na filosofia, hein! — Ele deu uma risadinha. — Mas pode deixar que eu tenho a solução. Só não te mostro agora porque deixei minha mochila na sala.

— O que a sua mochila tem a ver com isso?

Antes que ele pudesse esclarecer, minha mãe colocou a cabeça na porta sem sequer bater antes.

— Vamos parando com a safadeza! — berrou. — Eu e dona Fifi estamos esperando pra nos despedir.

— A gente não tá fazendo nada! — rebati, embora ela tivesse fechado a porta logo após o recado. — Pela primeira vez em muito tempo.

Só para destruir meu argumento, Gregório se aproximou e me deu um beijão daqueles que me arrepiavam dos pés à cabeça. Protestaria se não estivesse quase que completamente envolta na sensação maravilhosa que era ter sua língua invadindo a minha boca. Contudo, antes de eu perder o contato com o mundo a minha volta por completo, ele se afastou, deixando-me em estado de ebulição.

— Sua mãe tem razão, já tá em cima da hora. — Ele se levantou e fechou a última mala que faltava.

— Não acredito que você vai continuar puxando o saco dela. — Levantei uma das malas e peguei a bagagem de mão. — A gente já se acertou. O namorido dela até vai passar o Natal com a gente! Não precisa dicar defendendo tudo que ela fala e faz.

— Que defendendo o quê! — Ele puxou uma das malas para fora do quarto. — Só não quero ter que me despedir da minha velhinha às pressas!

— Justo — cedi ao segui-lo para fora do quarto, depois de checar se não tinha esquecido nada.

Ao atravessarmos o corredor e estacionarmos as bagagens na sala, vovó esticou o pescoço e perguntou lá da cozinha:

— Vão pra onde?!

— Vamos sentir sua falta. — Corri até lá e dei um abraço apertado nela.

Por mais distante que a memória dela pudesse estar, espremê-la nos meus braços sempre me ajudava a sentir que a maior parte da minha avó continuava perto. A sensação de segurança e acolhimento só aumentava quando Gregório se juntava ao abraço. E quando minha mãe vinha participar do momento, por incrível que pudesse parecer, o sentimento se intensificava.

— Pode deixar que vou ligar todos os dias pra vocês falarem com ela.

— Acho bom — respondi, do meu jeitinho nada encantador de sempre, mas contrabalanceei com um sorriso.

E um abraço de despedida individual.

Eu não duvidava que a minha mãe fosse cumprir a promessa. Um pequeno passo no processo de reconciliação familiar, um grande passo para Antônia Vasquez.

— Para de me apertar! — vovó gritou com Gregório, que se afastou dela rapidamente.

Ele sabia que era melhor não contrariar.

Mas antes que se instaurasse um clima chato na nossa despedida, minha mãe bateu palminhas e nos virou em direção à porta.

— Vão logo, crianças, o avião não espera por ninguém.

Deixamos beijos babados nas bochechas das duas que ficaram, e nos organizamos com as malas: Gregório com a minha mala maior e a sua mochila, eu com a menor e a bagagem de mão.

Ele indicou a direção em que deveríamos caminhar e, depois de um tempo, esfolando as rodinhas da mala nos paralelepípedos, percebi que não estávamos indo para a casa dele.

— Max ficou parado um pouco mais pra baixo.

— Não vai me dizer que ele tem medo de dirigir nessas pirambeiras!

— Não vou, porque ele me proibiu de contar.

— E do que vale a proibição dele?! — indaguei. — O cara lê todas as mensagens que eu mando pra você, nada mais justo do que eu saber algum dos podres dele.

Em vez de Gregório concordar comigo e começar a soltar histórias embaraçosas sobre o amigo, ele parou de andar. A princípio, achei que uma das rodinhas tivesse ficado presa no pavimento irregular, mas depois, ao ver que ele tirava a mochila do ombro e remexia o interior, fiquei curiosa.

— Esqueci uma coisa — ele anunciou.

E, francamente, isso não ajudou em nada.

Ele continuou vasculhando e, alguns segundos depois – longos demais para o meu gosto –, Gregório me entregou um caderno surrado, com a capa amarela e as páginas cheia de orelhas. Olhei para ele sem entender nada. Parecia os cadernos que usávamos no Ensino Fundamental. Eu não achava que ali era a hora ou o lugar apropriado para revisitarmos memórias da infância.

— Abre — ele disse.

Temerosa, abri o caderno e me deparei com os seus garranchos. Passei algumas páginas para me certificar de que a configuração das informações continuava seguindo o estilo da primeira. Eu não *acreditava* no que estava vendo.

— Lembra quando você terminou comigo e eu fiquei horas na sua porta chorando e fazendo promessas sem pé nem cabeça? — ele falava enquanto eu corria os olhos pelo que estava escrito. — Prometi que te contaria tudo, né? Com detalhes de dias e horas. Pois então...

Estava tudo lá, datado desde o dia em que terminamos.

Até a hora que ele ia dormir estava documentada.

Poderia ser considerado bizarro por outras pessoas, mas eu, que morria de vontade de saber tudo que acontecera com ele nos últimos tempos, achei tão romântico que soltei as bagagens e cobri seu rosto de beijos. Ele ficou sorrindo, todo satisfeito, enquanto enroscava os braços em volta da minha cintura.

— Minha leitura da viagem acaba de ser definida! — Guardei o caderno num dos bolsos da mala de mão, na intenção de ler assim que entrasse no avião.

— Não prometo que seja a narrativa mais interessante do mundo. — Ele deu um beijo demorado na minha testa e ajeitou a mochila no ombro.

— Tenho certeza de que vai — garanti com um sorriso.

Uma buzina nervosa soou, deveria ser Max.

Sem falar nada, retomamos nossa caminhada. Dessa vez de mãos dadas, descendo ladeira abaixo.

Agradecimentos

Demorei tanto para chegar aqui que a lista de pessoas que merecem meu MUITO OBRIGADA em letras garrafais é quilométrica. Tomara que eu não esqueça ninguém. Desculpa de antemão se algum nome ficar de fora; não foi por querer: é culpa da emoção — que, aliás, está a mil só de pensar que tem gente *lendo* essa página de agradecimentos. Inacreditável!

Gostaria de começar lá de trás, do início, com a minha família, que nem sempre entendeu o que eu tanto fazia no computador, mas que me forneceu histórias, confusões, bordões, risadas e — principalmente — livros. A mistura de todos esses elementos fez com que eu me tornasse a pessoa que sou hoje e tenho certeza de que isso se reflete na minha escrita.

Contudo, minhas histórias só continuaram sendo escritas por causa do apoio de inúmeros amigos que me leram, compraram meus livros, os indicaram para outras pessoas, deixaram avaliações em diversas plataformas e, mais importante de tudo, me aguentaram chorando por anos até que eu encontrasse um lugarzinho ao sol. Esse dia chegou, meu povo! Obrigada, Ana Barbara Guaranha, Vanessa Marine, Clara Savelli, Aione Simões, Beea Moreira, Elga Vianna, Thaianne Zuchelli, Rosa Carolina Sarmento, Ana Alice Magalhães, Larissa Siriani, Bruna Ceotto, Danina e todo mundo que participou dessa loooonga jornada comigo. Não sei se vocês têm noção do quanto são importantes para mim, por isso achei melhor expressar meu amor e gratidão aqui, por escrito.

E, a cada passo dessa aventura, tive a sorte de ser acompanhada de perto pela minha agente, Alba Milena, que não só lê meus textos em primeira-mão, como também faz os melhores comentários sobre eles — em especial quando são risadas em caixa alta. Obrigada por acreditar no potencial de cada um dos meus livros, até mesmo quando eu deixei de acreditar.

Ter uma agência para auxiliar os rumos da minha carreira foi fundamental para que eu progredisse como escritora, e é uma honra tremenda fazer parte da Increasy. Alba, Guta, Grazi e Mari, não tenho palavras para expressar o quanto sou grata por vocês terem apostado em mim — e olha que acabei de escrever um livro cheio delas! É por causa do trabalho incessante de vocês que *Ladeira abaixo* chegou à Editora Nacional.

Aliás, ao pessoal da Nacional, eu gostaria de não só agradecer, mas também dar um abraço apertado em cada um. Obrigada por transformar a história da Antônia, do Greg e da dona Fifi nessa edição maravilhosa. Mal posso acreditar nessa beleza toda! Obrigada, Júlia Braga Tourinho, Clara Alves e Chiara Provenza pelo cuidado com o texto; Jonnifferr pela perfeição e complexidade da ilustração da capa; Vitor Castrillo pelo cuidado com o *lettering*; Flávio Lima por fazer das redes da Nacional a fofura que elas são; e Luiza Del Monaco por ter apostado em mim. Vivo em estado de êxtase desde que recebi a notícia de que esse sonho realmente viraria realidade.

Mas nada disso aconteceria se não fosse os leitores. Ou seja, o maior agradecimento de todos é para você, que leu esse livro inteirinho. Valeu mesmo! Significa muito para mim! Mesmo com medo de soar como um disco arranhado, vou repetir: MUITO OBRIGADA!

Este livro foi publicado em junho de 2022 pela Editora Nacional.
Impressão e acabamento pela Gráfica Impress.